江苏文库 研究编 江苏文化史专题

江苏文脉整理与研究工程

南唐诗词的文化观照

周根红 著

江苏人民出版社

图书在版编目(CIP)数据

南唐诗词的文化观照 / 周根红著. --南京:江苏人民出版社, 2025.7. --(江苏文库). -- ISBN 978-7-214-29801-0

Ⅰ.I207.227.42

中国国家版本馆 CIP 数据核字第 2024NG3261 号

书　　名	南唐诗词的文化观照
著　　者	周根红
出版统筹	张　凉
责任编辑	邓玉琢
责任监制	王　娟
装帧设计	姜　嵩
出版发行	江苏人民出版社
地　　址	南京市湖南路1号A楼,邮编:210009
照　　排	江苏凤凰制版有限公司
印　　刷	苏州市越洋印刷有限公司
开　　本	718毫米×1000毫米　1/16
印　　张	14.25　插页4
字　　数	205千字
版　　次	2025年6月第1版
印　　次	2025年7月第1次印刷
标准书号	ISBN 978-7-214-29801-0
定　　价	53.00元

(江苏人民出版社图书凡印装错误可向承印厂调换)

江苏文脉整理与研究工程

总主编

信长星　许昆林

第二届学术指导委员会

主　　任　莫砺锋

委　　员　（按姓氏笔画排序）
　　　　　　邬书林　宋镇豪　张岂之　茅家琦
　　　　　　郁贤皓　袁行霈　莫砺锋　赖永海

编纂出版委员会

主　　编　徐　缨　夏心旻

副 主 编　梁　勇　赵金松　章朝阳　樊和平　程章灿

编　　委　（按姓氏笔画排序）
　　　　　　马　欣　王　江　王卫星　王月清　王华宝
　　　　　　王建朗　王燕文　双传学　左健伟　田汉云
　　　　　　朱玉麒　朱庆葆　全　勤　刘　东　刘西忠
　　　　　　江庆柏　许佃兵　许益军　孙　逊　孙　敏
　　　　　　孙真福　李　扬　李贞强　李昌集　佘江涛
　　　　　　沈卫荣　张乃格　张伯伟　张爱军　张新科
　　　　　　武秀成　范金民　尚庆飞　罗时进　周　琪
　　　　　　周　斌　周建忠　周新国　赵生群　赵金松
　　　　　　胡发贵　胡阿祥　钟振振　姜　建　姜小青
　　　　　　贺云翱　莫砺锋　夏心旻　徐　俊　徐　海
　　　　　　徐　缨　徐小跃　徐之顺　徐兴无　陶思炎
　　　　　　曹玉梅　章朝阳　梁　勇　彭　林　蒋　寅
　　　　　　程章灿　傅康生　焦建俊　赖永海　熊月之
　　　　　　樊和平

分卷主编　徐小跃　姜小青（书目编）
　　　　　　周勋初　程章灿（文献编）
　　　　　　莫砺锋　徐兴无（精华编）
　　　　　　茅家琦　江庆柏（史料编）
　　　　　　左健伟　张乃格（方志编）
　　　　　　王月清　张新科（研究编）

出版说明

江苏文化源远流长、历久弥新,文化经典与历史文献层出不穷,典藏丰富;文化巨匠代有人出、彪炳史册,在中华民族乃至整个人类文明的发展史上有着相当重要的地位。为科学把握江苏文化的内涵与特征,在新时代彰显江苏文化对中华文化的贡献,江苏省委、省政府决定组织实施"江苏文脉整理与研究工程",以梳理江苏文脉资源,总结江苏文化发展的历史规律,再现江苏历史上的文化高地,为当代江苏构筑新的文化高地把准脉动、探明趋势、勾画蓝图。

组织编纂大型江苏历史文献总集《江苏文库》,是"江苏文脉整理与研究工程"的重要工作。《文库》以"编纂整理古今文献,梳理再现名人名作,探究追溯文化脉络,打造江苏文化名片"为宗旨,分六编集中呈现:

(一)书目编。完整著录历史上江苏籍学人的著述及其历史记录,全面反映江苏图书馆的图书典藏情况。

(二)文献编。收录历代江苏籍学人的代表性著作,集中呈现自历史开端至一九一一年的江苏文化文本,呈现江苏文化的整体景观。

(三)精华编。选取历代江苏籍学人著述中对中外文化产生重要影响、在文化学术史上具有经典性代表性的作品进行整理,并从中选取十余种,组织海外汉学家翻译成各国文字,作为江苏对外文化交流的标志性文化成果。

(四)方志编。从江苏现存各级各类旧志中选择价值较高、保存较好的志书,以充分发挥地方志资治、存史、教化等作用,保存江苏的地方文献与历史文化记忆。

（五）史料编。收录有关江苏地方史料类文献，反映江苏各地历史地理、政治经济、文化教育、宗教艺术、社会生活、风土民情等。

（六）研究编。组织、编纂当代学者研究、撰写的江苏文化研究著作。

文献、史料、方志三编属于基础文献，以影印方式出版，旨在提供原始文献，以满足学术研究需要；书目、精华、研究三编，以排印方式出版，既能满足学术研究的基本需求，又能满足全民阅读的基本需求。

"江苏文脉整理与研究工程"工作委员会

江苏文库·研究编编纂人员

主　编

王月清　张新科

副主编

徐之顺　姜　建　王卫星　胡发贵　胡传胜　刘西忠

一脉千古成江河
——江苏文库·研究编序言

樊和平

"江苏文脉整理与研究工程"是江苏文化史上继往开来的一个浩大工程。与当下方兴未艾的全国性"文库热"相比,江苏文脉工程有三个基本特点:一是全面系统的整理;二是"整理"与"研究"同步;三是以"文脉"为主题。在"书目编—文献编—精华编—史料编—方志编—研究编"的体系结构中,"研究编"是十分独特的板块,因为它是试图超越"修典"而推进文化传承创新的一种学术努力。

"盛世修典"之说不知起源于何时,不过语词结构已经表明"盛世"与"修典"之间的某种互释甚至共谋,以及由此而衍生的复杂文化心态。历史已经表明,"修典"在建构巨大历史功勋的同时,也包含内在的巨大文化风险,最基本的是"入典"的选择风险。《四库全书》的文化贡献不言自明,但最终其收书的数量竟与禁书、毁书、改书的数量大致相当,还有高出近一倍的书目被宣判为无价值。"入典"可能将一个时代的局限甚至选择者个人的局限放大为历史的文化局限,也可能由此扼杀文化多样性而产生文化专断。另一个更为潜在和深刻的风险,是对待传统的文化态度。文献整理,尤其是地域典籍的整理,在理念和战略上面临的最大考验,是以何种心态对待文化传统。当今之世,无论对个体还是社会,传统已经不仅是文化根源,而且是文化和经济发展的资源甚至资本。然而一旦传统成为资源和资本,邂逅市场逻辑的推波助澜,就面临沦为消费和运作对象的风险,从而以一种消费主义和工具主义的文化态度对待文化传统和文献整理。当传统成为消费和运作的对象,其文化价值不仅可能被误读误用,而且也可能在对传统的消费中使文化坐吃山空,造就出文化上的纨绔子弟,更可能在市场运作中使文化不断被糟蹋。"江苏文脉整理与研究工程"的"整理工程"以全面系统的整理的战略应对可能存在的第一种风险,即入典选择的风险;以"研究工程"应对第二种可能的风险,即消费主义与工具主义的风险。我们不仅是既往传统的继承者,更应当是未来传统的创造者;现代人的使命,不仅是继承优秀传统,更应当创造新的优秀传统,这便是传统的创造性转化与创新性发展的真义。诚然,创造传统任重道远,需要经过坚忍不拔的卓越努力和大浪淘沙般的历史积淀,但对"江苏文脉整理与研究工程"而言,无论如何必须在"整理"的同时开启"研究"的千里之行,在研究中继承和发展传统。这便是"研究编"的价值和使命所在,也是"江苏文脉整理与研究工程"在"文库热"中于顶层设计层面的拔群之处。

一 倾听来自历史深处的文化脉动

20世纪是文化大发现的世纪,20世纪以来西方世界最重要的战略,就是文化战略。20世纪20年代,德国社会学家马克斯·韦伯的《新教伦理与资本主义精神》,揭示了西方资本主义文明的文化密码,这就是"新教伦理"及其所造就的"资本主义精神",由此建构"新教伦理+资本主义"的所谓"理想类型",为西方资本主义进行了文化论证尤其是伦理论证,奠定了20世纪以后西方中心论的文化基础。20世纪70年代,哈佛大学教授丹尼尔·贝尔的《资本主义文化矛盾》,揭示了当代资本主义最深刻的矛盾不是经济矛盾,也不是政治矛盾,而是"文化矛盾",其集中表现是宗教释放的伦理冲动与市场释放的经济冲动分离与背离,进而对现代西方文明发出文化预警。20世纪70年代之后,亨廷顿的《文明的冲突与世界秩序的重建》将当今世界的一切冲突归结为文明冲突、文化冲突,将文化上升为西方世界尤其是美国国家战略的高度。以上三部曲构成西方世界尤其是美国文化帝国主义的国家文化战略,正如一些西方学者所发现的那样,时至今日,文化帝国主义被另一个概念代替——"全球化",显而易见,全球化不仅是一种浪潮,更是一种思潮,是西方世界的国家文化战略。文化虽然受经济发展制约甚至被经济发展水平所决定,但回顾从传统到现代的中国文明史,文化问题不仅逻辑地而且历史地成为文明发展的最高最难的问题,正因为如此,文化自信才成为比理论自信、道路自信、制度自信更具基础意义的最重要的自信。

  在全球化背景下,文脉整理与研究具有重大的国家文化战略意义,不仅必要,而且急迫。文化遵循与经济社会不同的规律,全球化在造就广泛的全球市场并使全球成为一个"地球村"的同时,内在的最大文明风险和文化风险便是同质性。全球化催生的是一个文化上的独生子女,其可能的镜像是:一种文化风险将是整个世界的风险,一次文化失败将是整个人类的文化失败。文化的本质是什么?梁漱溟先生说,文化就是人的生活的根本样法,文化就是"人化"。丹尼尔·贝尔指出,文化是为人的生命过程提供解释系统,以对付生存困境的一种努力。据此,文化的同质化,最终导致的将是人的同质化,将是民族文化或西方学者所说地方性知识的消解和消失;同时,由于文化是人类应对生存困境的大智慧,或治疗生活世界痼疾的抗体,它所建构的是与自然世界相对应的精神世界和意义世界,文化的同质性将寻致人类在面临重大生存困境时智慧资源的贫乏和生命力的苍白,从而将整个人类文明推向空前的高风险。应对全球化的挑战和西方文化帝国主义的国家战略,"江苏文脉整理与研究工程"是整个中华民族浩大文化工程的一部分和具体落实,其战略意义绝不止于保存文化记忆的自持和自赏,在这个全球化的高风险正日益逼近的时代,完整地保存地方文化物种,认同文化血脉,畅通文化命脉,不仅可以让我们在遭遇全球化的滔滔洪水之时可以于故乡文化的山脉之巅"一览众山小"地建设自己的精神家园和文化根据地,而且可以在患上全球化的文化感冒甚至某种文化瘟疫之后,不致乞求"西方药"来治"中国病",而是根据自己的文化基因和文化命理,寻找强化自身的文化抗体和文化免疫力之道,其深远意义,犹如在今天经过独生子女时代穿越时光隧道,回首当年我们的"兄弟姐妹那么多"

和父辈们儿孙满堂的那种天伦风光,不只是因为寂寞,而且是为了中华民族大家庭的文化安全和对未来文化风险的抗击能力。

"江苏文脉整理与研究工程"是以江苏这一特殊地域文化为对象的一次集体文化自觉和文化自信,与其他同类文化工程相比,其最具标识意义的是"文脉"理念。"文脉"是什么?它与"文献"和文化传统的关系到底如何?这是"文脉工程"必须解决的基本问题。

庞朴先生曾对"文化传统"与"传统文化"两个概念进行了审慎而严格的区分,认为"传统文化"可能是历史上曾经存在过的一切文化现象,而"文化传统"则是一以贯之的文化道统。在逻辑和历史两个维度,文化成为传统都必须同时具备三个条件:历史上发生的,一以贯之的,在现实生活中依然发挥作用的。传统当然发生于历史,但历史上发生的一切,从《道德经》《论语》到女人裹小脚,并不都成为传统,即便当今被考古或历史研究所不断发现的现象,也只能说是"文化遗存",文化成为传统必须在历史长河中一以贯之而成为道统或法统,孔子提供的儒家学说,老子提供的道家智慧,之所以成为传统,就是因为它们始终与中国人的生活世界和精神世界相伴随,并成为人的生命和生活的文化指引。然而,文化并不只存在于文献典籍之中,否则它只是精英们的特权,作为"人的生活的根本样法"和"对付生存困境"的解释系统,它必定存在于芸芸众生的生命和生活之中,由此才可能,也才真正成为传统。《论语》与《道德经》之所以成为传统,不只是因为它们作为经典至今还为人们所学习和研究,而且因为在中国人精神的深层结构中,即便在未读过它们的田夫村妇身上,也存在同样的文化基因。中国人在得意时是儒家,"明知不可为而偏为之";在失意时是道家,"后退一步天地宽";在绝望时是佛家,"四大皆空"。从而建立了与自给自足的自然经济结构相匹合的自给自足的文化精神结构,在任何境遇下都不会丧失安身立命的精神基地,这就是传统。文化传统必须也必定是"活"的,是在现实中依然发挥作用的,是构成现代人的文化基因的生命因子。这种与人的生活和生命同在的文化传统就是"脉",就是"文脉"。

文脉以文献、典籍为载体,但又不止于文献和典籍,而是与负载它的生命及其现实生活息息相关。"文脉"是什么?"文脉"对历史而言是

"血脉",对未来而言是"命脉",对当下而言是"山脉"。"江苏文脉"就是江苏人的文化血脉、文化命脉、文化山脉,是历史、现在、未来江苏人特殊的文化生命、文化标识、文化家园,以及生生不息的文化记忆和文化动力。虽然它们可能以诸种文化典籍和文化传统的方式呈现和延续,但"文脉工程"致力探寻和发现的则是跃动于这些典籍和传统,也跃动于江苏人生命之中的那种文化脉动。"江苏文脉整理与研究工程"的最大特点就在于它是"文脉工程"而不是一般的"文化工程",更不是"文库工程"。"文化工程""文库工程"可能只是一般的文化挖掘与整理,而"文脉工程"则是与地域的文化生命深切相通,贯穿地域的历史、现在与未来的生命工程。

"江苏文脉整理与研究工程"是"整理"与"研究"的璧合,在"研究工程"中能否、如何倾听到来自历史深处的文化脉动,关键是处理好"文献"与"文脉"的关系。"整理工程"是对文脉的客观呈现,而"研究工程"则是对文脉的自觉揭示,若想取得成功,必须学会在"文献"中倾听和发现"文脉"。"文献"如何呈现"文脉"?文献是人类文明尤其是人类文化记忆的特殊形态,也是人类信息交换和信息传播的特殊方式。回首人类文明史,到目前为止,大致经历了三种信息方式。最基本也是最原初的是口口交流的信息方式,在这种信息方式中,信息发布者和信息传播者同时在场,它是人的生命直接和整体在场并对话的信息传播方式,是从语言到身体、情感的全息参与,是生命与生命之间的直接沟通,但具有很大的时空局限。印刷术的产生大大扩展了人类信息交换的广度和深度,不仅可以以文字的方式与不在场的对象交换信息,而且可以以文献的方式与不同时代、不同时空的人们交换信息,这便是第二种信息方式,即以印刷为媒介的信息方式或印刷信息方式。第三种信息方式便是现代社会以电子网络技术为媒介的信息方式,即电子信息方式。文献与典籍是印刷信息方式的特殊形态,它将人类文化史和文明史上具有特殊价值的信息以印刷媒介的方式保存下来,供后人学习和研究,从而积淀为传统。文字本质上是人的生命的表达符号,所谓"诗言志"便是指向生命本身。然而由于它以文字为中介,一旦成为文献,便离开原有的时空背景,并与创作它的生命个体相分离,于是便需要解读,在解读中便可能发生误读,但无论如何,解读的对象并不只是文字本身,而是文字背后的生命现象。

　　文献尤其是典籍是不同时代人们对于文化精华的集体记忆,它们不仅经受过不同时代人们的共同选择,而且经受过大浪淘沙的历史洗礼,因而其中不仅有创造它的那个个体或文化英雄如老子、孔子的生命表达,而且有传播和接受它的那个民族的文化脉动,是负载它的那个民族的文化生命,这种文化生命一言以蔽之便是文化传统。正因为如此,作为集体记忆的精华,文献和典籍是个体和集体的文化脉动的客观形态,关键在于,必须学会倾听和揭示来自远方的生命旋律。由于它们巨大的时空跨度,往往不能直接把脉,而需要具有一种"悬丝诊脉"的卓越倾听能力。同时,为了把握真实的文化脉动,不仅需要对文献和典籍即"文本"进行研究,而且需要对创造它们的主体包括创作的个体和传播接受的集体的生命即"人物"进行研究。正如席勒所说,每个人都是时代的产儿,那些卓越的哲学家和有抱负的文学家却可能成为一切时代的同代人。文字一旦成为文献或典籍,便意味着创作它的个体成为一切时代的同代人,但无论如何,文献和它们的创造者首先是某个时代的产儿,因而要在浩如烟海的文献和典籍中倾听到来自传统深处的文化脉动,还需要将它们还原到民族的文化生命之中,形成文化发展的"精神的历史"。由此,文本研究、人物研究、学派流派研究、历史研究,便成为"文脉研究工程"的学术构造和逻辑结构。

二　中国文化传统中的江苏文脉

　　江苏文脉是中国文化传统的一部分,二者之间的关系并不只是部分与整体的关系,借助宋明理学的话语,是"理一"与"分殊"的关系。文脉与文化传统是民族生命的文化表达和自觉体现,如果只将它们理解为部分与整体的关系,那么江苏文脉只是中国文化传统或整个中华文化脉统中的一个构造,只是中华文化生命体中的一个器官。朱熹曾以佛家的"月映万川"诠释"理一分殊"。朗月高照,江河湖泊中水月熠熠,此番景象的哲学本真便是"一月普现一切水,一切水月一月摄"。天空中的"一月"与江河中的"一切水月"之间的关系是"分享"关系,不是分享了"一月"的某一部分,而是全部。江苏文脉与中国文化传统之间的关系便是"理一分殊",中国文化传统是"理一",江苏文脉是"分殊",正因为如此,关于江苏文脉的研究必须在与整个中国文化传统的关系中整体性地把握和展开。其中,文化与地域的关系、江苏文化在中华文化发展中的贡献和地位,是两个基本课题。

到目前为止的一切人类文明的大格局基本上都是由以山河为标志的地理环境造就的,从轴心文明时代的四大文明古国,到"五大洲四大洋"的地理区隔,再到中国山东—山西、广东—广西、河南—河北,江苏的苏南—苏北的文化与经济差异,山河在其中具有基础性意义。在这个意义上,可以将在此以前的一切文明称为"山河文明"。如今,科技经济发展迎来一个"高"时代:高铁、高速公路、电子高速公路……正在并将继续推倒由山河造就的一切文明界碑,即将造就甚至正在造就一个"后山河时代"。"后山河时代"的最后一道屏障,"山河时代"遗赠给"后山河时代"的最宝贵的文明资源,便是地域文化。在这个意义上,江苏文脉的整理与研究,不仅可以为经过全球化席卷之后的同质化世界留下弥足珍贵的"文化大熊猫",而且可以在未来的芸芸众生饱尝"独上高楼,望尽天涯路"的孤独之后,缔造一个"蓦然回首"的文化故乡,从中可以鸟瞰文化与世界关系的真谛。江苏独特的地域环境与江苏文化、江苏文脉之间的关系,已经不是所谓"一方水土一方人"所能表达,可以说,地脉、水脉、山脉与江苏文脉之间的关系,已经是一脉相承。

我们通过考察和反思发现,水系,地势,山势,大海,是对江苏文脉尤其是文化性格产生重大影响的地理因素。露水不显山,大江大河入大海,低平而辽阔,黄河改道,这一切的一切与其说是自然画卷和自然事件,不如说是江苏文脉的大地摇篮和文化宿命的历史必然,它们孕生和哺育了江苏文明,延绵了江苏文脉。历史学家发现,江苏是中国惟一同时拥有大海、大江、大湖、大平原的省份,有全国第一大河长江,第二大河黄河(故道),第三大河淮河,世界第一大人工河大运河,全国第三大淡水湖太湖,全国第四大淡水湖洪泽湖。江苏也是全国地势最低平的一个省区,绝大部分地区在海拔50米以下,少量低山丘陵大多分布于省际边缘,最高峰即连云港云台山的玉女峰也只有625米。丰沛而开放的水系和低平而辽阔的地势馈赠给江苏的不只是得天独厚的宜居,更沉潜、更深刻的是独特的文化性格和文脉传统,它们是对江苏地域文化产生重大影响的两个基本自然元素。

不少学者指证江苏文化具有水文化特性,而在众多水系中又具长江文化的特性。"水"的文化特性是什么?"老聃贵柔",老子尚水,以水演绎世界真谛和人生大智慧。"天下莫柔弱于水,而攻坚强者莫之能胜。"柔弱胜刚强,是水的品质和力量。西方文明史上第一个哲学家和科学家泰勒斯向全世界宣告的第一个大智慧便是:水是万物的始基。辽阔的平原在中国也许还有很多,却没有像江苏这样"处下"。老子也曾以大海揭示"处下"的智慧:"江海所以能为百谷王者,以其善下之,故能为百谷王。"历史上江苏的文化作品、江苏人的文化性格,相当程度上演绎了这种"水性"与"处下"的气质与智慧。历史上相当时期黄河曾经从江苏入海,然而黄河改道、黄河夺淮,几番自然力量或人力所为,最终黄河在江苏留下的只是一个"故道"的背影。黄河在江苏的改道当然是一个自然事件或历史事件,但我们也可能甚至毋宁将它当作一个文化事件,数次改道,偶然之中有必然,从中可以发现和佐证江苏文脉的"长江"守望和江南气质。不仅江苏的地脉"露水不显山",而且江苏的文化作品,江苏人的文化性格,一句话,江苏文脉,也是"露水不显山",虽不是"壁立千仞",却是"有容乃大"。一般说来,充沛的水系,广阔的平原,往往造就自给自足的自我封闭,然而,江苏东临大海,无论长江、淮河,还是历史上的黄河,都从这里入大海,归大海,不只昭示江苏的开放,而且演绎江苏文化、江苏文脉、江苏人海纳百川的博大和静水深流的仁厚。

黄河与长江好似中华文脉的动脉与静脉,也好似人的身体中的任督二脉,以长江文化为基色的江苏文化在中华文脉的缔造和绵延中作出了杰出贡献。有学者指出,在中国文明史上,长江文化每每在黄河文化衰弱之后承担起"救亡图存"的重任。人们常说南京古都不少为小朝廷,其实这正是"救亡图存"的反证,"天下兴亡,匹夫有责"的口号首先由江苏人顾炎武喊出，偶然之中有必然。学界关于江苏文化有三次高峰或三次大贡献，与两次大贡献之说。第一次高峰是开启于秦汉之际的汉文化，第二次高峰是六朝文化，第三次高峰是明清文化。人们已对六朝文化与明清文化两大高峰对中国文化的贡献基本达成共识，但江苏的汉文化高峰及其贡献也应当得到承认，而且三次文化高峰都发生于中国社会的大转折时期，对中国文化的承续作出了重大贡献。在秦汉之际的大变革和大一统国家的建构中，不仅在江苏大地上曾经演绎了波澜壮阔的对后来中国文明产生深远影响的历史史诗，而且演绎这些历史史诗的主角刘邦、项羽、韩信等都是江苏人，他们虽然自身不是文化人，但无疑对中国文化产生了深远影响。董仲舒提出"罢黜百家，独尊儒术"的主张，奠定了大一统的思想和文化基础，他本人虽不是江苏人，却在江苏留下印迹十多年。江苏的汉文化高峰对中国文化的最大贡献，一言概之即"大一统"，包括政治上的大一统和思想文化上的大一统。六朝被公认为中国文化发展的高峰，不少学者将它与古罗马文明相提并论，而六朝文化的中心在江苏、在南京。以南京为核心的六朝文化发生于三国之后的大动乱，它接纳大量流入南方的北方士族，使南北方文化合流，为保存和发展中国文化作出了杰出贡献。明朝是中国历史上第一次在南京，也是第一次在江苏建立统一的帝国都城，江苏的经济文化在全国处于举足轻重的地位，扬州学派、泰州学派、常州学派，形成明清时期中国文化的江苏气象，形成江苏文化对中国文化的第三次重大贡献。三大高峰是江苏的文化贡献，在重大历史转折关头或者民族国家危难之际挺身而出，海纳百川，则是江苏文化的精神和品质，这就是江苏文脉。也正因为如此，江苏文化和江苏文脉在"匹夫有责"的担当精神中总是透逸出某种深沉的忧患意识。

　　江苏文脉对中国文化的独特贡献及其特殊精神气质在文化经典中得到充分体现。中国四大文学名著，其中三大名著的作者都来自江苏，这就是《西游记》《红楼梦》《水浒》，其实《三国演义》也与江苏深切相关，虽然罗贯中不是江苏人，但以江苏为作品重要的时空背景之一。四大名著中不仅有明显的江苏文化的元素，甚至有深刻的江苏地域文化的基因。《西游记》到底是悲剧还是喜剧？仔细反思便会发现，《西游记》

就是文学版的《清明上河图》。《清明上河图》表面呈现一幅盛世生活画卷,实际却是一幅"盛世危情图",空虚的城防,懈怠的守城士兵……被繁华遗忘的是正在悄悄到来的深刻危机。《西游记》以唐僧西天取经渲染大唐的繁盛和开放,然而在经济的极盛之巅,中国人的精神世界却空前贫乏,贫乏得需要派一个和尚不远万里,请来印度的佛教,坐上中国意识形态的宝座,入主中国人的精神世界。口袋富了,脑袋空了,这是不折不扣的悲剧。然而,《西游记》的智慧,江苏文化的智慧,是将悲剧当作喜剧写,在喜剧的形式中潜隐悲剧的主题,就像《清明上河图》将空虚的城防和懈怠的士兵淹没于繁华的海洋一样。《西游记》喜剧与悲剧的二重性,隐喻了江苏文脉的忧患意识,而在对大唐盛世,对唐僧取经的一片颂歌中,深藏悲剧的潜主题,正是江苏文脉"匹夫有责"的担当精神和文化智慧的体现。鲁迅说,悲剧将人生的有价值的东西毁灭给人看。《西游记》是在喜剧形式的背后撕碎了大唐时代人的精神世界的深刻悲剧。把悲剧当作喜剧写,喜剧当作悲剧读,正是江苏文化、江苏文脉的大智慧和特殊气质所在,也是当今江苏文脉转化发展的重要创新点所在。正因为如此,"江苏文脉研究"必须以深刻的哲学洞察力和深厚的文化功力,倾听来自历史深处的江苏文化的脉动,读懂江苏,触摸江苏文脉。

三 通血脉,知命脉,仰望山脉

江苏文化的巨大魅力和强大生命力,在数千年发展中已经形成一种传统、一种脉动,不仅是一种客观呈现的文化,而且是一种深植个体生命和集体记忆的生生不息的文脉。这种文化和文脉不仅成为共同的价值认同,而且已经成为一种地域文化胎记。在精神领域,在文化领域,江苏不仅有灿若星河的文学家,而且有彪炳史册的思想家、学问家,更有数不尽的才子骚客。长江在这片土地上流连,黄河在这片土地上改道,淮河在这片土地上滋润,太湖在这片土地上一展胸怀。一代代中国人,一代代江苏人,在这里缔造了文化长江、文化黄河、文化淮河、文化太湖,演绎了波澜壮阔的历史诗篇,这便是江苏文脉。

为了在全球化时代完整地保存江苏文脉这一独特地域文化的集体记忆,以在"后山河时代"为人类缔造精神家园提供根源与资源,为了继承弘扬并创造性转化、创新性发展中国优秀传统文化,2016年江苏启动了"江苏文脉整理与研究工程"。根据"文脉"的理念,我们将研究工程或"研究编"的顶层设计以一句话表达:"通血脉,知命脉,仰望山脉。"由此将整个工程分为五个结构:江苏文化通史,江苏历代文化名人传,江苏文化专门史,江苏地方文化史,江苏文化史专题。

"江苏文化通史"的要义是"通血脉",关键词是"通"。"通"的要义,首先是江苏文化与中国文明的息息相通,与人类文明的息息相通,由此才能有民族感或"中国感",也才有世界眼光,因而必须进行关于"中国文化传统中的江苏文脉"的整体性研究;其次是江苏文脉中诸文化结构之间的"通",由此才是"江苏",才有"江苏味";再次是历史上各个重要历史时期文化发展之间的"通",由此才能构成"史",才有历史感;最后是与江苏人的生命与生活的"通",由此"江苏文脉"才能真正成为江苏人的文化血脉、文化命脉和文化山脉。达到以上"四通","江苏文化通史"才是真正的"通"史。

"江苏文化专门史"和"江苏文化史专题"的要义是"知命脉",关键词是"专",即"专门"与"专题"。"江苏文化专门史"在框架上分为物质文化史、精神文化史、制度文化史、特色文化史等,深入研究各类专门史,总体思路是系统研究和特色研究相结合,系统研究整体性地呈现江苏历史上的重要文化史,如哲学史、文学史、艺术史等,为了保证基本的完整性,我们根据国务院学科分类目录进行选择;特色研究着力研究历史上具有江苏特色的历史,如民间工艺史、昆曲史等。"江苏文化史专题"着力研究江苏历史上具有全国性影响的各种学派、流派,如扬州学派、泰州学派、常州学派等。

"江苏地方文化史"的要义是"血脉延伸和勾连",关键词是"地方"。"江苏地方文化史"以现省辖市区域划分为界,13市各市一卷。每卷上编为地方文化通史,讲述地方整体历史脉络中的文化历史分期演化和内在结构流变,注重把握文化运动规律和发展脉络,定位于地方文化总体性研究；下编为地方文化专题史，按照科学技术、教育科举、文学语言、宗教文化等专题划分，以一定逻辑结构聚焦对地方文化板块加以具体呈现，定位于凸显文化专题特色。每卷都是对一个地方文化的总结和梳理，这是江苏文化血脉的伸展和渗入，是江苏文化多样性、丰富性的生动呈现和重要载体。

"江苏历代文化名人传"的要义是"仰望山脉"，关键词是"文化"。它不是一般性地为江苏历朝历代的"名人"作传，而只是为文化意义上的名人作传。为此，传主或者自身就是文化人并为中国文化的发展、为江苏文脉的积累积淀作出了重要贡献；或者虽然自身主要不是文化人而是政治家、社会活动家等，但对中国文化发展具有重大影响。如何对历史人物进行文化倾听、文化诠释、文化理解，是"文化名人传"的最大难点，也是其最有意义的方面。江苏历史上的文化名人汗牛充栋，"文化名人传"计划为 100 位江苏文化名人作传，为呈现江苏文化名人的整体画卷，同时编辑出版一部"江苏文化名人辞典"，集中介绍历史上的江苏文化名人 1000 位左右。

一脉千古成江河，"茫茫九派流中国"。江苏文脉研究的千里之行已经迈出第一步，历史馈赠我们一次千载难逢的宝贵机遇，让我们巡天遥看，一览江苏数千年文化银河的无限风光，对创造江苏文化、缔造江苏文脉的先行者们献上心灵的鞠躬。面对奔涌如黄河、悠远如长江的江苏文脉，我们惟有以跋涉探索之心，怵惕敬畏之情，且行且进，循着爱因斯坦的"引力波"，不断走近并播放来自江苏文脉深处的或澎湃，或激越，或温婉静穆的天籁之音。

我们一直在努力；

我们将一直努力！

目 录

绪　论 ··· 001

第一章　南唐诗词生成的文化背景 ································ 012
　　第一节　南唐文化的地理环境与形成过程 ···················· 012
　　第二节　南唐文化的建设与成就 ·································· 020
　　第三节　南唐文化的主要特质 ······································ 031

第二章　南唐诗词的情感基调 ·· 040
　　第一节　士人心态与南唐诗歌的情感表征 ···················· 040
　　第二节　南唐词情感基调的生成逻辑 ··························· 049
　　第三节　南唐词的哀伤气质 ·· 057

第三章　南唐诗词的江南意象特色 ································· 072
　　第一节　南唐诗词与地方风物 ······································ 072
　　第二节　南唐诗词中水的意象 ······································ 092
　　第三节　南唐诗词中烟雨的意象 ·································· 098

第四章　南唐诗词的江南文化基因 ································· 109
　　第一节　南唐诗词的吴歌元素 ······································ 109
　　第二节　南唐诗词与宗教文化 ······································ 118
　　第三节　南唐诗词与伎乐文化 ······································ 128

第五章 南唐诗词的文化传承与影响 ·················· 139
  第一节 南唐诗对宋初诗的启迪 ···················· 139
  第二节 南唐词对宋词南方化的形塑 ················ 150
  第三节 冯延巳词开北宋晏欧一派 ·················· 159
  第四节 李煜词开北宋词新境 ······················ 173

结　语 ·· 187

参考文献 ·· 190

后　记 ·· 201

绪　论

南唐(937—975年),是五代十国时期建立于江南地区的一个重要政权,定都江宁(今江苏南京),历先主李昪、中主李璟、后主李煜三代。南唐虽然国祚短暂,但是却产生了五代十国时期最为灿烂的文化。在诗词方面,有李璟、李煜、冯延巳、李建勋、李中、徐铉、徐锴为代表的诗人,不仅形成了风格鲜明的南唐诗词,也为北宋诗词的发展奠定了重要的基础,甚至直接影响了北宋诗词的发展。在书画方面,董源、巨然并称"董巨",是五代、北宋时南方山水画的主要流派之一;徐熙擅画江湖上的水鸟汀花,与西蜀的黄筌并称"黄徐";顾闳中的《韩熙载夜宴图》亦为传世的艺术珍品。隋唐以来,经济、文化重心已经完成了南移。南唐政权上承唐末杨吴政权,下接北宋,疆域主要在今天的苏、皖、赣三省境内,鼎盛时曾到达今天的福建和两湖,为全面开发长江中下游地区的社会经济做出了巨大的贡献。同时,南唐高度重视文化建设,精英荟萃,人才辈出,文化成绩卓著,进一步提升了江南的文化中心地位。

一、南唐的历史沿革

南唐的历史可以追溯至唐末。唐末天下大乱,藩镇割据。其时,崛起于淮南的杨行密,建立了地跨江淮的地方政权。杨行密(852—905年),原名行愍,字化源。杨行密出身微贱,唐末时被征募,派往朔方(今宁夏灵武)戍边,期满归来后聚众起事,自称"八营都知兵马使"。中和三年(883年),唐朝拜杨行密为庐州刺史,归淮南节度使高骈。史书记载,"荐于高骈,请以自代。骈以行愍为淮南押牙,知庐州事,朝廷因而命之"①。光启二年(886年),因高骈要求,改名为杨行密。景福元年(892年)八月,唐朝封杨行密为淮南节度使,据扬州。天复二年(902年),杨行密受封为吴王,建都广陵(今江苏扬州),称江都府。史称杨吴政权。杨吴政权为五代前期南方最强大的政权,疆域囊括今江西全境、湖北东部、安徽江苏两省淮河以南地区,此外还占有淮北一隅的海州(今江苏连云港),全据东南富庶之地。

  杨行密病故后,其子杨渥继位。杨渥荒淫放纵,素无令誉,军府轻之。天祐四年(907年),张颢、徐温发动兵变,杨渥大权尽失。次年,张颢与徐温派人弑杀杨渥,拥立杨隆演继位,杨吴政权实为徐氏所把持。天祐十六年(919年),杨隆演称吴国王,任命徐温为大丞相。顺义七年(927年)徐温去世,养子徐知诰继任其权位,扶持杨隆演之弟杨溥为帝。徐知诰,彭城(今江苏徐州)人,少孤流落,小字彭奴,后来被徐温收为养子,改名为徐知诰。天祚元年(935年),徐知诰受封齐王。天祚三年(937年),杨溥被迫禅位,徐知诰受禅称帝,国号大齐,改元升元,任命宋齐丘、徐玠为左、右丞相,杨吴政权灭亡。升元三年(939年),徐知诰恢复李姓,改名为昪,自称是唐宪宗之子建王李恪的四世孙,又改国号为"唐",史称"南唐"。

  升元七年(943年),李昪驾崩,其子李璟监国。同年三月,李璟继位,是为南唐元宗,有保大、中兴、交泰三个年号。李璟即位后,战祸频起,开始大规模对外用兵。保大二年(944年)二月,李璟趁闽国大乱出兵,于次年攻克建(今福建建瓯)、汀(今福建长汀)、泉(今福建泉州)、漳(今福建漳州)四州,灭闽国。保大九年(951年)秋,南楚②大乱。李璟出兵攻打南楚,南楚灭亡。后来,楚将刘言又起兵击败了南唐军队,楚地得而复失。保大十三年(955年)至交泰元年(958年),后周三度入侵南唐。南唐被动应战,力所不逮。后周军队势如破竹,占泗(今江苏盱眙)、濠(今安徽凤阳)、楚(今江苏淮安)等州。交泰元年(958年),李璟无奈上表柴荣,自请传位于太子李弘冀,献庐(今安徽合肥)、舒(今安徽

---

① 司马光撰:《资治通鉴》卷二百五十五《唐纪七十一》,古籍出版社1956年版,第8290页。
② 南楚(907—951年),五代十国时期南方十国之一,以湖南为中心建立的政权,创建者是许州鄢陵(今河南鄢陵)人马殷,故史称"马楚",以潭州(今湖南长沙)为都。

安庆)、蕲(今湖北黄冈)、黄(今湖北黄冈)四州,划长江为界。南唐尽献江北之地,包括淮南十四州及鄂州(今湖北鄂州)在江北的两县①。五月,李璟下令去帝号,改称国主,史称南唐中主,使用后周年号,称显德五年(958年)。自此,南唐国力大损,不复大国之强盛。

显德六年(959年)九月,太子李弘冀去世。"(周)世宗使人谓景曰:'吾与江南,大义已定,然虑后世不能容汝,可及吾世修城隍、治要害为子孙计。'景因营缉诸城,谋迁其都于洪州……乃升洪州为南昌,建南都。建隆二年,留太子从嘉监国,景迁于南都。"②于是,李璟修葺各城,迁都洪州(今江西南昌),称南昌府,建南都。建隆二年(961年),李璟驾崩,因太子李弘冀已亡,李从嘉登基。李从嘉更名为李煜,复都金陵(今江苏南京)。此时的南唐,国内政治、社会矛盾积重难返。李煜即位后,一方面,奉宋为正朔,每年向宋缴纳巨额贡奉,财政支出压力巨大;另一方面,由于割让了淮南等地,失去了盐业这一重要的财政收入,反而还得出巨资向宋买盐。因此,为缓解财政的压力,南唐不得不加重赋税,甚至连鹅生双子、柳树结絮都要课税。随着新主登基,朝廷内部的党争愈演愈烈,人心涣散,政治日益混乱。

北宋开宝四年(971年)十月,宋太祖灭南汉③,屯兵于汉阳(今湖北武汉),李煜非常恐惧,去除唐号,改称"江南国主",并遣其弟郑王李从善朝贡,李从善被宋扣留。开宝五年(972年)正月,李煜下令贬损仪制。开宝七年(974年)九月,宋太祖以祭天为由,诏李煜入京,李煜托病不从。宋太祖以李煜拒命来朝为辞,发兵十万,水陆并进。李煜亦筑城聚粮,大举备战。南唐屡战屡败,采石、秦淮河、皖口相继失守。开宝八年(975年)三月,宋军攻至金陵城下。当年十二月,金陵失守,李煜奉表投降,南唐灭亡。开宝九年(976年)正月,李煜被俘送到京师,封为违命侯。同年,宋太宗即位,改封李煜为陇西公。太平兴国三年(978年)七夕,李煜被毒死于北宋京师,时年四十二岁整(李煜亦生于七夕),

---

① 何剑明:《论南唐国与中原政权之间的战争》,《江苏教育学院学报(社会科学版)》,2006年第6期,第83页。
② 欧阳修撰:《新五代史》卷六十二《南唐世家》,中华书局1974年版,第777页。
③ 南汉(917—971年),五代十国之一,统治范围包括今广东、广西、海南三省。

北宋追赠其为太师,追封其为吴王。

二、南唐的文学风貌

南唐三主即位后都十分重视文化建设。在南唐三主的努力下,南唐文学成为五代十国时期文学的高峰。

南唐文学对后世影响最为深远、文学地位最高的是词。南唐词虽然作品数量不多,但在词史中有着极高的地位和艺术价值,对北宋以及后世影响很大。南唐词的创作,首推"二主一冯",即中主李璟、后主李煜和冯延巳。李璟存词不多,共5首,其中《南唐二主词》收4首,《草堂诗余》收1首。李璟的词感情真挚、风格清新,语言不事雕琢,具有很高的艺术价值。他的"小楼吹彻玉笙寒"是流芳千古的名句。李璟对南唐词坛产生过一定的影响,在词史上也有重要地位。刘毓盘在《词史》中评曰:"言词者必首数三李,谓唐之太白,南唐之二主,及宋之易安也。"①

南唐后主李煜的词,更是被人称道,经久流传。李煜的词通常被分为降宋之前和降宋之后两个阶段的创作。这两个阶段的词有着重要的分野,体现出截然不同的特征。总体来说,李煜降宋之前的词多涉及宫廷生活、男女情事,有着花间词的艳丽;降宋之后,则多亡国之哀,抒发了亡国之痛,读来让人动容。李煜在词史上占有重要的地位,对后世的影响也非常大,被称为"千古词帝"。李煜的词在感情深度、表现领域和意象建构等方面,都将词的创作向前推进了一大步。

冯延巳仕于南唐烈祖、中主二朝,三度拜相,官终太子太傅,卒谥忠肃,有词集《阳春集》传世,是五代时期存词最多的词人。冯延巳的词继承了花间词的艺术风格,多写闲情逸致,不过也进一步突破了花间词的艳丽词风,文气典雅,深婉含蓄,被词评家称为"领袖于南唐"②,"为五代之冠"③。冯延巳的词对南唐影响甚深,南唐词人多受冯延巳的影响。值得一提的是,对北宋前期词创作影响最大的也是冯延巳。

---

① 刘毓盘:《词史》,上海书店1985年版,第45页。
② 缪荃孙:《宋元词四十家序》,孙克强编著:《唐宋人词话(增订本)》,南开大学出版社2012年版,第115—116页。
③ 陈廷焯:《云韶集》卷一,孙克强、杨传庆点校整理:《〈云韶集〉辑评(之一)》,《中国韵文学刊》2010年第3期,第49页。

当然，南唐词人并非只有"二主一冯"。孙鲂、陈陶、徐铉、成彦雄、韩熙载、钟辐等人的词作，也是南唐词作的重要组成部分。这些词人的创作大体可以分为两类：一类是深受《杨柳枝》词牌的影响，大量填制的"杨柳词"。比如，徐铉有《柳枝词》12 首、《柳枝词·座中应制》10 首，孙鲂有《杨柳枝》10 首，成彦雄有《杨柳枝》10 首等。这些词或抒写杨柳的美姿，或表达宴饮生活，或借景抒情表达思念，或表达文人的清丽风格。另一类是直接抒写相思之词。比如，陈陶有《水调词》10 首，以离妇的口吻写对丈夫从军戍边的思念。"惆怅江南早雁飞，年年辛苦寄寒衣""征衣一倍装绵厚，犹虑交河雪冻深"，表达了对征夫的无限思念之情，也表现了边塞的苦寒。钟辐留有词作《卜算子慢》，描写女子的相思。有研究者认为，钟辐的《卜算子慢》是最早标明为"慢"体的词名，在词史上具有开创性地位①。

南唐的诗歌创作也非常兴盛。五代诗坛上，南唐能诗者有 170 多人，其中有诗文集者 40 余家，在五代十国都列于首位。南唐重要的诗人，如徐铉、徐锴、李建勋、孙鲂、孟宾于、沈彬、李中等，他们都有诗文集传世。《全唐诗》存留了南唐 38 位诗人的作品，总数为 19 卷。

徐铉、徐锴二人，博学多才。北宋李穆出使南唐，见到徐铉和徐锴时，不由感叹"二陆之流也"②。徐铉名重江南，《四库全书总目》中评价他"文章淹雅，亦冠一时"③。《全唐诗》存徐铉诗 6 卷，存徐锴诗 5 首。徐铉在诗歌方面主张："诗之旨远矣，诗之用大矣，先王所以通政教，察风俗，故有采诗之官，陈诗之职。物情上达，王泽下流。及斯道之不行也，犹足以吟咏性情，黼藻其身，非苟而已矣。"④李中存诗较多，《全唐诗》存诗 4 卷，有《碧云集》3 卷传世。李中的诗歌题材广泛，涉咏史怀古、归隐田园、投赠送别、羁旅思乡、托物言志、建功立业、追逝悼亡等。李中的诗，诗风较以凄苦萧瑟为多。丁仪评价李中曰："为诗略似元、

---

① 高峰：《乱世中的优雅：南唐文学研究》，人民出版社 2013 年版，第 150 页。
② 吴任臣：《十国春秋》卷二十八《徐锴传》，中华书局 1983 年版，第 404 页。
③ 永瑢等撰：《四库全书总目》卷一五二，中华书局 1965 年版，第 1305 页。
④ 徐铉：《成氏诗集序》，曾枣庄、刘琳主编：《全宋文》第二册卷一九，上海辞书出版社、安徽教育出版社 2006 年版，第 189 页。

白,辞旨蕴藉,文采内映,五代之际,得此殊不易矣。"①李建勋曾仕李昇和李璟,"李昇镇金陵,用为副使,预禅代之策,拜中书侍郎同平章事"②;嗣主李璟,召拜司空。李建勋是吴及南唐时期诗歌活动的中心人物。吴时曾与沈彬、孙鲂结为诗社,南唐时也与许多文人骚客往还酬答③。李建勋的诗歌多表现身居显贵、悠游自在的闲适生活。孙鲂从郑谷为师,颇得郑体。他事吴为宗正郎。有集3卷,今存诗7首。其《题金山寺》《甘露寺》脍炙人口。孙鲂有佳句"天多剩得月,地少不生尘",时人无不叫绝,认为其"骚情风韵,不减张祜"④。沈彬则是少有诗名。《唐才子传》记载:

> 时南唐李昇镇金陵,旁罗俊逸,名儒宿老,必命郡县起之。彬赴辟,知昇欲取杨氏,因献《画山水诗》云:"须知笔力安排定,不怕山河整顿难。"昇览之大喜,授秘书郎。保大中,以尚书郎致仕归,徙居宜春。初经版荡,与韦庄、杜光庭、贯休俱避难在蜀,多见酬酢。⑤

除此之外,南唐诗人还有孟宾于、宋齐丘、史虚白、汤悦、伍乔、孟贯、江为、成彦雄、张泌等。孟宾于早擅诗名,一生著述颇丰,"有《金鳌集》者,应举时诗也;《湘东集》者,马氏幕府诗也;《金陵集》诗,李氏诗也;《玉笥集》者,吉州诗也;《剑池集》者,丰城诗也"⑥。宋齐丘所吟《陪游凤凰台献诗》颇为李昇赞赏。史虚白长于诗文,《南唐书》记载:"时烈祖辅吴,方任用宋齐丘,虚白诵言曰,吾可代彼。齐丘不平,欲穷其技能,召与宴饮,设倡乐弈棋博戏。酒数行,使制书檄诗赋碑颂。虚白方半醉,命数人执纸,口书,笔不停辍,俄而众篇悉就,词采磊落,坐客惊

---

① 丁仪:《诗学渊源》卷八,张寅彭、黄刚编撰:《唐诗论评类编》,上海古籍出版社2015年版,第1426页。
② 李调元编,何光清点校:《全五代诗》卷二十五,巴蜀书社1992年版,第521页。
③ 高峰:《乱世中的优雅:南唐文学研究》,人民出版社2013年版,第169—170页。
④ 辛文房撰,傅璇琮主编校笺:《唐才子传校笺》第四册卷一〇,中华书局1990年版,第469页。
⑤ 辛文房撰,傅璇琮主编校笺:《唐才子传校笺》第四册卷一〇,中华书局1990年版,第450—454页。
⑥ 王禹偁:《孟水部诗集序》,曾枣庄,刘琳主编:《全宋文》第八册卷一五四,上海辞书出版社、安徽教育出版社2006年版,第29页。

服。"①北宋仁宗喜其诗,追号其"冲靖先生"。汤悦能诗善文,尤富史才,"撰《江南录》十卷,自言有陈寿史体"②。汤悦著有《汤悦集》3卷,与徐铉合撰《江南录》10卷,《全唐诗》存诗5首,《全唐诗外编》补诗1首。伍乔与史虚白等诗人多有酬唱,《全唐诗》存诗1卷。他的诗歌有一种清幽闲适的意境和寒苦风格,其代表作有《冬日道中》:"去去天涯无定期,瘦童羸马共依依。暮烟汇口客来绝,寒叶岭头人住稀。带雪野风吹旅思,入云山火照行衣。钓台吟阁苍洲在,应为初心未得归。"《南唐书》记载,伍乔"居庐山国学数年,力于学诗,调寒苦,每有瘦童羸马之叹"③。孟贯,性疏野,不以荣宦为意。与伍乔、史虚白、江为等诗人多有酬唱,《全唐诗》存诗1卷。孟贯的诗格调清新逸致,有超凡脱俗之气。《唐诗摘钞》里评价孟贯的诗曰:"晚唐人骨格本不高,若再行枯率之笔,便入打油,不复成诗矣。如此冷隽幽润之篇,亦当亟赏。"④江为曾游庐山,师陈贶为诗,在庐山20年。有《江为集》1卷,已佚;《全唐诗》存诗8首、断句2联,《全唐诗外编》及《全唐诗续拾》补诗5首、断句2联。成彦雄为南唐进士,擅写景咏物,尤工绝句。《全唐诗》存诗1卷。张泌,《全唐诗》存诗1卷,《全唐诗补编·续补遗》补收诗1首及断句。

  南唐的散文创作也取得了一定的成就。南唐三主的散文风格各异。李昪存诏令文章7篇,内容均涉及国家大事,如《禁上尊号诏》《举用儒吏诏》《旌张义方直言诏》等。李璟文气稍胜,《全唐文》收录其文11篇,除《恤民诏》表达因天灾导致民不聊生的愧疚外,其余均为呈送给宋朝的表章,言语之间用"臣""臣下",表现了李璟时期南唐的窘况。李煜则更多性情。《却登高文》怀念被扣在宋做人质的弟弟李从善,《昭惠周后诔》倾诉对周后的思念之情。南唐文人的散文创作也颇为兴盛。道士谭峭著有《化书》6卷,发挥黄老列庄学说,秉承了传统道家思想,受列子化、盗天等思想影响颇大。该书还继承了张湛《列子注》所论述的

---

① 陆游撰:《南唐书》卷七《徐高钟章史沈三陈江毛列传第四》,中华书局1985年版,第153—154页。
② 马令撰:《南唐书》卷二十三《归明传下第十九·汤悦》,中华书局1985年版,第159页。
③ 陆游撰:《南唐书》卷十五《周郑李三刘江汪郭伍萧李卢朱王魏列传第十二》,中华书局1985年版,第335页。
④ 黄生等撰,何庆善点校:《唐诗评三种》,黄山书社2014年版,第140页。

最高哲学"太虚"。南唐佛道并举,寺观林立。南唐文人多有描摹寺观、参观之作,如冯延巳的《开先禅院碑记》、徐锴的《义兴周将军庙记》、韩熙载的《元寂禅师碑》《上睿宗行止状》、徐知证的《庐山太一真人庙记》、贾彬的《圣母庙记》等。这些文章比较短小,结构也基本相同,大多是先介绍创作此篇文章的缘由,然后描写相应的自然历史人文景观,再记述此地神仙道士的事迹。

徐铉是南唐文章流传最多的文人,今存261篇。《全唐文》收录徐铉的文章,依次是赋、制、册、表、书、序、记、碑铭、墓志铭、文,可谓无体不备,其近百篇制诰文颇为时人称道。不过他的其他文章更显特色:《九叠松赞并序》《乔公亭记》以景抒理,《韩熙载墓志铭》气格雄健,《吴王李煜墓志铭》严密而从容。徐铉在《文献太子诗集序》中主张"取譬小而其指大,故禽鱼草木无所遗。连类近而及物远,故容貌俯仰无所隐",反对"以苦调为高奇,以背俗为雅正"①。徐铉还创作了笔记体小说《稽神录》。徐铉自序称"自乙未岁(935年)至乙卯(955年),凡二十年","撰作此书,收记一百五十则神怪之事"。《全唐文》还收录较多陈致雍的文章。其文都为奏章、表疏。陈致雍是南唐时期的礼学家,撰有《五礼仪鉴》6卷,《曲台奏议》20卷,《新定寝祀礼》1卷,《州县祭祀仪》1卷等礼学著述。不过皆已佚失。在《全唐文》中留存了陈致雍关于礼仪的奏议和涉及南唐文武诸臣的谥议共计102篇。与徐铉齐名的韩熙载,留存下来的文章较少,《全唐文》仅收录六篇,分别是《宣州筑新城记》《分司南都乞留表》《上睿帝行止状》《真风观碑》《汤泉院碑》《元寂禅师碑》。韩熙载长于碑碣,他的文章气势宏大、文采斐然,与徐铉的淡雅清丽风格有所不同。

三、南唐文学的研究

南唐文学对后世产生了重要影响。一批由唐入宋的南唐文人,占据着北宋初期文坛的重要地位。北宋初年,徐铉为北宋文坛的执牛耳者。南唐的诗词也直接影响了北宋的诗词风格。欧阳修、晏殊、范仲淹

---

① 徐铉:《文献太子诗集序》,曾枣庄,刘琳主编:《全宋文》第二册卷一九,上海辞书出版社、安徽教育出版社2006年版,第185页。

均受到南唐词的影响。冯延巳的词甚至被认为"开北宋一代风气"①。南唐散文创作也对北宋产生了重要影响。北宋初期文章流派中的"五代派"便是以徐铉为中心,包括陶谷、张昭、张洎、李昉、吴淑、陈彭年等由五代入宋的文人。他们学养深厚,博通经史,受五代靡丽文风的影响,擅长骈文创作,开启了北宋的散文创作,形成了一种典雅俊丽的文风。北宋初年影响最大、声势最盛的"西昆派",也延续了南唐诗人酬唱宴饮之风。

历代文人对南唐诗词及南唐文人生平轶事均有论述和记载,如南唐史书、史料笔记、词话等。陆游的《南唐书》、马令的《南唐书》、陈彭年的《江南别录》、史虚白的《钓矶立谈》、郑文宝的《江表志》《南唐近事》《江南余载》、吴任臣的《十国春秋》、龙衮的《江南野史》、江少虞的《宋朝事实类苑》、张唐英的《蜀梼杌》、辛文房的《唐才子传》等,都记载了大量南唐历史、文人事迹,为全面了解南唐历史文化提供了重要的史料。历代对南唐诗词的整理研究与阐释,也方兴未艾,其中"词话"最多。不过,这些成果基本上是从整个词学发展脉络或词学赏析的角度入手,并多将其附于唐末或宋初,如刘崇远的《金华子杂编》、陈师道的《后山谈丛》、文莹的《玉壶清话》、蔡绦的《西清诗话》、陈元靓的《岁时广记》、胡仔的《苕溪渔隐丛话》、杨万里的《草堂诗余》、方回的《瀛奎律髓汇评》、陈廷焯的《白雨斋词话》、郭麟的《灵芬馆词话》、何文焕的《历代诗话》、厉鹗的《宋诗纪事》、黄苏的《蓼园词评》、刘熙载的《词概》、冯煦的《蒿庵论词》、王国维的《人间词话》、俞平伯的《读词偶得》、夏承焘的《唐宋词欣赏》、唐圭璋的《宋词四考》、叶嘉莹的《迦陵谈词》等。

20世纪80年代中后期,对南唐诗词的研究逐渐走向兴盛,或对南唐词进行专门的研究,或对词史资料进行整理辑录,或对词话进行赏析,或对南唐诗词进行校注笺注,或对早期词话著作重新出版。这些都取得了丰硕的成果,如刘毓盘的《词史》(上海书店1985年)、俞陛云的《唐五代两宋词选释》(上海古籍出版社1985年版)、吴熊和的《唐宋词通论》(浙江古籍出版社1985年版、2006年版)、唐圭璋的《词话丛编》

---

① 王国维:《人间词话》,唐圭璋编:《词话丛编》第五册,中华书局1986年版,第4243页。

(中华书局1986年版)、杨海明的《唐宋词风格论》(上海社会科学院出版社1986年版)、罗宗强的《隋唐五代文学思想史》(上海古籍出版社1986年版)、詹幼馨的《南唐二主词研究》(武汉出版社1992年版)、刘尊明的《唐五代词的文化观照》(文津出版社1994年版)、谢世涯的《南唐李后主词研究》(学林出版社1994年版)、龙榆生的《龙榆生词学论文集》(上海古籍出版社1997年版)、叶嘉莹的《迦陵论词丛稿》(河北教育出版社1997年版)、刘扬忠的《唐宋词流派史》(福建人民出版社1999年版)、孙克强的《唐宋人词话》(河南文艺出版社1999年版)、刘尊明的《唐五代词史论稿》(文化艺术出版社2000年版)、王兆鹏的《唐宋词史论》(人民文学出版社2000年版)、张兴武的《五代作家的人格和诗格》(人民文学出版社1998年版)、王兆鹏的《南唐二主冯延巳词选》(上海古籍出版社2002年版)、刘宁的《唐宋之际诗歌演变研究》(北京师范大学出版社2002年版)、李定广的《唐末五代乱世文学研究》(中国社会科学出版社2006年版)、王仲闻的《南唐二主词校订》(中华书局2007年版)、高峰的《乱世中的优雅：南唐文学研究》(人民出版社2013年版)、张丽的《江南文化与南唐词》(中国文史出版社2015年版)等。这些研究成果、笺校和汇编资料都对南唐文学的研究具有重要意义。

四、本书研究思路

南唐在五代十国时期地位十分重要，是当时的经济文化重镇。无论是文学创作，还是艺术、印刷等其他文化事业，南唐时期都取得了比较大的成就。南唐文学也代表着五代十国文学的最高成就，尤其是南唐诗词，形成了独特的风格，不仅将诗词推向了一个新的高度，也为北宋诗词的发展产生了重要影响。

本书的主要研究对象为南唐诗词，具体包括南唐的诗歌和词两种主要形式，重点为南唐词，并选取部分重要作家进行个案研究。本书内容主要包括南唐诗词生成的文化背景、南唐诗词的情感基调、南唐诗词的江南意象特色、南唐诗词的江南文化基因和南唐诗词对北宋诗词产生的重要作用等。本书试图从文化的传承和发展的角度，研究南唐文化与六朝文化、南方文化和北宋文化之间承上启下的联系，从较为宽阔的文化视角观照南唐诗词。

本书研究总体框架是：第一章研究南唐诗词产生的文化背景，主要包括吴越文化、六朝文化和江南文化对南唐诗词的影响，南唐文化建设的主要措施和成就，以及由此形成的南唐文化特质；第二章至第四章研究南唐诗词的情感基调、江南意象特色、江南文化基因，这几个部分主要挖掘南唐诗词与地域文化、南唐诗词蕴含的文化内涵和意义等；第五章主要研究南唐诗词对北宋诗词的发展产生的影响，既从整体上研究南唐诗歌和南唐诗词对北宋诗词的影响，也选取冯延巳和李煜两位词人为个案研究其对北宋词的影响，从而较为深入具体地揭示南唐诗词的文化传承与影响。

第一章　南唐诗词生成的文化背景

南唐诗词的生成离不开南唐政权所处的地理环境。南唐由杨吴政权发展而来,长期地处江南,有着深厚的江南文化传统。南唐文化的发展,得益于江南文化的兴盛。因此,南唐诗词的发展是建立在江南文化的基础之上。南唐建国后,非常重视文化发展,实施了一系列文化政策,兴办学校、实行贡举、广收文献等,使得南唐文化成为五代十国时期最为鼎盛的代表。虽然南唐立国时间较短,但由此形成的南唐文化,则呈现出既具有历史延续性又具有独特风格的文化特质。

第一节　南唐文化的地理环境与形成过程

南唐文化的发展离不开江南经济和文化的发展。随着隋唐时期政治经济重心的南移,江南经济获得了较快的发展,文化日益兴盛。南迁文人也成为江南文化发展的重要动力。南唐政权的地理范围主要是江南地区,南唐文化的形成,自然也受到江南经济文化的影响。江南地区的文化在历经吴文化、六朝文化后,在南唐时期也迎来了新的发展契机,并进一步形塑了南唐文化。

一、地理江南的形成

地理意义上的"江南",始于先秦。据《吴越春秋》记载:"周元王使人赐勾践,已受命号,去还江南,以淮上地与楚,归吴所侵宋地,与鲁泗东方百里。当是之时,越兵横行于江、淮之上,诸侯毕贺。"①这里的"江南"指的是东周时的吴国、越国等诸侯国区域。《左传·宣公十二年》载,宣公十二年(前597年)春,楚君攻陷郑都,"郑伯肉袒牵羊以逆。曰:'孤不天,不能事君,使君怀怒以及敝邑,孤之罪也,敢不唯命是听?其俘诸江南,以实海滨,亦唯命'"。郑伯所说的"江南",大致是指如今湖北的南部和湖南一带②。陈子展《楚辞直解》引程恩泽《国策地名考》卷六"江南,在湘鄂之间",又引高士奇《春秋地名考略》卷八"自荆州以南,皆楚所谓江南也"。此是狭义的江南,亦即楚黔中郡,大部分在今湖南省常德、辰州、湘阴、长沙、岳州一带③。

《史记》里的"江南"范围进一步扩大。《史记·五帝本纪》记载:"舜……年六十一代尧践帝位。践帝位三十九年,南巡狩,崩于苍梧之野。葬于江南九嶷,是为零陵。"④九嶷山和零陵在如今的湖南。因此,这里所说的"江南"是以湖南为主。《史记·秦本纪》中记载:"(秦昭襄王)三十年,蜀守若伐楚,取巫郡,及江南为黔中郡。"⑤黔中郡在如今的湖南省西部。此处"江南"指的是现今湖南、湖北南部和江西部分地区。《史记·秦始皇本纪》记载:秦始皇二十五年(前222年),"大兴兵,使王贲将,攻燕辽东,得燕王喜。还攻代,虏代王嘉。王翦遂定荆江南地;降越君,置会稽郡。五月,天下大酺"⑥。这里的"江南"所指区域更加广阔,包括了原楚国地区所有在长江以南的区域,同样包括属于越国的会稽郡⑦。

魏晋南北朝时期,孙权割据东南建立了吴国,永嘉之乱后晋室南渡,江南得以进一步开发。"江南"被用来指称长江下游以南地区的同时,越来越多地代指南方诸朝廷,尤其是以建康(今江苏南京)为中心的

---

① 赵晔撰,周生春辑校汇考:《吴越春秋辑校汇考》,中华书局2019年版,第164页。
② 杨伯峻:《春秋左传注》(修订本)第三册,中华书局2016年版,第784—785页。
③ 陈子展撰:《楚辞直解》,复旦大学出版社1988年版,第553—556页。
④ 司马迁撰:《史记》卷一《五帝本纪第一》,中华书局1982年版,第44页。
⑤ 司马迁撰:《史记》卷五《秦本纪第五》,中华书局1982年版,第213页。
⑥ 司马迁撰:《史记》卷六《秦始皇本纪第六》,中华书局1982年版,第234页。
⑦ 王青:《唐前历史地理与诗歌地理中的江南》,《阅江学刊》,2010年第3期,第124页。

吴越地区①。"吴人彭绮又举义江南,议者以为因此伐之,必有所克"②,"吴哥杂曲,并出江南。东晋已来,稍有增广。其始皆徒歌,既而被之管弦"③,"暮春三月,江南草长,杂花生树,群莺乱飞"④等。其中的"江南"都是相对于北方政权而言的南方朝廷或地区⑤。

唐朝时期,出现了较为明确的"江南"概念。贞观元年(627年),分天下为十道,其中设有江南道。江南道范围极广,辖境包含今浙江、福建、江西、湖南及江苏、安徽、湖北、贵州的长江以南之地。开元二十一年(733年),又将江南道分为江南东道、江南西道和黔中道。江南东道的辖境包含今上海、江苏苏南、浙江全境、福建全境及安徽徽州⑥。江南西道辖境包含今江西、湖南大部分地区及湖北、安徽南部地区(除徽州)。"江南"的概念便在江南东道和江南西道的基础上形成。岑参的《春梦》写道:"洞房昨夜春风起,故人尚隔湘江水。枕上片时春梦中,行尽江南数千里。"这里的"江南"指"湘江之滨"。李白《赠别舍人弟台卿之江南》中的"江南",从诗句"因为洞庭叶,飘落之潇湘"可以看出,指的是湖南。杜甫《江南逢李龟年》中的"江南",因安史之乱后杜甫漂泊在长沙,并与流落的宫廷歌唱家李龟年重逢,可以看出这里的"江南"指的是湖南。白居易的《南湖早春》写道:"不道江南春不好,年年衰病减心情。"诗题中的"南湖"即鄱阳湖,所以这里的"江南"是指江西。由此,我们可以看出,唐代的"江南"仍包括湖南、江西等地。

中唐以后,"江南"越来越多地被用于指称长江下游以南的吴越地区,基本等同于后来的狭义"江南"概念⑦,如"送君江南去,秋醉洛阳酒"(沈颂《送人还吴》)、"江南多大郡,如今会稽、丹阳,镇领遐阔"(李华《衢州刺史厅壁记》)、"越国山川看渐无,可怜愁思江南树"(孙逖《春日留别》)等诗句中的"江南"。《旧唐书》中的"江南"也多指向吴越,如"且江

---

① 景遐东:《江南文化与唐代文学研究》,人民文学出版社2005年版,第24页。
② 陈寿撰,裴松之注:《三国志》卷十四,中华书局2000年版,第458页。
③ 郭茂倩编撰:《乐府诗集》卷九十四《新乐府辞五》,中华书局1979年版,第639—640页。
④ 丘希范:《与陈伯之书》,萧统编、李善注:《文选》,上海古籍出版社1986年版,第1947页。
⑤ 景遐东:《江南文化与唐代文学研究》,人民文学出版社2005年版,第24页。
⑥ 王青:《唐前历史地理与诗歌地理中的江南》,《阅江学刊》,2010年第3期,第125页。
⑦ 景遐东:《江南文化与唐代文学研究》,人民文学出版社2005年版,第26页。

南租船,候水始进,吴人不便嘈挽,由是所在停留。日月既淹,遂生窃盗。臣望于河口置一仓,纳江东租米,便放船归"①,"及杨玄感作乱,吴人朱燮、晋陵人管崇起兵江南以应之,自称将军,拥众十余万"②等。

二、文化江南的形成

周振鹤先生说:"江南不但是一个地域概念——这一概念随着人们地理知识的扩大而变易,而且还具有经济含义——代表一个先进的经济区,同时又是一个文化概念——透视出一个文化发达的范围。"③从地理概念上的江南,到文化意义上的江南,自然离不开在地理江南区域内的文化发展,文化江南也正是在这社会经济、历史变迁中逐步形成,并奠定了自己的文化风格。刘士林认为,自成一体的、具有独特的结构与功能的某种区域文化,通常具备两个基本条件:一是区域地理的相对完整性;二是文化传统的相对独立性④。文化江南的形成,与地理江南的形成不尽相同。

吴越文化是江南文化的源头和基础。据《史记》记载:"吴太伯,太伯弟仲雍,皆周太王之子,而王季历之兄也。季历贤,而有圣子昌,太王欲立季历以及昌,于是太伯、仲雍二人乃奔荆蛮,文身断发,示不可用,以避季历。季历果立,是为王季,而昌为文王。太伯之奔荆蛮,自号句吴。荆蛮义之,从而归之千余家,立为吴太伯。"⑤泰伯奔吴建立吴国。吴国的旁边是越国。据《史记》记载:"越王勾践,其先禹之苗裔,而夏后帝少康之庶子也。封于会稽,以奉守禹之祀。"⑥吴国和越国语言习俗基本相同。《吕氏春秋·知化篇》谓:"夫吴之与越也,接土为邻境,壤交通属,习俗同,言语通。我得其地能处之,得其民能使之,越于我亦然。"⑦吴越文化的许多特点决定了后来江南文化的基本内涵。这一时

---

① 刘昫等撰:《旧唐书》卷四十九《志第二十九·食货下》,中华书局1975年版,第2115页。
② 刘昫等撰:《旧唐书》卷五十四《列传第四·王世充》,中华书局1975年版,第2227页。
③ 周振鹤:《释江南》,《中华文史论丛》第49辑,上海古籍出版社1992年版,第147页。
④ 刘士林:《齐鲁伦理文化与江南诗性文化》,《江南大学学报(人文社会科学版)》,2009年第6期,第82页。
⑤ 司马迁撰:《史记》卷三十一《吴太伯世家第一》,中华书局1982年版,第1445页。
⑥ 司马迁撰:《史记》卷四十一《越王勾践世家第十一》,中华书局1982年版,第1739页。
⑦ 吕不韦编,高诱注,毕沅校,徐小蛮标点:《吕氏春秋》,上海古籍出版社2014年版,第555页。

期江南民风的勇武特点表现得非常突出,"往若飘风,去则难从,锐兵任死,越之常性也"①。

越灭吴后,国力衰落,先沦为楚之属国,后灭于秦。秦在会稽郡统领江南吴越故地。汉武帝时,曾将大量中原百姓移居至会稽郡。秦汉时期,吴越和中原交流频繁,社会经济取得了进一步发展。吴越文化也逐渐发生了一些变化:"夏禹裸入吴国,太伯采药,断发文身。唐、虞国界,吴为荒服,越在九夷,鬻衣关头,今皆夏服、褒衣、履舄。"②吴越文化也逐渐融入了楚文化和中原文化,吴越文化中的尚武崇霸逐渐转为尚礼崇文。这一时期,吴越也出现了一批颇具影响的文人,如西汉时期的陆贾、严助、朱买臣等;东汉时期的严光、王充、戴就、彭修、谢夷吾、赵晔、包咸等③。

魏晋南朝时期是江南文化大发展时期和重要的转型期。当时,江南相对于战乱不断的北方较为安定,再加上东晋、南朝的政权建立在江南,所以江南的经济文化都有很大的进步,"江东,中国之旧也,衣冠礼乐之所就也"④。从江南文化自身的发展来看,魏晋南朝时期是江南文化的成熟阶段,江南文化由尚武向尚文的转变基本完成,其影响后代的新的特质大多形成于这一阶段⑤。唐代杜佑在叙述永嘉南迁以后江南的文化状况时说:"永嘉之后,帝室东迁,衣冠避难,多所萃止。艺文儒术,斯之为盛。"⑥"自中原沸腾,五马南渡,缀文之士,无乏于时。降及梁朝,其流弥盛。盖由时主儒雅,笃好文章,故才秀之士,焕乎俱集。"⑦这都表明,此时的江南人才辈出。

晋室南渡后,士族社会给江南带来了一股阴柔的特质。清秀、温婉、柔弱、恬静成为时尚和追求,从而改变了吴越文化的审美取向⑧。柳

---

① 李步嘉校释:《越绝书校释》,中华书局2013年版,第222页。
② 黄晖:《论衡校释(附刘盼遂集解)》卷十九《恢国》,中华书局1990年版,第832页。
③ 景遐东:《江南文化与唐代文学研究》,人民文学出版社2005年版,第45页。
④ 王通撰,张沛校注:《中说校注》,中华书局2013年版,第183页。
⑤ 景遐东:《江南文化与唐代文学研究》,人民文学出版社2005年版,第45—46页。
⑥ 杜佑撰,王文锦等点校:《通典》,中华书局1988年版,第4850页。
⑦ 李延寿撰:《南史》卷七十二,中华书局1975年版,第1762页。
⑧ 陈尧明、苏迅:《长三角文化的累积与裂变——吴文化——江南文化——海派文化》,《江南论坛》,2006年第5期,第16页。

诒徵在《中国文化史》中考辨："元帝定都建康,而南方为汉族正统之国者二百七十余年,中州人士,侨寄不归。始犹以贵族陵蔑南士。或以流人,志图振复。洎久而相安,北人遂为南人。"①中州士族文化的大规模进入,也改造了本土文化,中原贵族文化与本土精英文化的结合,诞生出以"士族精神,书生气质"为审美核心的江南文化。"诗性"遂成为"江南文化"最本质的、与众不同的特征。与此同时,东晋以来"玄风南渡",北方士人南下带来了崇尚老庄的玄风,其放诞精神融入江南风俗中,形成了一股清狂豪迈、奔放洒脱之风②。杜牧《润州二首》也写道:"大抵南朝皆旷达,可怜东晋最风流"。清狂放诞成为南朝文士精神风貌的突出表现③。在这样的背景下社会风气也在变化,西晋左思《吴都赋》中尚说江南"士有陷坚之锐,俗有节概之风"。而到隋唐之际,则是"其人君子尚礼,庸庶敦厐,风俗澄清,道教隆洽"④。这说明隋唐之际,江南上层社会风俗已经完成从尚武到崇文的转变。⑤

唐代江南文士在魏晋玄学、名士风流和佛道思想的影响下,形成狂逸、放诞的个性,其也成为盛唐文化精神的象征⑥。初唐时期,江南文人便占据着重要的地位。在记载贞观宫廷文人唱和的《翰林学士集》中,共著录17人唱和诗作,其中来自江南地区的就有9人⑦。在中宗至开元时期,逐渐形成了以吴中四士(张若虚、贺知章、张旭和包融)为代表的吴越文人群体。他们"文词俊秀,名扬于上京"⑧,呈现出淡泊洒脱的精神风貌和旷放自由的行事风格,颇有魏晋名士风范⑨。贺知章"性放旷,善谈笑,当时贤达皆倾慕之","晚年尤加纵诞,无复规检,自号四明狂客,又称'秘书外监',遨游里巷。醉后属词,动成卷轴,文不加点,咸

---

① 柳诒徵:《中国文化史》,东方出版中心2007年版,第370页。
② 景遐东:《江南文化与唐代文学研究》,人民文学出版社2005年版,第56页。
③ 景遐东:《江南文化与唐代文学研究》,人民文学出版社2005年版,第56页。
④ 魏徵等撰:《隋书》卷三十一〈地理志下〉,中华书局1973年版,第887页。
⑤ 景遐东:《江南文化与唐代文学研究》,人民文学出版社2005年版,第50页。
⑥ 景遐东:《江南文化与唐代文学研究》,人民文学出版社2005年版,第56—57页。
⑦ 傅璇琮编撰:《唐人选唐诗新编》,陕西人民教育出版社1996年版,第36—37页。
⑧ 刘昫等撰:《旧唐书》卷一百九十六〈贺知章传〉,中华书局1975年版,第5035页。
⑨ 周衡:《从虞世南到贺知章:论初盛唐江南文人的精神流变》,《中国韵文学刊》,2013年第2期,第4页。

有可观"①。张若虚"虽有文名,俱流落不偶,恃才浮诞而然也"②。张旭也是如此。诗云:"张公性嗜酒,豁达无所营。皓首穷草隶,时称太湖精。……左手持蟹螯,右手执丹经。瞪目视霄汉,不知醉与醒。"③

三、诗歌江南的形成

江南文化最集中地表现在历代文学作品之中,从而形成了文学中的江南意象。汉乐府名作《江南可采莲》歌唱了江南劳动人民采莲时的欢快场面。这里的"江南"明显指的就是吴地。从此之后,"采莲"也成为表现江南诗歌的经典意象。

有研究者认为:"在东晋南渡以前,文人对江南的想象具有矛盾的两重性。一方面,他们继承了两汉以前对于江南(实际上主要指湖北江南与湖南地区)的传统想象,认为江南是文化落后的瘴湿之地;另一方面,则受楚辞与乐府诗歌的影响,对南方地区的美人充满了憧憬。"④曹植有诗云"南方有瘴气,晨鸟不得飞"(《七哀诗》),无论其中的"瘴"是一种"障碍",还是一种"南方地区的疾病",诗句中的"南方"都让人望而却步。但曹植也有诗写道"南国有佳人,容华若桃李"(《杂诗·南国有佳人》)。很显然,这首诗主要是受屈赋中香草美人传统的影响,但对"江南采莲女"的歌咏也强化了北方士人对江南美女的强烈想象⑤。晋室南渡以后,歌颂江南的诗歌发生了重要的变化。"有三个典型意象值得我们重视:第一是南方清秀委婉、妩媚多情的女子。第二就是江南吴地独特的生产方式——'采莲'。以上两点显然是接受了江南本地乐府民歌的强烈影响。第三,就是由文人亲自发现并体认的山水田园美景,这些完全不同于北方风物的南方山水田园展示了全新的美感类型。"⑥魏晋南北朝时期,文学终于脱离了哲学、历史等的附庸获得了独立的地位而进入"自觉时代"。文人创作进入成熟繁荣的阶段,极大地推动了中国

---

① 刘昫等撰:《旧唐书》卷一百九十《贺知章传》,中华书局 1975 年版,第 5034 页。
② 王仁裕等撰,丁如明辑校:《开元天宝遗事十种》,上海古籍出版社 1985 年版,第 43 页。
③ 李颀、王锡九校注:《李颀诗歌校注》上册,中华书局 2018 年版,第 51 页。
④ 王青:《唐前历史地理与诗歌地理中的江南》,《阅江学刊》,2010 年第 3 期,第 125 页。
⑤ 王青:《唐前历史地理与诗歌地理中的江南》,《阅江学刊》,2010 年第 3 期,第 125 页。
⑥ 王青:《唐前历史地理与诗歌地理中的江南》,《阅江学刊》,2010 年第 3 期,第 125—126 页。

文学的发展。诗歌、骈文、词赋、小说都在这一时期取得了崭新的成就。玄言诗、山水诗、田园诗、宫体诗相继涌现。而在艺术上,南朝诗人以"元嘉体""永明体"开创了诗歌声律化的新时代,不仅为当时的文坛注入了新的气息,树立了新的美学风范,更为唐诗的辉煌奠定了基础,开创了中国诗歌历史的新时代①。

诗歌是唐代文人的重要创作体裁,江南是唐代文学创作的主要地区,江南诗人是唐代诗人队伍的重要力量。景遐东统计,唐五代江南地区有诗作存世的诗人共357人,分布于江南东道润州、常州、苏州、湖州、杭州、睦州、越州、歙州、明州、衢州、括州、婺州、温州、台州的14个州及江南西道的宣州、池州,共16个州。江南诗人存诗总数11345首627句。唐代江南诗人人数差不多占有诗歌存世的所有唐代诗人人数的1/5,这是甚为可观的。可以说江南诗人是唐代文学创作的主力。② 宋末元初的谢翱曾在一篇序言中写道:

> 唐代言诗在江东者,戴发运叔伦,许刺史浑,润人丘员外丹、丘庶子为、顾著作况、陆处士龟蒙。姑苏人孟先生郊、严处士恽、释子皎然。吴兴人骆少府宾王、张处士志和、僧贯休。金华人贺宾客知章。四明人严长史维、秦征君系、吴舍人融、僧澈,越人张处士祜,金陵人吴韶州武陵,广信人罗给事隐,新城人项少府斯,天台人薛补阙令之。欧阳生詹,闽人。其它虽遗逸不可概举。③

唐代南方文人群体的出现,成为江南文化发展的重要现象。唐代大历年间(766—779年),诗坛形成了南北两大诗人群体:"一是以长安和洛阳为中心,那就是钱起、卢纶、韩翃等大历十才子诗人,他们的作品较多地呈献给当时的达官贵人。一是以江东吴越为中心,那就是刘长

---

① 景遐东:《江南文化与唐代文学研究》,人民文学出版社2005年版,第48页。
② 景遐东:《江南文化与唐代文学研究》,人民文学出版社2005年版,第113页。有诗存世的诗人数,因清代彭定求编撰的《全唐诗》和王重民《补全唐诗》《补全唐诗续拾》,孙望《全唐诗补逸》,童养年《全唐诗续补遗》及陈尚君师的《全唐诗续拾》而网罗殆尽。诗人总数为3700余人,诗歌总数约为5.5万首。但是3700多诗人中将近一半是籍里无考,陈尚君的力作《唐代诗人占籍考》广泛利用各种文献资料及学术界最新成果,考辨出1900多位诗人之籍里。
③ 谢翱:《睦州诗派序》卷十,李修生主编:《全元文》第13册卷四七一,江苏古籍出版社1999年版,第522页。

卿、李嘉祐等人,作品大多描写山水风景。"①安史之乱后,北方经济文化受到重创,大量人口、技术、资源等南迁,为南方经济文化的发展起到了重要作用。贾晋华指出:"安史之乱中,北方士大夫纷纷避难南渡,形成文人词客荟集江左的局面。由于战乱引起的南北政治、经济形势的变动,这种'词人多在江外'的现象一直延续到大历中。……这些诗会(指浙东、浙西文人群体在越州、湖州的联唱诗会)的兴起,加上这一时期虽未参加这两个集团,却基本上活动于江南地区的刘长卿、李嘉祐、张继、戴叔伦、顾况、皇甫冉、秦系、朱放、灵一、灵澈等诗人,从而使得江南地区呈现出文学创作的繁盛局面,标志着南方文学的重新崛起。从此以后,文学中心又开始逐渐南移了。"②这些都为南唐文化的发展提供了重要的政治、经济和文化基础。

第二节　南唐文化的建设与成就

五代十国时期,政治动荡,藩镇割据,战乱频仍,民不聊生。朱温代唐至北宋建立的时间里,中原地区相继出现了后梁、后唐、后晋、后汉、后周五代王朝,中原地区以外存在过吴、南唐、吴越、楚、闽、南汉、前蜀、后蜀、南平、北汉十个小国。五代十国时期,政治更迭频繁,社会混乱,"于此之时,天下大乱,中国之祸,篡弑相寻"③,"五十三年之间,易五姓十三君,而亡国被弑者八,长者不过十余岁,甚者三四岁而亡"④,"五代,干戈贼乱之世也,礼乐崩坏,三纲五常之道绝,而先王之制度文章扫地而尽于是矣"⑤。因此,"五代十国时期诸统治者中,凡有政治远见者,无不通过文化建设以倡导纲常伦理为巩固统治的重要方式之一"⑥。南唐政权建立后,凭借其较为发达的经济、南迁的文人、文化的历史积淀,当

---

① 傅璇琮:《李嘉祐考》,《唐代诗人丛考》,中华书局1980年版,第232页。
② 贾晋华:《唐代集会总集与诗人群研究》,北京大学出版社2001年版,第101页。
③ 欧阳修撰:《新五代史》卷六十一《吴世家》,中华书局1974年版,第762页。
④ 欧阳修,洪本健校笺:《欧阳修诗文集校笺》,上海古籍出版社2009年版,第1546页。
⑤ 欧阳修撰:《新五代史》卷十七《晋家人传》,中华书局1974年版,第188页。
⑥ 邹劲风:《南唐文化》,南京出版社2005年版,第110页。

政者尤为注重文化建设,并取得了重要的成就,形成了"衣冠文物,甲于中原"的盛况。

一、南唐的文化建设

南唐三主非常重视兴办教育、贡举选才和收集整理图书文献,为南唐文化的发展奠定了重要的基础。五代十国时期,南唐确实在文化建设方面走在了前列。

(一) 兴办教育

南唐教育发达,崇学之风兴盛,官学、私学遍及江南。南唐所设学校有国子监、国子学、庐山国学、地方州学等。李昪对教育的重视为后世所称道。南唐建国后升元二年(938年),李昪"立太学,命删定礼乐"①。除在京师秦淮河畔设"国子监",兴办太学、小学,培养国子博士和四门博士外,升元四年(940年)还在庐山五老峰下"建学馆于白鹿洞,置田供给诸生,以李善道为洞主,掌其教,号曰'庐山国学'"②。无论是杨吴政权时期,还是立国后的南唐,先主李昪都重视兴办教育。李昪的兴学重教思想,为后来的中主李璟和后主李煜所继承和发扬。南唐保大年间(943—957年),李璟开科取士,促进了官学和私学的进一步发展。后主李煜在国力不断衰微时,仍拨调官田租税以充当庐山国学的经费,"白鹿洞在庐山之阳,常聚生徒数百人。李煜僭窃时,割善田数十,岁取其租廪给之。选太学通经者,授以他官,俾领洞事,日与诸生讲诵"③。由于南唐君主的重视和推动,南唐的官方教学机构较为完备,太学国学兴盛,"南唐跨有江淮,鸠集典坟,特置学官,滨秦淮,开国子监。复有庐山国学,其徒各不下数百,所统州县,往往有学"④。值得一提的是,庐山国学建立后,一批高人逸士在此讲学,从学者数百,形成了颇具特色的文学群体。陈沆、谭紫霄、陈贶、刘元亨、毛炳等都曾讲学于此;

---

① 陆游撰:《南唐书》卷一《烈祖本纪》,中华书局1985年版,第11页。
② 吴任臣:《十国春秋》卷十五《烈祖本纪》,中华书局1983年版,第197页。
③ 李焘撰:《续资治通鉴长编》卷二十一,中华书局1979年版,第476页。
④ 马令撰:《南唐书》卷二十三《归明传下第十九·朱弼》,中华书局1985年版,第153—154页。

江为、伍乔、刘洞、夏宝松、杨徽之、李中、卢绛、许坚、刘式等一批南唐及宋初的名人学士都曾在此求学。由此,庐山国学成为南唐文化教育的重镇,对后世也产生了巨大的影响。

在官学之外,南唐的私学之风也很兴盛。江州(今江西九江)陈氏,"建书楼于别墅,以延四方之士,肄业者多依焉"①,"别墅建家塾,聚书延四方学者,伏腊皆资焉,江南名士皆肄业于其家"②。陈褒"筑书楼,延四方学者"③。洪州(今江西南昌)胡仲尧,"累世聚居,至数百口。构学舍于华林山别墅,聚书万卷,大设厨廪,以延四方游学之士"④。南康建昌(今江西永修)洪文抚,"就所居雷湖北创书舍,招来学者"⑤。南唐文人学者也热衷私收门徒,延揽宾客,传授思想,切磋才艺,交游唱和。江梦孙"暇则以经术课诸生及子直木"⑥。颜诩是颜真卿之后,徙居禾川(今江西吉安),"雅辞翰,谨礼法……每延宾侣,寓门下者常十数"⑦。韩熙载为人风流倜傥,多才多艺,在当时有盛名,"善谭论,听者忘倦。审音能舞,分书及画,名重当时。见者以为神仙中人"⑧。他"内念报国之意,莫急于人材,于是大开门馆,延纳隽彦,凡占一伎一能之士,无不加意收采,唯恐不及"⑨,"广纳儒生,苟有才艺,必延致门下,以舒雅之徒为门生,高第凡数十辈。由是所用之资,月入不供。及奉使临川,借官钱三十万"⑩;"喜提奖后进,每见一文可采者,辄自缮写"⑪。一时间,韩熙载、萧俨、江文蔚、史虚白、常梦锡、冯延巳、冯延鲁、徐铉、徐锴、潘佑、张泊、马仁裕、王彦铸、高越、高远等文人雅士均荟萃江南,宴饮酬唱,奠定了南唐文化的重要基础。

---

① 马令撰:《南唐书》卷一《先主书》,中华书局1985年版,第5页。
② 文莹:《湘山野录》卷上,文莹撰,黄益元校点:《湘山野录 续录 玉壶清话》,上海古籍出版社2012年版,第17页。
③ 吴任臣:《十国春秋》卷二十九《陈褒传》,中华书局1983年版,第423页。
④ 脱脱等撰:《宋史》卷四百五十六《胡仲尧传》,中华书局1985年版,第13390页。
⑤ 脱脱等撰:《宋史》卷四百五十六《洪文抚传》,中华书局1985年版,第13392页。
⑥ 文莹:《玉壶清话》卷十《江南遗事》,文莹撰,黄益元校点:《湘山野录 续录 玉壶清话》,上海古籍出版社2012年版,第124页。
⑦ 马令撰:《南唐书》卷十五《隐者传第十·颜诩》,中华书局1985年版,第105页。
⑧ 马令撰:《南唐书》卷十三《儒者传上第八·韩熙载》,中华书局1985年版,第92页。
⑨ 史虚白:《钓矶立谈》,王云五主编:《钓矶立谈及其他二种》,商务印书馆1936年版,第27页。
⑩ 马令撰:《南唐书》卷十三《儒者传上第八·韩熙载》,中华书局1985年版,第90页。
⑪ 马令撰:《南唐书》卷十三《儒者传上第八·韩熙载》,中华书局1985年版,第91页。

(二) 贡举选才

五代十国时期,南唐最为重视贡举制度,贡举成为其取才的主要途径。马令的《南唐书》认为烈祖时还没有采取贡举形式,"时贡院未备,士有献书可采者,随即考试,公平详审,士论壹之。兼知选事,吏不容奸,畏之如神明。进擢孤寒,不附贵势"①。文莹《玉壶清话》卷九也认为:"时贡条未备,士有仗策献文、稍可采录者,委平章事张延翰收试院,量材补用,皆得其职。"②但任爽认为烈祖时已采取了资荫、献策考试和贡举三种形式。《十国春秋》卷二十八《徐锴传》写道:"升元中,议者以文人浮薄,多用经义法律取士,锴耻之,杜门不求仕进。"③这说明,升元年间,南唐实行了贡举取士,但只设经义、法律等科,而没有设进士科。因此,徐锴"耻之"而不愿参加这类科试。《十国春秋》卷二十六云:"李征古,袁州宜春人,升元末,举进士第。"④升元是李昪的年号,指937—943年。"升元末"至迟指升元七年(943年)。可以看出,至少在943年,南唐开设了有进士科的贡举制度。

到保大十年(952年)之后,南唐开始定期举行贡举,直到南唐灭亡。保大十一年(953年),因权臣反对,贡举制度一度中止。《资治通鉴》对此有记载:"唐主好文学,故熙载与冯延巳、延鲁、江文蔚、潘佑、徐铉之徒皆至美官。佑,幽州人也。当时唐之文雅于诸国为盛,然未尝设科举,多因上书言事拜官,至是,始命翰林学士江文蔚知贡举,进士庐陵王克贞等三人及第。……时执政皆不由科第,相与沮毁,竟罢贡举。"⑤后由于徐铉力争,保大十二年(954年)贡举制度得以恢复。后主时期,虽然内忧外患,但是贡举制度仍一直推行。《十国春秋》卷一百一十六记载:"南唐给事中乔匡舜知举,进士及第者五人,即邱旭、乐史、王

---

① 马令撰:《南唐书》卷十《列传第五·张延翰》,中华书局1985年版,第73页。
② 文莹:《玉壶清话》卷九《李先主传》,文莹撰,黄益元校点:《湘山野录 续录 玉壶清话》,上海古籍出版社2012年版,第119页。
③ 吴任臣:《十国春秋》卷二十八《徐锴传》,中华书局1983年版,第403页。
④ 吴任臣:《十国春秋》卷二十六《李征古传》,中华书局1983年版,第362页。
⑤ 司马光撰:《资治通鉴》卷二九〇《后周纪一》,古籍出版社1956年版,第9475页。

则、程渥、陈皋也。皆举数升降,等甲无名。"①即便到了开宝八年(975年)宋兵攻下金陵前四个月,后主仍命伍乔主持贡举,取进士38人。据《续资治通鉴长编》记载,"自保大十年(952年)开贡举,讫于是岁,凡十七榜,放进士及第者九十三人,九经一人"②。其中选拔出的较知名的进士有中主时期的张乔、张洎、宋贞观,后主时期的舒雅、邱旭等。

(三)图书文献的整理与收藏

南唐统治者还重视搜集整理唐末以来流散的典籍文物。李昪时期就设立了收藏图书的馆室:"烈祖以东海王辅吴,作礼贤院,聚图书万卷,及琴奕游戏之具,以延四方贤士。"③"澄心堂,南唐烈祖节度金陵之宴居也,世以为元宗书殿,误矣。赵内翰彦若家有《澄心堂书目》,才二千余卷,有'建业文房之印',后有主者,皆牙校也。"④"建业文房,南唐烈祖节度金陵之别室也,赵元考家有《建业文房书目》,才千余卷,有'金陵图书院印'焉。"⑤烈祖还"悬金"广征图书文献,任命史官整理、撰写史书:"及高皇初收金陵,首兴遗教,悬金为购坟典,职吏而写史籍。闻有藏书者,虽寒贱必优词以假之;或有赘献者,虽浅近必丰厚以答之。时有以学王右军书一轴来献,因偿十余万,缯帛副焉。"⑥烈祖重文的政策,吸引了一些藏书丰富者主动捐献藏书。马令《南唐书》记载:

> 鲁崇范,庐陵人也。灶薪不属,而读书自若。烈祖初建学校,丁乱世,典籍多阙,旁求诸郡,崇范虽婆,九经子史,世藏于家,刺史贾皓就取进之,荐其名,不报,皓以己缯偿其直。崇范笑曰:"坟典,天下公器。世乱藏于家;世治藏于国。其实一也。吾非书肆,何估直以偿邪?"却之,皓谢曰:"俗吏浼浊,以遗先生羞,不然,何以见高义?"会皓赴阙,与崇范俱至金陵,表荐之,召试东宫,授太子洗马,

---

① 吴任臣:《十国春秋》卷一百十六《备考·南唐》,中华书局1983年版,第1762页。
② 李焘撰:《续资治通鉴长编》卷十六,中华书局1979年版,第336页。
③ 陆游撰:《南唐书》卷九《刘高卢陈李廖列传第六·陈觉》,中华书局1985年版,第199页。
④ 陈师道撰,李伟国点校:《后山谈丛》卷二,中华书局2007年版,第36页。
⑤ 陈师道撰,李伟国点校:《后山谈丛》卷三,中华书局2007年版,第45页。
⑥ 刘崇远:《金华子杂编》,赵元一撰,夏婧点校:《奉天录(外三种)》,中华书局2014年版,第257页。

复守廉俭,唯食月俸,其余四时锡赉,非次优与,拜而弗取,悉班诸亲旧之贫者。元宗即位,尤重之,除东宫使,卒于仕。①

中主和后主也喜爱收集图书文献和藏品。《南唐书》载:"元宗、后主皆妙于笔札,博收古书,有献者,厚赏之。宫中图籍万卷,尤多钟王墨迹。"②李煜非常重视收藏书画文献,"独以典籍自娱,未尝干预时政"③。李煜尤其喜欢钟繇、王羲之的书画作品,"购藏钟、王以来墨帖至多"④。在南唐文化政策的激励下,"由是六经臻备,诸史条集,古书名画,辐辏绛帷。俊杰通儒,不远千里而家至户到,咸慕置书,经籍道开,文武并驾。暨升元受命,王业赫然,称明文武,莫我跂及"⑤。一时间,"江南藏书之盛,为天下冠"⑥。所以,宋太祖平定江南后,得到金陵藏书十余万卷,且大多校勘精审,编帙完具。南唐因此被称为"文献之地"⑦。为此,马令在《南唐书》中盛赞南唐"鸠集典坟、特置学官"之盛举:

> 皇朝初离五代之后,诏学官训校九经,而祭酒孔维、检讨杜镐,苦于讹舛。及得金陵藏书十余万卷,分布三馆及学士舍人院,其书多雠校精审,编帙完具,与诸国本不类。昔韩宣子适鲁,而知周礼之所在,且周之典礼,固非鲁可存,而鲁果能存其礼,亦为近于道矣。南唐之藏书,何以异此。⑧

二、南唐的文化成就

南唐贡举取士、兴办教育、广征图书等文化政策和文化建设的实施,使得南唐文风璀璨,成为五代十国时期文化成就最高的政权。马令《南唐书》赞曰:

---

① 马令撰:《南唐书》卷十八《廉隅传第十三·鲁崇范传》,中华书局1985年版,第120页。
② 马令撰:《南唐书》卷六《女宪传第一·保仪黄氏传》,中华书局1985年版,第44页。
③ 陈彭年撰:《江南别录》,中华书局1991年版,第8页。
④ 吴任臣:《十国春秋》卷十八《保仪黄氏传》,中华书局1983年版,第268页。
⑤ 刘崇远《金华子杂编》,赵元一撰,夏婧点校:《奉天录(外三种)》,中华书局2014年版,第257页。
⑥ 吴任臣:《十国春秋》卷二十八《徐锴传》,中华书局1983年版,第404页。
⑦ 马令撰:《南唐书》卷十《列传第五》,中华书局1985年版,第69页。
⑧ 马令撰:《南唐书》卷二十三《归明传下第十九·朱弼传》,中华书局1985年版,第154页。

> 五代之乱也,礼乐崩坏,文献俱亡,而儒衣书服,盛于南唐。岂斯文之未丧,而天将有所寓欤? 不然,则圣王之大典,扫地尽矣。南唐累世好儒,而儒者之盛,见于载籍,灿然可观,如韩熙载之不羁、江文蔚之高才、徐锴之典赡、高越之华藻、潘佑之清逸,皆能擅价于一时。而徐铉、汤悦、张洎之徒,又足以争名于天下,其余落落,不可胜数,故曰:江左三十年间,文物有元和之风。岂虚言乎!①

南唐学术文化取得了重要成就。根据《新唐书·艺文志》《宋史·艺文志》等史书记载,南唐传世之作有数千卷,其中包括周礼、春秋、乐、小学、正史、编年、实录、杂史等,别集总集20多类,近160种②。据《续资治通鉴长编》载:"建隆初,三馆所藏书仅一万二千余卷。及平诸国,尽收其图籍,惟蜀、江南最多,凡得蜀书一万三千卷,江南书二万余卷。又下诏开献书之路,于是天下书复集三馆,篇帙稍备。"③徐铉、徐锴兄弟堪称南唐文化建设成就的典范。徐锴著《说文解字》系传40卷、《说文通释》40卷、《方舆记》130卷。徐铉入宋后奉旨校定《说文解字》即利用了徐锴的成果。徐锴与兄徐铉并治《说文解字》,世人称徐铉所著为"大徐本",徐锴所著为"小徐本"。南唐也非常重视史书的修撰工作。李建勋、韩熙载、乔匡舜、高远、徐铉、徐锴、潘佑、李德诚等人都曾担任修史工作。其中,高远为重要代表人物。高远在烈祖时期便"迁校书郎,兼太常修撰,遂为太常博士","国初,命兵部尚书陈濬修吴史,未成而卒,其后颁史职者,多贵游或新进少年,纂述殆废。……后主嗣位,远犹在史馆,与徐铉、乔匡舜、潘佑,共成吴录二十卷。远又自撰《元宗实录》十卷,未及上,会属疾,取史稿及他所著书凡百余卷悉燔之,卒年五十七"④。南唐编修的史书,主要有高远的《南唐烈祖实录》(20卷)和《元宗实录》(10卷)、王彦的《南唐烈祖开基志》(10卷)、陈岳的《江南揖让录》(7卷)、徐铉等的《吴录》(20卷)、徐锴的《登科记》(15卷)和《历代年谱》(1卷)、《江南志》(20卷)等。这些

---

① 马令撰:《南唐书》卷十三《儒者传上第八》,中华书局1985年版,第89页。
② 何婵娟:《南唐文学及其文化思考》,湖南师范大学硕士论文,2004年,第15页。
③ 李焘撰:《续资治通鉴长编》卷十九,中华书局1979年版,第422页。
④ 陆游撰:《南唐书》卷九《刘高卢陈李廖列传第六·高远传》,中华书局1985年版,第195—196页。

实录和史志的编修,为后世南唐史的编纂提供了重要的史实史料。

南唐亡国之后,其一些旧臣相继著史,成为南唐史料中很重要的一部分。曾任南唐校书郎的郑文宝,撰有《南唐近事》《江表志》。《南唐近事》是根据其所见闻撰写的南唐逸闻琐事;《江表志》以记朝廷大事为主,分先主、中主、后主3卷,每卷皆附有诸朝皇子、将、相、使、臣表。《江表志》与《南唐近事》一样,以反映南唐士大夫风貌为主,是南唐史研究中最重要的史料之一。南唐处士史虚白的《钓矶立谈》,专记南唐旧事,特别注重有关国家盛衰兴亡之事,如南唐对外政策的转变以及党争的经过,并展现了特殊年代中不同出身、不同文化背景的各类文人的风貌。这些特点使该书在同类著作中独具一格。由于南唐史料的零散性,散见于南唐人及宋人笔记、文集中的资料构成其中极为重要的一部分。特别是一些根据亲闻亲见而录的材料,具有很高的史料价值。其中较重要的有刘崇远的《金华子杂编》和徐铉的《徐骑省文集》①。

南唐音乐也非常兴盛。南唐于开国之初即设置教坊,以专掌乐事。马令《南唐书》记载:"升元初,案籍编括,渐高以善音律为部长。"②另据陆游《南唐书》卷十八《高丽传》载,升元二年(938年)六月,高丽遣广评侍郎柳勋律贡方物于南唐,"烈祖御武功殿,设仪仗见其使。自言代主朝觐,拜舞甚恭。宴于崇英殿,出龟兹乐,作番戏,召学士承旨孙忌侍宴"③。既然是为宴请外国使节而用的音乐,则其事必由乐部所主职,这也是南唐乐部始创于升元之初的明证。不过,江南乐舞伎人的增加与声色时尚的形成,则是李璟即位以后。究其先声,则始于李璟入主东宫时④。陆游《南唐书》卷十一《冯延巳传》记载:

> 元宗以吴王为元帅,用延巳掌书记……延巳负其材艺,狎侮朝士,尝诮孙忌曰:"君有何所解,而为丞郎?"忌愤然答曰:"仆山东书生,鸿笔藻丽十生不及君,诙谐歌酒百生不及君,谄媚险诈累劫不

---

① 邹劲风:《现存有关南唐的文字史籍研究》,《江海学刊》,1998年第2期,第136—140页。
② 马令撰:《南唐书》卷二十五《诙谐传第二十一·申渐高传》,中华书局1985年版,第165页。
③ 陆游撰:《南唐书》卷十八《浮屠契丹高丽列传第十五·高丽传》,中华书局1985年版,第414页。
④ 张兴武:《乱世江南著雅音——南唐妓乐与南唐词》,《西北师大学报(社会科学版)》,2001年第1期,第88页。

及君。然上所以宾君于王邸者,欲君以道义规益,非遣君为声色狗马之友也。仆固无所解君之所解者,适足以败国家耳。"延巳惭,不得对。①

孙忌对冯延巳的批评,足见当时宴乐之盛。后主李煜更是精通音律,擅长歌舞。徐铉曾评李煜云:"洞晓音律,精别雅郑;穷先王制作之意,审风俗淳薄之原,为文论之,以续《乐记》。"②李煜与大周后还擅编舞曲。李煜曾作《念家山破》《邀醉舞》《恨来迟破》等曲。陆游《南唐书》卷八记载:"昭惠后好音,时出新声,或得唐盛时遗曲,游辄从旁称美,有三阁狎客之风。"③又卷十六记载:"(国后)雪夜酣燕,举杯请后主起舞,后主曰'汝能创为新声则可矣'。后即命笺缀谱,喉无滞音,笔无停思,俄谱成,所谓邀醉舞破也。又有恨来迟破,亦后所制。"④王灼《碧鸡漫志》卷三记载:"李后主作《昭惠后诔》云,《霓裳羽衣曲》,经兹丧乱,世罕闻者。获其旧谱,残缺颇甚。暇日与后详定,去彼淫繁,定其缺坠。盖唐末始不全。"⑤《霓裳羽衣曲》由大周后谱制遗音,一时流传盛行。南唐音乐的繁荣,从《韩熙载夜宴图》可窥一斑。《韩熙载夜宴图》中第二段管乐合奏可以得知,管乐合奏是由六名女伎演奏,两人吹横笛,三人吹筚篥,另一人击拍板组成;另一种器乐合奏形式由琵琶、竖琵琶、筝、方响、笙、细腰鼓、横笛、筚篥、拍板组成⑥。

绘画是五代时期成就最大的艺术门类,南唐尤盛。北宋刘道醇《圣朝名画评》在画家赵幹条目中云:"赵幹,亦江宁人,善画山水林木,长于布景,李煜时为画院学士。"⑦元四家之一吴镇题董源《夏山深远图》诗

---

① 陆游撰:《南唐书》卷十一《冯孙廖彭列传第八·冯延巳传》,中华书局1985年版,第237—238页。
② 徐铉:《大宋左千牛卫上将军追封吴王陇西公墓志铭并序》,张玖青编:《李煜全集》,崇文书局2011年版,第132页。
③ 陆游撰:《南唐书》卷八《三徐三王二朱胡申屠乔睦列传第五》,中华书局1985年版,第168页。
④ 陆游撰:《南唐书》卷十六《后妃诸王列传第十三·后主国后周氏传》,中华书局1985年版,第355—356页。
⑤ 王灼:《碧鸡漫志》卷三,上海师范大学古籍整理研究所编:《全宋笔记》第四编二,大象出版社2008年版,第192页。
⑥ 倪淑萍:《简论江南音乐文化的形成与发展》,《音乐探索》,2018年第1期,第62页。
⑦ 刘道醇:《宋朝名画评》,潘运告编著:《中国历代画论选(上)》,湖南美术出版社2007年版,第205页。

云:"南唐画院称圣功,好寻珍藏裹数重。崇山突兀常疑雨,碧树萧林避御风。"①由此可见,南唐是设有画院机构的②。南唐画院设翰林待诏、翰林司艺、画院学生、内供奉等职,为初具规模的宫廷组织机构。宋人郭若虚《图画见闻志》记载:"王齐翰,建康人,事江南李后主为翰林待诏。工画佛道人物。""周文矩,建康句容人,事江南李后主为翰林待诏。工画人物、车马、屋木、山川,尤精仕女。""高太冲,江南人,工传写。事李中主为翰林待诏。""解处中,江南人,事李后主为翰林司艺。特于画竹尽婵娟之妙。""董羽,毗陵人。有邓艾之疾,语不能出,俗号董哑子。善画龙水、海鱼。始事江南为翰林待诏。既归朝,领真命,为图画院艺学。""赵幹,工画水,事江南为画院学生。""朱澄,事江南为翰林待诏。工画屋木。李中主保大王年,尝令与高太冲等合画《雪景宴图》,时称绝手。"③顾闳中、卫贤等,在李煜时亦为内供奉。《图画见闻志》又云:"董源,字叔达,钟陵人,事南唐为后苑副使。善画山水,水墨类王维,著色如李思训。兼工画牛、虎,肉肌丰混,毛毳轻浮,具足精神,脱略凡格。""刘梦松,江南人,善画水墨花鸟,随宜取象,如施众形。"④刘梦松在李璟、李煜时为东川别驾。有研究者认为,北苑副使和东川别驾这两个官职并不是画院画家固有的职位,在其他院画家身上没有如"待诏"那样被重复加封,因而它可能是宫廷中所设的两种官职。"北苑使"相当于宋代的"内园使",掌管果园茶林一类。"东川别驾"则可能为皇帝仪仗队中的护驾小官。董源、刘梦松在画院中不再另设官职,故而使这两个官职具有了双重的效应⑤。

南唐绘画名家辈出,各有专擅,精品迭出。李煜"才识清赡,书画兼精。尝观所画林石、飞鸟,远过常流,高出意外"⑥。徐熙"画草木虫鱼,妙夺造化,非世之画工形容所能及也。尝徜徉游于园圃间,每遇景辄

---

① 周积寅、史金城:《中国历代题画诗选注》,西泠印社出版社1985年版,第112页。
② 李澜:《论南唐画院》,《东南文化》,1993年第5期,第184页。
③ 郭若虚:《图画见闻志》卷三、卷四,人民美术出版社1963年版,第72、73、83、95、106、107、108页。
④ 郭若虚:《图画见闻志》卷三、卷四,人民美术出版社1963年版,第65、96页。
⑤ 李澜:《论南唐画院》,《东南文化》,1993年第5期,第184页。
⑥ 郭若虚:《图画见闻志》卷三,人民美术出版社1963年版,第60页。

留,故能传写动态,蔚有生意……"①

　　董源擅长画山水,代表作有《潇湘图》《夏山图》等。北宋米芾评曰:"董源平淡天真多,唐无此品,在毕宏上。近世神品,格高无与比也。峰峦出没,云雾显晦,不装巧趣,皆得天真,岚色郁苍,枝干劲挺,咸有生意;溪桥渔浦,洲渚掩映,一片江南也。"②《宣和画谱》云:"大抵源所画山水,下笔雄伟,有崭绝峥嵘之势。重峦绝壁,使人观而状之……然出胸臆写山水、江湖风雨,溪谷峰峦晦明,林霏烟云,与夫千岩万壑,重汀绝岸,使览者真若寓目于其处。"③董源的人物画也十分逼真,宛然如生。传说后主李煜在碧落宫召冯延巳入宫议事,冯延巳行至宫门,逡巡不敢进。后主久待不至,遣内侍催促。冯延巳说:"有宫娥著青红锦袍,当门而立,未敢竟进。"内侍与他走近同看,原来是董源所绘嵌在八尺琉璃屏中的夷光像④。

　　僧人巨然,专画江南山水,所画峰峦,山顶多作矾头,林麓间多卵石,并掩映以疏筠蔓草,置之细径危桥茅屋,得野逸清静之趣,深受文人喜爱。巨然擅长披麻皴画山石,笔墨秀润,为董源画风之嫡传,二人并称"董巨",对元、明、清,以至近代的山水画发展有极大影响,画作有《万壑松风图》《秋山问道图》《山居图》等传世。

　　顾闳中是南唐著名人物肖像画家,曾画过后主李煜的肖像。工画人物,用笔圆劲,间以方笔转折,设色浓丽,善于描摹神情意态⑤。他的《韩熙载夜宴图》是南唐最为著名的画作之一。

　　周文矩善画道释、人物、车服、楼观、山林、泉石,而以人物、仕女最精,作品多为摹本,有《宫中图》《苏武李陵逢聚图》《重屏会棋图》《琉璃堂人物图》《太真上马图》。北宋刘道醇在《圣朝名画评》中说他"用笔深远,于繁富则尤工"⑥。

---

① 佚名撰,俞剑华标注:《宣和画谱》卷十七,人民美术出版社2017年版,第272页。
② 米芾:《画史》,上海师范大学古籍整理研究所编:《全宋笔记》第二编四,大象出版社2006年版,第269页。
③ 佚名撰,俞剑华标注:《宣和画谱》卷十一,人民美术出版社2017年版,第180页。
④ 吴任臣:《十国春秋》卷三十一《董源传》,中华书局1983年版,第454页。
⑤ 陈斌主编:《中国历代人物画谱》,三秦出版社2006年版,第28页。
⑥ 刘道醇撰,徐声校注:《圣朝名画评》,山西教育出版社2017年版,第63页。

第三节　南唐文化的主要特质

南唐地处江南文化腹地,拥有丰厚的文化积淀,是五代十国时期文化发展的一个高峰。东晋南迁后,江南地区的社会经济也取得了较快的发展。南唐统治者非常重视文化建设,兴学校、复科举、藏古籍,形成了五代十国时期难得的文化大发展、大繁荣的良好局面。南唐文化也在前期积淀的基础和南唐政权的努力下,呈现出崇文尚学、宗教融合、哀婉深厚等重要特质。

一、崇文尚学

吴国(902—937年)是五代十国时期最早建立的政权,是南唐的前身。这是一个"武夫悍人"所创立的政权。史虚白《钓矶立谈》记载:"自杨氏奄有江淮,其牧守多武夫悍人,类以威骜相高,平居斋几之间,往往以斩伐为事。至有位居侯伯,而目不识点画,手不能捉笔者。"①在政权较为稳定后,杨吴政权也积极网罗文人谋士,擢用文人参与政治建设。在庐州(今安徽合肥)时,杨行密就招纳了一批人才,其中比较杰出的文臣有袁袭、高勖、戴友规等。据《十国春秋》记载,"袁袭运谋帷幄、举无遗算,殆良、平之亚邪?以严济宽,事非得已,盖时会有固然尔。高勖志务农桑,仁者之言蔼如也。戴友规数言决策,独探本原,可谓谋臣之杰出矣。"②田頵"博览书传,容止儒雅,雄果有大志"③,"善为治,通利商贾,民爱之,尤善遇士,以是杜荀鹤等多为之用"④。在夺得宣州时,杨行密又招揽了一批文臣武将,如武将安仁义和周本,文官骆知祥、沈文昌、陶雅等。杨行密用骆知祥为淮南知计官,掌管财政,史称其"励精为理,事无留滞"⑤。又用沈文昌为节度牙推,居幕府右职。这两人之后都对

---

① 史虚白:《钓矶立谈》,王云五主编:《钓矶立谈及其他二种》,商务印书馆1936年版,第1页。
② 吴任臣:《十国春秋》卷五《袁袭、高勖、戴友规传》,中华书局1983年版,第87页。
③ 路振撰:《九国志》卷三《田頵传》,中华书局1985年版,第35页。
④ 吴任臣:《十国春秋》卷十三《田頵传》,中华书局1983年版,第168页。
⑤ 吴任臣:《十国春秋》卷十《骆知祥传》,中华书局1983年版,第139页。

杨吴政权做出了极大的贡献。陶雅"性沉静,好读书,手不释卷,虽临阵敌,常褒衣博带……接宾佐有礼,事父兄以孝敬,非公宴不举音乐,疏财重士,人以此归之。典黟川二十余年,民感其化,生男生女或以陶为字焉"①,"雅治池州有惠政,宽厚得民。景福初,田頵攻歙州久不下,歙人相与持城下曰'得陶雅为刺史,请听命',太祖即命雅为歙州刺史,歙人纳之"②。

李昪在杨吴政权任升州刺史时,"独好学,接礼儒者,能自励为勤俭,以宽仁为政,远近向风,郡政大治"③,"于府署内立亭,号曰延宾,以待多士。命齐邱为之记。由是豪杰翕然归之,间因退休之暇,亲与宴饮,咨访缺失,问民疾苦,夜央而罢。是时中原多故,名贤耆旧,皆拔身南来,知诰豫使人于淮上赍以厚币,既至,縻之爵禄,故北土士人闻风至者无虚日"④。一时间,李昪门下聚集了宋齐丘、王令谋、曾禹、张洽、徐融、马仁裕、周本等当时有影响力的名贤⑤。李昪在治理杨吴政权时便注意文化建设,并积累了丰富的文人治世经验,南唐立国后继续重视文化建设。升元六年(942年),李昪下诏曰:"前朝失御,四方崛起者甚众,武人用事,德化壅而不宣,朕甚悼焉。三事大夫。其为朕举用儒者。罢去苛政,与吾民更始。"⑥李昪成功代吴,自然离不开文人的支持。李昪的文化治世政策,也得到了文人们的响应。《钓矶立谈》云:

> 烈祖初得政,尽反知训之所为,接御士大夫,曲加礼敬,躬履素朴,去浮靡,而又宽刑勤理,孜孜不倦。是时方镇窥伺,事资弹压,烈祖视听不妄,指挥中节,平居自号曰政事仆射,高位重爵,推与宿旧,故得上下顺从,人无异意。齐台之建,擢宋齐丘、徐玠为左右丞相,于其所居第旁,创为延宾亭,以待四方之士,遣人司守关徼,物色北来衣冠,凡形状奇伟者,必使引见,语有可采,随即升用。听政稍暇,则又延见士类,谈宴赋诗,必尽欢而罢,了无上下贱贵之隔。

---

① 路振撰:《九国志》卷三《陶雅传》,中华书局1985年版,第4页。
② 吴任臣:《十国春秋》卷五《陶雅传》,中华书局1983年版,第91页。
③ 马令撰:《南唐书》卷一《先主书》,中华书局1985年版,第1页。
④ 吴任臣:《十国春秋》卷十五《烈祖本纪》,中华书局1983年版,第186页。
⑤ 张丽:《江南文化与南唐词》,中国文史出版社2015年版,第47页。
⑥ 陆游撰:《南唐书》卷一《烈祖本纪》,中华书局1985年版,第20页。

以此二十年间,委曲庶务,无不通知,兴利去害,人望日隆。①

东晋南迁后,"中原士人南渡,给南方带来了中原文化。那些风流倜傥、谈玄论佛的士族名士们使南方社会风尚由剽悍转向柔丽"②,"其文物制度后来和北方文化相融合,对大一统的隋唐时期产生深远影响。六朝灭亡后,其文化基因在当地保留下来,这包括人才的培养和风气的熏染"③。东晋南迁的人群中,也不乏当时的名门望族,如琅琊颜氏、琅琊王氏等。据《晋书》记载,洛阳大部分人南迁,"俄而洛京倾覆,中州士女避乱江左者十六七"④。南朝时期,江南已是"良畴美柘,畦畎相望,连宇高甍,阡陌如绣"⑤。隋唐时期,江南经济进一步发展,东晋以来的南迁文人进一步强化了社会文化氛围,南方文化实力也进一步增强。唐代"安史之乱"后,中原士人和普通百姓再次大规模避乱南迁。随着"黄巢起义"和"五代十国"的开始,越来越多的中原人开始横渡长江寻求庇护。得益于这一时期的人口迁徙,江淮地区的政权获得了一大批北方名士。至五代十国时期,南方进一步大发展,经济文化地位不断上升。"在南方各小国,由于社会环境相对安定,经济生活较为富裕,官僚士人无不热衷诗词绘画,形成崇尚文艺的社会风气。"⑥五代至宋,南方尊文好士的风气一直比较浓厚。

重文抑武的文人气息是南唐文化的重要特色。南唐君主皆酷爱文艺,特别重视文人。南唐先主李昇,在府署内设立"延宾亭"招徕文士,设书院广征藏书,在淮河南岸沿途要津以重金寻觅南来的中原士人,促进了南唐的文化繁荣,也使得南唐朝廷官员向文士转变,因而南唐形成这样的显贵群体⑦:"他们虽然可能政见相异,但多爱好文章诗赋,平日以诗赋相和,以宴乐、弈棋、骑马为乐。"⑧中主李璟"多才艺,好读书,便

---

① 史虚白:《钓矶立谈》,王云五主编:《钓矶立谈及其他二种》,商务印书馆1936年版,第3页。
② 邹劲风:《南唐文化》,南京出版社2005年版,第143页。
③ 邹劲风:《南唐国史》,南京大学出版社2000年版,第193页。
④ 房玄龄等撰:《晋书》卷六十五《王导传》,中华书局1974年版,第1746页。
⑤ 姚思廉撰:《陈书》卷五《宣帝本纪》,中华书局1973年版,第82页。
⑥ 郑学檬:《五代十国史研究》,上海人民出版社1991年版,第217页。
⑦ 张辟辟:《千古词帝钩沉》,《榆林学院学报》,2014年第3期,第128页。
⑧ 邹劲风:《南唐文化》,南京出版社2005年版,第144页。

骑善射"①,还在宫中设立翰林图画院,史称"南唐画院"。该画院的山水画"南宗"流派大家董源、巨然,花鸟画名家徐熙,人物画巨匠周文矩、顾闳中等人成就斐然②,南唐山水画已开始增添了不少人文气象。被称为"野逸"之风的南唐宫廷画家徐熙是一介布衣,他善画汀花、水鸟、野竹、渊鱼等江湖田野的题材,深得中主李璟、后主李煜赏识,与在西蜀备受追捧的黄荃的重彩"富贵"画风形成了鲜明对比③。

南唐礼遇文士、重视文教,君臣唱和之风盛行,营造了宽松自由的文化氛围。由于君臣酬唱之风盛行,士大夫们也形成了浓厚的交往气氛,士风活泼,"以文人为主的南唐社会沉浸在吟诗作画和笙歌宴乐之中"④。南唐文治兴盛,贡举制度经久不断,一批文人才士得以入朝为官,以此循环,官员素质有了质的飞跃。教育的兴盛,在社会氛围中营造一种崇尚儒学的气息,进一步提高了南唐文化的品味和素质,使其成为五代时期始终保持深厚儒学底蕴的、令人神往的人文之邦。

二、释道风盛

据《后汉书》记载,东汉末年丹阳(今江苏南京一带)人笮融"大起浮屠寺,上累金盘,下为重楼,有堂阁周回,可容三千许人。作黄金涂像,衣以锦彩。每浴佛,辄多设饮饭,布席于路,其有就食及观者且万余人"⑤。到南朝梁武帝时,佛教大兴,"南朝四百八十寺,多少楼台烟雨中"极写金陵崇佛盛况。南唐时期,先主、中主和后主都信奉佛教,引发了朝野上下的崇佛风潮。陆游《南唐书》载:"元宗、后主皆酷好浮屠,群臣化之,政事日弛。"⑥马令《南唐书》记载:"南唐有国,兰若精舍,渐盛于烈祖、元宗之世。而后主即位,好之弥笃。辄于禁中,崇建寺宇,延集僧

---

① 陆游撰:《南唐书》卷二《元宗本纪》,中华书局1985年版,第55页。
② 陈詠红、李诗茵:《花间、南唐词叙事视角选择的差异与地域审美心理》,《广州大学学报(社会科学版)》,2012年第4期,第55页。
③ 陈詠红、李诗茵:《花间、南唐词叙事视角选择的差异与地域审美心理》,《广州大学学报(社会科学版)》,2012年第4期,第55页。
④ 邹劲风:《南唐文化》,南京出版社2005年版,第147页。
⑤ 范晔撰:《后汉书》卷七十三《陶谦传》,中华书局1965年版,第2368页。
⑥ 陆游撰:《南唐书》卷十六《后妃诸王列传》,中华书局1985年版,第368页。

尼。后主与周后顶僧伽帽,披袈裟,课诵佛经,跪拜顿颡,至为瘤赘。"①又记载:"南唐每建兰若,必均其土田,谓之常住产。……至今建康寺院,跨州隔县,地过豪右。"②

李煜在位期间大力推行佛教,广建佛寺,"后主笃信佛法,于宫中建永慕宫,又于苑中建静德僧寺,钟山亦建精舍,御笔题为报慈道场。日供千僧,所费皆二宫玩用"③。据陆游《南唐书》卷十八《浮屠列传》载,后主时,"宫中造佛寺十余,出余钱募民及道士为僧。都城至万僧,悉取给县官"④。据《十国春秋》卷十七《南唐后主本纪》记载:"是岁(开宝二年,969年),普度诸郡僧。""开宝三年(970年),春,命境内崇修佛寺,改宝公院为开善道场。"⑤可见李煜即使是在南唐风雨飘摇、国库空虚之际,仍不遗余力地扶持佛教。李煜的过度崇佛也招致一些儒者的反对。据《十国春秋》卷二十五《汪焕传》记载:

> 初,元宗、后主皆佞佛,而后主尤酷信之,庄严施舍,斋设持诵,月无虚日。宫中造寺十余,都城建塔创寺几满,广出金钱,募民为僧,所供养逾万人,悉取于县官,不计耗竭。上下狂惑,国事日非。时有二臣极谏,一徙一流。最后焕死谏,且曰:"昔梁武事佛,刺血写佛书,舍身为佛奴,屈膝为僧礼,散发俾僧践。及其终也,饿死于台城。今陛下事佛,未见刺血、践发、舍身、屈膝,臣恐他日犹不得如梁武也。"后主得谏书,云:"此敢死士也。"不之罪,擢校书郎,而言卒不用。⑥

李煜虽未降罪汪焕,反而因汪焕的死谏而擢升了他,但李煜也没有采纳他的谏言。更多的臣子则是投其所好,由此导致"上下狂惑,不恤政事"⑦。

禅宗是南唐主要流行的佛教宗派,其中以法眼宗影响力最大。法

---

① 马令撰:《南唐书》卷二十六《浮屠传第二十二》,中华书局1985年版,第169页。
② 马令撰:《南唐书》卷二十六《浮屠传第二十二》,中华书局1985年版,第171页。
③ 郑文宝:《江南余载》,王云五主编:《钓矶立谈及其他二种》,商务印书馆1936年版,第14页。
④ 陆游撰:《南唐书》十八卷《浮屠传》,中华书局1985年版,第401页。
⑤ 吴任臣:《十国春秋》卷十七《后主本纪》,中华书局1983年版,第246页。
⑥ 吴任臣:《十国春秋》卷二十五《汪焕传》,中华书局1983年版,第357页。
⑦ 陆游撰:《南唐书》卷十八《浮屠传》,中华书局1985年版,第401—402页。

眼宗师文益禅师及其嗣法弟子都受到李璟和李煜的礼遇。李璟曾延请文益禅师至金陵报恩禅院,赐号其净慧禅师。后来文益禅师入清凉道场。文益禅师仙逝后,李煜为其立碑颂德,命韩熙载撰写塔铭。李煜与禅僧的交往也颇为频繁而密切。据《十国春秋》卷三十三《南唐列传》记载:"僧缘德,临安人,俗姓黄氏。……后主闻其名,召入禁中,问佛法大意,敕建寺于庐山。""僧清禀,泉州人。常参云门印悟。后主迎居光睦,未几,召入澄心堂,集诸方语要,凡十年,出住瑞州之洞山。""僧行言,泉州人。后主建报慈院,令行言大阐宗风。会众二千余人,署号曰'元觉导师'。""僧智筠,河中王氏子也。精通禅理。初住栖贤,后主创净德院于金陵,延居之,署号曰'达观禅师'。""僧元寂,姓高氏,故唐节度使骈族子也。弃家祝发,博极群书,善讲说,而脱略跌宕,无日不醉,尝自号为'酒秃'云。后主召讲《华严》梵行一品,赍金帛甚厚。"①此外,受到李煜延纳礼遇并与之交往的禅僧还有僧智明、僧文遂、僧守讷、行因禅师等。当然,李煜交游礼待最多的是法眼宗禅师,如行言玄觉导师、智筠达观禅师、匡逸禅师、道钦禅师、文遂禅师等。

　　南唐的道教也较为兴盛,并形成了释道共处的局面。李昪迷信道教的丹药、方术,最终因服用"长生不老之药"而染病去世。先主一朝的著名道士是王栖霞。李昪曾请他到金陵问政,且向其求取丹药。谭峭也是当时比较著名的道士,他著有五代十国时著名的道家著作《化书》。李璟也与道教渊源深厚,对道教极为重视。李璟"少喜栖隐,筑馆于庐山瀑布前,盖将终焉,迫于绍袭而止"②。李璟对女道耿先生颇为信任,屡次召见,"女冠耿先生,鸟爪玉貌,宛然神仙。保大中,游金陵,以道术修炼为事。元宗召见,悦之,常止于卧内……"③南唐亡国前夕,"长围既合,内外隔绝,城中之人惶怖无死所,后主方幸净居室,听沙门德明、云真、义伦、崇节请《楞严圆觉经》。用鄱阳隐士周惟简为文馆诗易侍讲学士,延入后苑讲易否卦,赐惟简金紫"④。

---

① 吴任臣:《十国春秋》卷三十三《南唐列传》,中华书局1983年版,第466、469、469、470、470页。
② 陆游撰:《南唐书》卷二《元宗本纪》,中华书局1985年版,第55页。
③ 马令撰:《南唐书》卷二十四《方术传第二十》,中华书局1985年版,第164页。
④ 陆游撰:《南唐书》卷三《后主本纪》,中华书局1985年版,第77页。

三、哀婉深厚

秦汉以前,江南属于欠发达地区。两汉时期,江南地区经济虽然有所发展,但依然赶不上北方。这时,江南地区一直是北方战乱时避乱、退守的地方。其中,西晋永嘉之乱后,中原民众纷纷逃往江南,以建康为都,建立东晋,政治、经济、文化重心第一次南移。据《晋书》记载,当时,"俄而洛京倾覆,中州士女避乱江左者十六七"①。安史之乱后,"宫室焚烧,十不存一,百曹荒废,曾无尺椽。中间畿内,不满千户,井邑榛棘,豺狼所号"②。虽然安史之乱最终被镇压,但经过八年的征战,唐王朝基本上也是苟延残喘,中央集权被严重削弱,割据势力四起,唐朝疆域分崩离析,众多民众流离失所,中原士人和普通百姓避乱南迁。历史上在江南建国的东吴、东晋、宋、齐、梁、陈等,都属于偏安一隅的小国,存在时间也较短,政权更迭频繁。

因历史原因,江南一直弥漫着亡国的哀痛氛围,甚至成为亡国的代名词,承受着"隔江犹唱后庭花"的指责,成为诗人咏史讽今的重要题材,留下了大量的诗句:"王濬楼船下益州,金陵王气黯然收。千寻铁锁沉江底,一片降幡出石头。人世几回伤往事,山形依旧枕寒流。今逢四海为家日,故垒萧萧芦荻秋"(刘禹锡《西塞山怀古》)。"兴废由人事,山川空地形。后庭花一曲,幽怨不堪听"(刘禹锡《金陵怀古》)。"苍苍金陵月,空悬帝王州。天文列宿在,霸业大江流。绿水绝驰道,青松摧古丘。台倾鹍鹊观,宫没凤凰楼。别殿悲清暑,芳园罢乐游。一闻歌玉树,萧瑟后庭秋"(李白《月夜金陵怀古》)。"江雨霏霏江草齐,六朝如梦鸟空啼。无情最是台城柳,依旧烟笼十里堤"(韦庄《台城》)。"烟笼寒水月笼沙,夜泊秦淮近酒家。商女不知亡国恨,隔江犹唱后庭花"(杜牧《泊秦淮》)。等等。

南唐时期,江南也成为文人借古讽今、劝王勤政的重要题材。因此,南唐出现了不少针对江南历史的怀古诗。南唐与历史上其他定都江南的政权极为相似。中主后期,南唐逐渐衰落,之后不得不向后周称

---

① 房玄龄等撰:《晋书》卷六十五《王导传》,中华书局1974年版,第1746页。
② 刘昫等撰:《旧唐书》卷一百二十《郭子仪传》,中华书局1975年版,第3457页。

臣。后主李煜即位后更是去帝号，南唐苟延残喘。面对岌岌可危的国事，文人群体内心不免惶恐，表现出强烈的忧患意识，正所谓"三十无成今四十，翊周安汉意空存"(沈彬《萍乡春晚寓居四首》其一)、"时危道丧无才术，空手徘徊不忍归"(徐铉《避难东归，依韵和黄秀才见寄》)。因此，吴宫汉阙的一草一木，自然引发了诗人的怀古忧思，以此感叹国家兴亡，寄望君主以史为鉴。南唐诗人面对江南前朝的兴亡，写下了大量的诗作："南楚征途阔，东吴旧业空"(李中《宿山店书怀寄东林令图上人》)。"阊阖兴霸日，繁盛复风流。歌舞一场梦，烟波千古愁"(李中《姑苏怀古》)。"景阳六朝地，运极自依依。一会皆同是，到头谁论非"(陈贶《景阳台怀古》)。"六代江山在，繁华古帝都。乱来城不守，战后地多芜。寒日随潮落，归帆与鸟孤。兴亡多少事，回首一长吁"(王贞白《金陵》)。"玉树歌终王气收，雁行高送石城秋。江山不管兴亡事，一任斜阳伴客愁"(包佶《再过金陵》)。"石城古岸头，一望思悠悠。几许六朝事，不禁江水流"(刘洞《石城怀古》)。"江南江北旧家乡，三十年来梦一场。吴苑宫闱今冷落，广陵台殿已荒凉。云笼远岫愁千片，雨打归舟泪万行。兄弟四人三百口，不堪闲坐细思量"(李煜《渡中江望石城泣下》)等。

感伤之情、哀怨之思，是南唐文化的重要特征。南唐最盛时幅员三十五个州，但是这一状况持续时间非常短暂。李昪之后的南唐，局势较为严峻，使得南唐上下都弥漫着一种忧患意识："南唐国运日蹙，岌岌可危的局面，是不容回避也无从逃避的，敏感多思的文人气质、道义良知等都使南唐词人不可能置身事外，因此南唐词中贯穿着对人生无常的深悟和悲哀，贯穿着忧生忧世之嗟和为摆脱困境而作的挣扎，惟其如此，南唐词更显示出审美的深度与力度。"①南唐上自皇室，下至公卿大臣，虽有大批南迁的北方士人(如韩熙载)，但这些人多数在南唐遭到冷落，跻身于主流社会者鲜见。宋齐丘、冯延巳等南唐宠臣都是家世并不显赫的江南土著士人。因此，南唐君臣具有庶族文人深度观察事物的

---

① 张丽：《江南文化审美品格对南唐词人的影响》，《洛阳师范学院学报》，2012年第3期，第72页。

审美心理①。南唐文人受佛教"苦空观"濡染,因而祈求死的解脱,多忧生之嗟,忧患意识的弥布。因此,王国维认为李煜词"俨有释迦、基督,担荷人类罪恶之意"②。罗宗强在《隋唐五代文学思想史》中说:"南唐文学的重抒情的倾向,带着它的固有弱点,它反映的是偏安一隅的小朝廷君臣们的复杂感情。有纵欲逸乐,又有亡国之痛的惆怅与悲哀;有沉湎闺阁脂粉,也有人世无常的叹息;有脉脉情怀,也有淡泊的尘外之意。但总的基调是脆弱的,与盛、中唐甚至晚唐中间的抒情基调都不同,要低沉得多。"③

---

① 陈詠红、李诗茵:《花间、南唐词叙事视角选择的差异与地域审美心理》,《广州大学学报(社会科学版)》,2012年第4期,第55页。
② 王国维:《人间词话》,唐圭璋编:《词话丛编》第五册,中华书局1986年版,第4243页。
③ 罗宗强:《隋唐五代文学思想史》,上海古籍出版社1986年版,第444—445页。

第二章　南唐诗词的情感基调

南唐文化是在吴越文化、六朝文化之后江南文化的重要形态。南唐文化进一步丰富了江南文化的格局和内涵,也表现出南唐本身的重要特征。江南地区深厚的文化底蕴为南唐诗词创造了重要的文化空间,南唐的政治、社会、文化等多重因素也影响了南唐诗词的发展。南唐诗词在继承江南地区历史文化的基础上,也被注入了南唐文化的重要特征,从而形成了独特的情感基调和文化意蕴。

第一节　士人心态与南唐诗歌的情感表征

唐诗与宋诗是中国诗歌史上的两座引人注目的高峰。五代十国时期的诗歌,在唐宋两代诗歌的发展中有着承前启后的重要作用。南唐诗是五代十国中诗歌创作的蔚为大观者。从《全唐诗》《全五代诗》《全唐诗补编》诸书的收录情况看,南唐诗作者有160余家(包括现存残联残句)。其中《全五代诗》收南唐92位诗人2228首作品,为当时南方各国之冠。当时有诗名的人,如刘洞、李建勋、江为、沈彬、孙鲂、江文蔚、孟宾于、乔匡舜、李中、徐铉、徐锴、潘佑、陈陶等,都集中在南唐[①]。南唐诗人大多被研究者分为宫廷诗人、隐逸诗人和宗白诗人3个群体,他们的诗体风格分别对应的是西昆体、晚唐体和白体。其实,这3类诗人群

---

① 彭飞:《南唐文学研究》,山东大学硕士论文,2009年,第8页。

体的创作也并非泾渭分明,而是在彰显各自特点的基础上有着许多共同的旨趣。他们的诗歌创作和为人处世,也反映了南唐文人与南唐政治的复杂关系,从而使得南唐诗歌弥漫着一种别离愁绪,表现南唐文人报国无门、隐逸遁世等心态。

一、别离愁绪

南唐君臣都爱好文学,文风鼎盛。虽然词的创作占据南唐文学的主导地位,但是,南唐君主和文人也积极进行诗歌创作。南唐诗歌在五代十国时期具有很高的成就。

随着南唐国势不断衰微,党争不断,进仕诗人选择通过及时行乐来逃避现实。李建勋是其中较为典型的一位。李建勋多次被贬谪,怀着失落和苦闷的情绪开始纵情山水。他无意于南唐的党争,而满足于花间樽前的宴乐。"期君速行乐,不要旋还家"(《踏青樽前》)、"思量少壮不自乐,他日白头空叹吁"(《惜花寄孙员外》)、"雨催草色还依旧,晴放花枝始自由。莫厌百壶相劝倒,免教无事结闲愁"(《尊前》)等,都是李建勋宴游享乐的表现。即便国家陷入"州中案牍鱼鳞密,界上军书竹节稠"(《春日尊前示从事》)的多事之秋,李建勋仍然是"眼底好花浑似雪,瓮头春酒漫如油""最觉此春无气味,不如庭草解忘忧"(《春日尊前示从事》)。李建勋身处朝廷,心向山野。"野性竟未改,何以居朝廷。空为百官首,但爱千峰青。南风新雨后,与客携筇行。斜阳惜归去,万壑啼鸟声"(《留题爱敬寺》)。"公退寻芳已是迟,莫因他事更来稀"(《醉中惜花更书与诸从事》)。他的诗歌对及时行乐大发感慨。徐铉、汤悦、韩熙载等人的诗歌也表现出这种思想。

在这些诗歌中,自然少不了对香艳之气的描写,如宋齐丘的"切断牙床镂紫金,最宜平稳玉槽深。因逢淑景开佳宴,为出花奴奏雅音。掌底轻璁孤鹊噪,枝头干快乱蝉吟。开元天子曾如此,今日将军好用心"(《陪华林园试小妓羯鼓》)。陈陶的"近来诗思清于水,老去风情薄似云。已向升天得门户,锦袜深愧卓文君"(《答莲花妓》)。张泌的"别梦依依到谢家,小廊回合曲阑斜。多情只有春庭月,犹为离人照落花"(《寄人》)。不过,南唐诗歌中表现香艳之气的诗歌相对较少。

南唐时期,因为友人的别离,文人借宴饮作诗表现出"人生不称意"的感慨和天涯羁旅的乡愁。李中的"忽听新蝉发,客情其奈何。西风起槐柳,故国阻烟波。垄笛悲犹少,巴猿恨未多。不知陶靖节,还动此心么"(《听蝉寄朐山孙明府》)和韩熙载的"仆本江北人,今作江南客。再去江北游,举目无相识。金风吹我寒,秋月为谁白。不如归去来,江南有人忆"(《感怀诗二章》其一),都表现出仕途落寞、无家可归的心情。南唐诗主题为赠别友人的数量较多。如韩熙载的"昔年凄断此江湄,风满征帆泪满衣。今日重怜鹡鸰羽,不堪波上又分飞"(《送徐铉流舒州》)。此诗写中主时期,徐铉在楚州(今江苏淮安)担任屯田工作,因处置失宜,被贬舒州(今安徽安庆),韩熙载去送别他。诗作传达出不知何日相见的悲凉之感。再如李建勋的"相见未逾月,堪悲远别离。非君谁顾我,万里又南之。雨逼清明日,花阴杜宇时。愁看挂帆处,鸥鸟共迟迟"(《送人》)。为了在离别后仍能够安慰彼此,排解寂寞,诗人们在送别朋友时,总是嘱咐友人要记得互通书信,如李建勋的"莫学秦时客,音书便不通"(《送喻炼师归茅山》),徐铉的"莫忘故人离别恨,海潮回处寄书来"(《送龚员外赴江州幕》)和"时时寄书札,以慰长相思"(《送高起居之泾县》),江为的"迢迢江汉路,秋色又堪惊。半夜闻鸿雁,多年别弟兄。高风云影断,微雨菊花明。欲寄东归信,裴回无限情"(《旅怀》)。

国势衰微、仕途不顺也导致诗人渴望放纵自我。徐铉虽然誉满江南,颇为自足,但在南唐纷乱的党争之中屡屡受挫,内心渴望着一种解脱,他在陈觉"放还"时作诗"今朝我作伤弓鸟,却羡君为不系舟"(《陈觉放还至泰州,以诗见寄,作此答之》),表达出"伤弓之鸟"的凄鸣之态。徐铉多次被排挤、被贬谪,写下了"三谏不从为逐客,一身无累似虚舟。满朝权贵皆曾忤,绕郭林泉已遍游"(《贬官泰州出城作》)、"三峰烟霭碧临溪,中有骚人理钓丝"(《谪居舒州累得韩高二舍人书作此寄之》)等诗抒发内心的压抑。李建勋在《寄魏郎中》一诗中也表明了自己的为官之道:"碌碌但随群,蒿兰任不分。未尝矜有道,求遇向吾君。逸驾秋寻寺,长歌醉望云。

高斋纸屏古,尘暗北山文。"在多次被贬之后,李建勋也决意不再仕进,"桃花流水须长信,不学刘郎去又来"(《句》)。李中也是吏隐的典型。李中在政治上并不得志,只担任过新渝(今江西新余)、淦阳(今江西宜春)、吉水(今江西吉水)三地县令;他生活上也并不如意,亲人离散,朋友远别。因此,李中对归隐山林、寄情山水表现出强烈的欲望,如"待了浮名后,依君共挂冠"(《寄庐山庄隐士》),"与君共俟酬身了,结侣波中寄钓船"(《秋江夜泊寄刘钧》),"他时书剑酬恩了,愿逐莺车看十洲"(《宿庐山白云峰重道者院》)等。李中还通过诗歌描述了自己的吏隐生活:"县庭无事似山斋,满砌青青旋长苔。闲抚素琴曹吏散,自烹新茗海僧来。买将病鹤劳心养,移得闲花用意栽。几度访君留我醉,瓮香皆值酒新开"(《赠朐山孙明府》)。"溪上高眠与鹤闲,开樽留我待柴关。园林月白秋霖歇,一夜泉声似故山"(《宿韦校书幽居》)。"多士池塘好,尘中景恐无。年来养鸥鹭,梦不去江湖""泛泛容渔艇,闲闲载酒壶"(《题徐五教池亭》)。"遥思渔叟兴,蓑笠在江湖"(《秋雨二首》其一)等。

二、空怀壮志

南唐诗人有着满腔报国之志,然而时代未能给他们一个施展才华、实现抱负的舞台。因此,他们的诗歌常常表现出对国家兴亡的关切,流露出空怀大志、报国无门的感慨。

保大中,江文蔚升御史中丞。冯延巳与其弟冯延鲁及魏岑、陈觉主兵攻闽国,兵败,李璟诏斩冯延鲁和陈觉,对冯延巳、魏岑不予问罪。为此,江文蔚上疏弹劾,求斩冯延巳、魏岑。《江南野史》记载江文蔚曾为上疏做好了破釜沉舟的准备:"文蔚将上疏,先具小舟载老母,以待左降。……是时文蔚直声震江左,传写弹文,为之纸贵。"①后来,"元宗果怒,贬江州司士参军"②。

常梦锡也是刚直不阿,不向权贵低头。《南唐近事》记载:"常梦锡为翰林学士,刚直不附,贵近侧目。或谓曰,公罢直私门,何以为乐?常

---

① 吴任臣:《十国春秋》卷二十五《江文蔚传》,中华书局 1983 年版,第 353 页。
② 陆游撰:《南唐书》卷十《张李皇甫江欧列传第七·江文蔚》,中华书局 1985 年版,第 232 页。

曰,重帏痛饮,面壁而已。盖冯魏擅权之际也。"①又《钓矶立谈》说:

> 常梦锡性犷直,初升朝,见党人互相推挽。日以谬悠尝试之说,聋瞽朝听。梦锡大惊,因发狂,归杜门,匄外补。又数年,复还朝列,会上巳日,朝贵出秦淮游宴,坐中有诋大朝事者。梦锡瞠目戟手,曰:"诸君平时每言致君如尧舜,今返自为小朝耶?"众莫之对。梦锡归,遂上表历指权要朋私卖国,及发宰执狼藉数事。朝廷不能加察,以其语大忤,夺官流徙,梦锡因忽忽不得志以卒。待后主时,方追加甄赠。②

在南唐将灭亡之际,南唐士人更是以死报国。陆游《南唐书》记载:"勤政殿学士钟蒨朝服坐于家,乱兵至,举族就死不去。光政使、右内史侍郎陈乔请死不许,自缢死。"③马令《南唐书》记载:"(刘)仁赡子崇谏幸其父病,谋与诸将出降,仁赡立命斩之。监军使周廷构哭于中门,救之不得,于是士卒皆感泣,愿以死守。"④保大十四年(956年),后周大军南侵,南唐岌岌可危。孙晟奉命出使后周求和。孙晟自知此行凶多吉少,出发前"语崇质曰'吾行必不免,然吾终不负永陵一抔土也'。永陵者,昪墓也。"果然,孙晟被后周羁押,同年十一月被杀害。然而,"晟临死,……正其衣冠南望而拜曰'臣惟以死报国尔!'"⑤

南唐时期表达对国家安危的关切、彰显强烈报国志向的诗歌更是数量庞大。李建勋的"羽翼势虽微,云霄亦可期。飞翻自有路,鸿鹄莫相嗤"(《归燕词》),表达了诗人"直飞云霄"的理想。孙鲂的"如逢东岱雨,犹得覆秦王"(《老松》),表达出诗人建功立业的雄心。高越的"雪爪星眸世所稀,摩天专待振毛衣。虞人莫谩张罗网,未肯平原浅草飞"(《咏鹰》),也表达出诗人像雄鹰一样的壮志凌云。

怀古成为南唐诗人寄望国家兴盛的重要表达方式。陈贶虽然未接受李璟的册封,而是过着隐逸生活,但他献给李璟的诗也表现出了对国

---

① 郑文宝:《南唐近事》,王云五主编:《钓矶立谈及其他二种》,商务印书馆1936年版,第10页。
② 史虚白:《钓矶立谈》,王云五主编:《钓矶立谈及其他二种》,商务印书馆1936年版,第22页。
③ 陆游撰:《南唐书》卷三《后主本纪》,中华书局1985年版,第74页。
④ 马令撰:《南唐书》卷十六《义死传上第十一》,中华书局1985年版,第109页。
⑤ 欧阳修撰:《新五代史》卷三十三《孙晟传》,中华书局1974年版,第366页。

家兴亡的担忧和对君王劝诫。陈贶的献诗《景阳台怀古》云:"景阳六朝地,运极自依依。一会皆同是,到头谁论非。酒浓沉远虑,花好失前机。见此尤宜戒,正当家国肥。"这首诗通过讲南朝陈后主亡国的故事,进谏李璟,表达出期望君王以史为鉴、励精图治的美好愿望。王贞白也以金陵为诗题提醒君王不要重蹈覆辙,其《金陵怀古》云:"恃险不种德,兴亡叹数穷。石城几换主,天堑漫连空。御路叠民冢,台基聚牧童。折碑犹有字,多记晋英雄。"孟宾于在面对蟠溪古迹之时,有感而发,"良哉吕尚父,深隐始归周。钓石千年在,春风一水流。松根盘藓石,花影卧沙鸥。谁更怀韬术,追思古渡头"(《蟠溪怀古》)。孟宾于仕南唐,授丰城(今江西境内)主簿,再迁淦阳(今江西宜春)县令,曾因赃罪入狱,后被李煜特赦,"调淦阳令,因犯法抵罪当死,会昉拜翰林学士,闻在缧绁,以诗寄之曰,'初携书剑别湘潭,金榜名标第十三。昔日声尘喧洛下,迩来诗价满江南。长为邑令情终屈,纵处曹郎志未甘。莫学冯唐便休去,明君晚事未为惭'"①。这表达了孟宾于无人知遇、志向不得酬的悲愤。沈彬也感慨"三十无成今四十,翊周安汉意空存"(《萍乡春晚寓居·其一》)。所有的心愿都已经落空,功业无成,年龄老大,他还念念于时局,"云山忆后思藏迹,家国话来长痛心""求归闲处无闲处,三纪兵戈犹至今"(《萍乡春晚寓居·其二》)。但他也不得不自我排遣,"感时伤世皆头白,几个鱼竿遇帝王"(《萍乡春晚寓居·其四》)。

刘洞因有《夜坐》诗颇受人们的赞誉,而被称为"刘夜坐"。刘洞少游庐山,向隐士陈贶学诗。陈贶去世后,刘洞在庐山独居二十年。他学诗刻苦,精思不懈,长于五言诗。曾游学金陵,希望得到李煜的赏识。有人将他的诗呈献给李煜。李煜早知其名,喜而览之。读到《石城怀古》一诗中的"石城古岸头,一望思悠悠。几许六朝事,不禁江水流","后主掩卷为之改容,遂不复读其余者。洞羁旅二年,俟召对,不报,遂南还庐陵"②。李煜读到这首诗时,肯定是想起了六朝的兴废,想到了南唐国势的衰微,而不忍卒读。刘洞在金陵空等两年,未获后主召唤,只

---

① 辛文房撰,傅璇琮主编校笺:《唐才子传校笺》卷一〇《孟宾于》,中华书局1987年版,第487页。
② 龙衮:《江南野史》卷九,上海师范大学古籍整理研究所编:《全宋笔记》第一编三,大象出版社2003年版,第215页。

好悻悻而归。

陈陶少年求学于长安，常以国器自负，壮志满怀，"莫道羔裘无壮节，古来成事尽书生"（《闲居杂兴五首》其五）。然而，陈陶也是屡屡落榜，未能一展自己的远大抱负，为此，他曾作诗自叹："一顾成周力有余，白云闲钓五溪鱼。中原莫道无麟凤，自是皇家结网疏"（《闲居杂兴五首》其二），"近来世上无徐庶，谁向桑麻识卧龙"（《句》），"乾坤见了文章懒，龙虎成时印绶疏"（《句》）。他给朋友写诗说"好向昌时荐遗逸，莫教千古吊灵均"（《寄兵部任畹郎中》），盼望得到朋友的引荐走上仕途而终未得。他的诗作也大多是对国家兴亡的关注和感叹，如"秦帝南巡厌火精，苍黄埋剑故丰城。霸图缭戾金龙蛰，坤道扶摇紫气生。星斗卧来闲窟穴，雌雄飞去变澄泓。永怀惆怅中宵作，不见春雷发匣声"（《剑池》），借历史古迹和典故抒发自己空有雄才大略而无处施展的心情。

正是由于仕途的不顺、国家的危机，南唐诗人在抒发自己怀才不遇、空有报国之志时，也引发了对人生的感慨和对生存的困惑。"玉树歌终王气收，雁行高送石城秋。江山不管兴亡事，一任斜阳伴客愁"（沈彬《再过金陵》），"千征万战英雄尽，落日牛羊食野田"（沈彬《金陵杂题二首》其一），"养花天气近平分，瘦马来敲白下门。晓色未开山意远，春容犹淡月华昏。琅琊冷落存遗迹，篱舍稀疏带旧村。此地几经人聚散，只今王谢独名存"（李建勋《游栖霞寺》）。这些诗歌借古咏今，写出了对历史的沧桑、人生的虚无、功名利禄如水月镜花、对是非成败转头空的慨叹和对人生价值的困惑。一些诗人也写出了战争给人民带来的伤痛，如陈陶的"惆怅江南早雁飞，年年辛苦寄寒衣。征人岂不思乡国，只是皇恩未放归"（《水调词十首》之一）和"誓扫匈奴不顾身，五千貂锦丧胡尘。可怜无定河边骨，犹是春闺梦里人"（《陇西行四首》其二）。沈彬的"杀声沈后野风悲，汉月高时望不归。白骨已枯沙上草，家人犹自寄寒衣"（《吊边人》）与陈陶的边塞诗《陇西行》有相似之处。尤其尾句"白骨已枯沙上草，家人犹自寄寒衣"与陈陶的"可怜无定河边骨，犹是春闺梦里人"一样，都有着悲痛苍凉的感慨。南唐诗人在诗歌里对征夫思妇寄予了深深的同情，这种同情也是对国家兴旺、和平安定的祈愿。

三、隐逸避世

隐逸避世是古代文人的一种普遍情绪。隐逸传递着丰富的内容：对"天下无道"的逃避、对功名利禄的鄙弃、对精神境界的追求和对理想人格的探寻等。五代时期，随着唐代大一统政权的分崩离析，地方割据势力逐渐成长。南唐成为江南的政治、文化中心，但因为其政权的短暂，诗人们普遍都有国势衰微的体会和仕途不顺的经历。因此，几乎所有的南唐文人都参与了隐逸诗的创作，表达出各种各样的隐逸愿望。这背后体现出时代的无奈和悲凉。更为重要的是，南唐时期，出现了一批真正隐逸于山间的诗人。

陈贶曾隐于白鹿洞，"孤贫力学，积书至数千卷……元宗闻其名，以币帛往征……贶献《景阳宫怀古诗》，元宗称善，诏授江州士曹掾，固辞。乃赐粟帛遣还山"①。陈贶留有诗句"景阳六朝地，运极自依依。一会皆同是，到头谁论非。酒浓沈远虑，花好失前机。见此尤宜戒，正当家国肥"（《景阳台怀古》）和"年年闻尔者，未有不伤情。出得风尘者，合知岐路人。拂榻灯未来，开门月先入。忽生云是匣，高以月为台。入夜虽无伤物意，向明还有动人心"（《句》）。这两首诗表达了诗人对国家的关心和隐居的心态。

江为曾游于庐山，师陈贶为诗，隐居20年。龙衮的《江南野史》记载："时金陵初拟唐风场屋，悬进士科以罗英造。为遂入求应，然烛能于篇什词赋，策论一辞不措，屡为有司黜。"②江为求举既不得，于是整日闷闷不乐，在送别友人的诗中他这样写道："明月孤舟远，吟髭镊更华。天形围泽国，秋色露人家。水馆萤交影，霜洲橘委花。何当寻旧隐，泉石好生涯"（《送客》），表达了自己渴望回归旧隐之地的愿望。

史虚白隐居在庐山南麓星子镇落星湾畔。韩熙载推荐他做官，他竟醉酒装疯避世。《江南野史》记载："嗣主即位，韩熙载荐之，诏至金陵，命登便殿宴饮，与之计事。虚白……醉溺于阶侧。嗣主曰，真处士也。遂赐

---

① 吴任臣：《十国春秋》卷二十九《陈贶传》，中华书局 1983 年版，第 419—420 页。
② 龙衮：《江南野史》卷九，上海师范大学古籍整理研究所编：《全宋笔记》第一编三，大象出版社 2003 年版，第 211 页。

田五百石。"①据《庐山纪略》记载："史虚白，字畏名，北海人也。以中原多故，隐庐山。韩熙载荐之，元宗召至便殿，访以国事，辞曰，'渔钓之人，安知邦国大计'。又因醉溺殿上，佯为疏野状。诏勿幼，赐田遣归，仍免其租。尝赋《隐士》诗云'风雨扫却屋，全家醉不知'。时唐主新割江北，闻之变色。"②伍乔曾有《寄落星史虚白处士》一诗，"长羡闲居一水湄，吟情高古有谁知。石楼待月横琴久，渔浦经风下钓迟。僻坞落花多掩径，旧山残烧几侵篱。松门别后无消息，早晚重应蹑屐随"，赞扬他的高节避世。

与僧道的交往唱和成为南唐诗歌中表达隐逸情怀的另一种路径。与僧道的交往、访寺院宫观，是南唐诗人日常生活的一部分，这些也都成为诗人写作的内容，如伍乔的"碧洞幽岩独息心，时人何处得相寻。养生不说凭诸药，适意惟闻在一琴。石径扫稀山藓合，竹轩开晚野云深。他年功就期飞去，应笑吾徒多苦吟"（《龙潭张道者》）。左偃的"潦倒门前客，闲眠岁又残。连天数峰雪，终日与谁看。万丈高松古，千寻落水寒。仍闻有新作，懒寄入长安"（《寄庐山白上人》）。李中的"幽人栖息处，一到涤尘心。藓色花阴阔，棋声竹径深。篱根眠野鹿，池面戏江禽。多谢相留宿，开樽抚素琴"（《访蔡文庆处士留题》）和"长忆寻师处，东林寓泊时。一秋同看月，无夜不论诗。泉美茶香异，堂深磬韵迟"（《寄庐山白大师》）等。在南唐诗人的笔下，寺院宛如人间仙境："天坛云似雪，玉洞水如琴"（潘佑《送许处士坚往茅山》）；"水声茅洞晓，云影石房空"（李建勋《送喻炼师归茅山》）；"地拱千寻险，天垂四面青"（孙鲂《甘露寺》）；"草接寺桥牛笛近，日衔村树鸟飞行"（廖匡图《赠泉陵上人》）等。因此，他们对这里充满了无限的向往，留下了"空为百官首，但爱千峰青"（李建勋《留题爱敬寺》）；"最爱僧房好，波光满户庭"（孙鲂《甘露寺》）；"最怜煮茗相留处，疏竹当轩一榻风"（李中《夏日书依上人壁》）和"凭师领鹤去，待我挂冠来"（韩熙载《溧水无相寺赠僧》）等诗句。

南唐诗人正是将大把的时间用在了游山玩水、宴乐酒席上，因此更能集中精力对诗句进行雕琢，形成了一种以贾岛为宗的"苦吟"之风。陈

---

① 龙衮：《江南野史》卷八，上海师范大学古籍整理研究所编：《全宋笔记》第一编三，大象出版社2003年版，第209页。

② 吴宗慈撰，胡迎建校注：《庐山志》，江西人民出版社1996年版，第580页。

觊"隐于庐山四十年,衣食乏绝,不以动心,苦思于诗,得句未成章,已播远近"①。江为"世习儒素,少游庐山白鹿洞,师事处士陈觊,酷于诗句二十余年"②。刘洞"学诗于陈觊,精思不懈,或至浃日不盥"③,伍乔在《龙潭张道者》中写道"他年功就期飞去,应笑吾徒多苦吟"。

更有一些诗人形成了"苦吟成癖"的习性。李中毕生有志于诗,成痴成魔,勤奋写作,自谓"诗魔",有"诗魔又爱秋""禅外诗魔尚浓"等句表其心志,创作了大量深思苦吟的诗篇。李中曾自叹"惟君还似我,成癖未能休"(《寄左偃》);"谁知苦吟者,坐听一灯残"(《秋雨二首》其二)。杨亿也是苦吟成癖的诗人,他"素好吟咏,遂臻其极。每对客论诗,终日不倦。此所以垂名,亦几乎成癖也"④。江为痴苦吟、善炼字,有诗"高风云影断,微雨菊花明"(《旅怀》);"月寒花露重,江晚水烟微"(《江行》);"鸟与孤帆远,烟和独树低"(《登润州城》);"晚叶红残楚,秋江碧入吴"(《岳阳楼》)。江为的残句"竹影横斜水清浅,桂香浮动月黄昏"更是被北宋诗人林逋化用为"疏影横斜水清浅,暗香浮动月黄昏"(《山园小梅·其一》),成为千古绝句。宋陈元靓《岁时广记》引《漫叟诗话》曾记载一名南唐诗人苦吟炼字的故事:"南唐金轮寺有僧曰明光者,先一年中秋玩月,得诗一联云'团团离海角,渐渐出云衢'。竟思下联不就。次年中秋,再得一联云'此夜一轮满,清光何处无'。遂不胜其喜,径登寺楼鸣钟。时有善听声者闻之'此钟发声通畅,若非诗人得句,即是禅僧悟道'。验之果然。好事者有诗云'为思银汉中秋月,误击金轮半夜钟'。"⑤南唐诗人的苦吟之风可见一斑。

第二节 南唐词情感基调的生成逻辑

与南唐诗隐逸避世的风格所不同,南唐词则具有更为广阔的情感

---

① 陆游撰:《南唐书》卷七《徐高钟常史沈三陈江毛列传第四》,中华书局1985年版,第158页。
② 龙衮:《江南野史》卷八,上海师范大学古籍整理研究所编:《全宋笔记》第一编三,大象出版社2003年版,第211页。
③ 吴任臣:《十国春秋》卷三十一《刘洞传》,中华书局1983年版,第448页。
④ 杨亿,杨载:《武夷新集 杨仲弘集》,福建人民出版社2007年版,第183页。
⑤ 陈元靓撰,刘芮方、张杨溦蓁点校:《岁时广记》卷三十一,浙江大学出版社2020年版,第323页。

空间。南唐诗歌情感风格的形成更多与南唐诗人的政治处境密切相关。南唐词的情感风格的形成则有着更为复杂的文化背景。理解南唐词的情感风格,就有必要将南唐词和西蜀词进行比较观照。西蜀和南唐都是五代十国时期偏安一隅的割据政权。西蜀地处四川,南唐地处江南。由于地理位置的优势,两地经济都较为发达,五代十国时期也避免了中原的战乱,社会都较为稳定。不少饱受战乱的文人纷纷到此避难,使得西蜀和南唐成为五代十国时期两个重要的文化中心,从而产生了词史上重要的西蜀词和南唐词。龙榆生曾论述道:"唐末五代之乱,整个社会经济日趋萎缩,因而影响及这新兴词体的幼苗,不能够很迅速地茁壮成长。只有西蜀、南唐,获得了一个比较安定的局面。这歌词种子,也就在这两个地方生起根来,以至开花、结籽,再散播到各地方去。"①西蜀词和南唐词在题材、内容和风格等方面,也都有着相似之处。由于晚唐词体在西蜀词中的延续,南唐词也多受西蜀词的影响,从发展轨迹来说二者具有一脉相承的特点。然而,由于地理环境、文化氛围和创作主体等的不同,西蜀词和南唐词在境界、气象的表达方式上却并不相同,从而形成了不同的情感基调。

一、始于花间,成于南唐

西晋左思《蜀都赋》说:"(成都)市廛所会,万商之渊,列隧百重,罗肆巨千。贿货山积,纤丽星繁……舛错纵横,异物崛诡,奇于八方。"②欧阳修也曾描绘了西蜀的富盛:"蜀都士庶,帝帷珠翠,夹道不绝。严见其人物富盛。"③江南也以富庶而闻名。地处江南地区的南唐,经杨行密、徐温和李昪的经营,俨然江淮大邦,"江淮之民,富庶甲天下,文教兴焉"④。"江南东、西路,盖《禹贡》扬州之域,当牵牛、须女之分。东限七闽,西略夏口,南抵大庾,北际大江。川泽沃衍,有水物之饶。永嘉东迁,衣冠多所萃止,其后文物颇盛。而茗荈、冶铸、金帛、粳稻之利,岁给

---

① 龙榆生编选:《唐宋名家词选》,中华书局2018年版,第442页。
② 萧统编,李善注:《文选》,上海古籍出版社2019年版,第198页。
③ 欧阳修撰:《新五代史》卷六十三《前蜀世家第三》,中华书局1974年版,第793页。
④ 王夫之撰:《读通鉴论》卷二十七,中华书局1998年版,第843页。

县官用度,盖半天下之入焉。"①西蜀和南唐发达的经济条件和安定的政治环境,为统治者的享乐生活创造了条件。

西蜀的君主都极为奢靡荒淫。高祖"晚年专务奢侈"②,后主"务为奢侈以自娱,至于溺器,皆以七宝装之"③,前主王衍"奢纵无度,日与太后、太妃游宴于贵臣之家,及游近郡名山,饮酒赋诗,所费不可胜纪"④。西蜀君主的骄奢淫逸之风,自然影响了整个西蜀的风气。歌台舞榭的宫廷生活和士大夫间的宴饮成为君臣士大夫的日常,因此,风月艳情和闺阁情怀成为歌唱的主要内容,如"红楼别夜堪惆怅,香灯半卷流苏帐。残月出门时,美人和泪辞。琵琶金翠羽,弦上黄莺语"(韦庄《菩萨蛮》)。"绿云高髻,点翠匀红时世。月如眉,浅笑含双靥,低声唱小词。眼看唯恐化,魂荡欲相随。玉趾回娇步,约佳期"(牛峤《女冠子·绿云高髻》)。"锦江烟水,卓女烧春浓美。小檀霞,绣带芙蓉帐,金钗芍药花"(牛峤《女冠子·锦江烟水》)。"翡翠屏开绣幄红,谢娥无力晓妆慵,锦帷鸳被宿香浓"(张泌《浣溪沙》)。"罗幌卷,翠帘垂。彩笺书,红粉泪,两心知"(欧阳炯《三字令》)等。这些词着力描写女子的容貌、服饰、情态等,极力描摹闺房闺情,弥漫着浓郁的脂粉之香,"镂玉雕琼,拟化工而迥巧。裁花剪叶,夺春艳以争鲜"⑤。后来,后蜀赵崇祚将这些词编辑为《花间集》,收录了温庭筠、韦庄等18位词人的代表性作品。"花间词"便成为西蜀词的代称。

南唐词人也受到了"花间词"的影响。冯延巳为典型代表,有评论称"今观延巳之词,往往自与唐《花间集》《尊前集》相混"⑥。"正中虽不乏寄意深远之作,选声设色,犹不尽脱花间词习气。"⑦北宋陈世修编辑冯延巳词集《阳春集》,其中有12首见于《花间集》。李璟、李煜等人的词也都不脱西蜀花间习气,描写风月艳情、闺阁怨妇等,如"一钩初月临

---

① 吴任臣:《十国春秋》卷三十七《前蜀三》,中华书局1983年版,第542页。
② 吴任臣:《十国春秋》卷三十七《前蜀三》,中华书局1983年版,第741页。
③ 欧阳修撰:《新五代史》卷六十四《后蜀世家第四》,中华书局1974年版,第805、806页。
④ 司马光撰:《资治通鉴》卷第二百七十《后梁纪(五)》,古籍出版社1956年版,第8842页。
⑤ 欧阳炯:《花间集序》,赵崇祚编、杨景龙校注:《花间集校注》,中华书局2017年版,第1页。
⑥ 罗泌:《六一词跋》,张惠民:《宋代词学资料汇编》,汕头大学出版1993年版,第193页。
⑦ 詹安泰:《宋词散论·读词偶记》,广东人民出版社1980年版,第123页。

妆镜,蝉鬓凤钗慵不整"(李璟《应天长》)。"碧砌花光锦绣明,朱扉长日镇长扃"(李璟《望远行》)。"铜簧韵脆锵寒竹,新声慢奏移纤玉。眼色暗相钩,秋波横欲流"(李煜《菩萨蛮》)。"红日已高三丈透,金炉次第添香兽,红锦地衣随步皱"(李煜《浣溪沙》)。由此可见,无论西蜀词还是南唐词,都表现出"绮艳婉丽"的艺术风格。

不过,南唐词在温庭筠、韦庄为代表的花间词的风格上又进一步发展,逐渐形成了不同于花间词的风格。有研究者对南唐词和西蜀词进行比较分析后认为,南唐词人仍然效仿温、韦等已经稳固形成而带有类型化意义的创作倾向与审美趣味,备具类近的风格特征,只不过在具体手法上转为雅丽清畅,如李煜的《一斛珠·晓妆初过》《长相思·云一绹》《菩萨蛮·花明月暗笼轻雾》《玉楼春·晚妆初了明肌雪》等。南唐词或刻画闺阁女子与情郎嬉戏调笑或摹写幽会偷情时,皆香艳存貌透骨,但并不像花间派张泌、欧阳炯等人同类题材而跌入浮薄猥亵的恶道,能得温庭筠的绮丽而无其涩密。又或者抒发离绪怅思,借秋夜风雨淅沥、芭蕉声急的典型意象,渲染寂寥凄凉,或者描叙宫闱间烛红透空、笙歌喧夜的宴乐景况,却别就清空闲雅笔致见之,又颇似韦庄疏淡莹润的作风。同样属于少女思妇伤春惜别题材,虽未脱花间习套,却另有寄寓,融进俯仰人生的叹息与不尽的家国身世之慨。① 冯延巳的"梅花繁枝千万片,犹自多情,学雪随风转"和"回首西南看晚月,孤雁来时,塞管声呜咽。历历前欢无处说,关山何日休离别"(《鹊踏枝》),李璟的"菡萏香销翠叶残,西风愁起绿波间。还与韶光共憔悴,不堪看"和"青鸟不传云外信,丁香空结雨中愁。回首绿波三楚暮,接天流"(《浣溪沙》),李煜的"雁来音信无凭,路遥归梦难成。离恨恰如春草,更行更远还生"(《清平乐》)和"别巷寂寥人散后,望残烟草低迷"(《临江仙》)等句,都抒发了作者的离情别恨。然而,这些词句不仅仅是借景抒情,而是从梅雪、孤雁、丁香、春草、残烟等方面,表达人生的无限感慨和悲凉。

李冰若在《栩庄漫记》中说:"《花间》词十八家,约可分为三派。镂金错彩,缛丽擅长,而意在闺帏,语无寄托者,飞卿(温庭筠)一派也;清

---

① 乔力:《主体意识的建立:论南唐词的审美特征与范型意义》,《东岳论坛》,1995年第5期,第89—90页。

绮明秀,婉约为高,而言情之外,兼书感兴者,端己(韦庄)一派也。抱朴守质,自然近俗,而词亦疏朗,杂记风土者,德润(李珣)一派也。"①西蜀词主要受晚唐词人温庭筠的影响较深。温庭筠把晚唐诗歌中善于表现细腻的官能感受、有强烈色泽感的特色移植到词里,以腻粉脂香作为描写对象②。许宗元认为,"绝大多数西蜀词人是奉温氏为宗的,他们浓丽、婉约之风是承飞卿词而来的"③。南唐词人更多受韦庄的影响,不仅文风较为清丽,而且注重"言情"和"感兴"的情感表达。因此,虽然南唐词"在抒写内容上亦不外男欢女爱、离愁别恨和流连光景之类,基调也是'软性'的、宛曲柔美的,与温词无本质差别,同属'本色'曲子词"④,但是南唐词在艺术风格上却逐渐摆脱浓妆艳抹,而别具清新婉转。胡应麟《诗薮·杂篇》评曰:"(后主)乐府为宋人一代开山祖。盖温韦虽藻丽,而气颇伤促,意不胜辞。至此君方是当行作家,清便宛转,词家王、孟。"⑤王世贞也评曰:"花间犹伤促碎,至南唐李王父子而妙矣。"⑥

二、独特的地理空间

历史上的巴蜀被称为天府之国,这里物产丰饶,粮食充足,气候条件良好,农业生产发达。据《后汉书·隗嚣公孙述列传》记载:"蜀地沃野千里,土壤膏腴,果实所生,无谷而饱,女工之业,覆衣天下,名材竹干,器械之饶,不可胜用。又有鱼盐铜银之利,浮水转漕之便。"⑦五代十国时期,西蜀政权依靠天险得以偏安,因此,蜀人较少有对国家的忧患意识和危机感。唐代杜佑《通典》曾说:"巴蜀之人少愁苦,而轻易淫佚。"⑧

正是由于优越的地理环境和经济条件,蜀地形成了一种"游乐"风气。宋人李良臣在《钤辖厅东园记》描述道:"成都,西南大都会,素号繁

---

① 李冰若:《花间集评注》,人民文学出版社1993年版,第104页。
② 吴惠娟:《试论西蜀词与南唐词风格的异同》,《上海大学学报》,1999年第4期,第39页。
③ 许宗元:《中国词史》,黄山书社1990年版,第41页。
④ 刘扬忠:《唐宋词流派史》,福建人民出版社1999年版,第66页。
⑤ 胡应麟:《诗薮·杂篇》卷四,上海古籍出版社1979年版,第291页。
⑥ 王世贞:《艺苑卮言》,唐圭璋编:《词话丛编》第一册,中华书局1986年版,第387页。
⑦ 范晔撰:《后汉书》卷十三,中华书局1965年版,第535页。
⑧ 杜佑撰,王文锦等点校:《通典》,中华书局1988年版,第4638页。

丽。万井云错,百货川委,高车大马决骤乎通逵;层楼复阁,荡摩乎半空;绮縠画容,弦毂夜声,倡优歌舞,娥媌靡曼,裙联袂属;奇物异产,瑰琦错落,列肆而班市。黄尘涨天,东西冥冥。穷朝极夕,颠迷醉昏,此成都所有也。"①在蜀人好游玩的风气之中,君臣上下更不必言。王衍"游浣花溪,龙舟彩舫,十里绵亘。自百花潭至万里桥,游人士女,珠翠夹岸"②。后蜀孟昶"游浣花溪,是时蜀中百姓富庶,夹江皆创亭榭游赏之处,都人士女,倾城游玩,珠翠绮罗,名花异香,馥郁森列。昶御龙舟观水嬉,上下十里,人望之如神仙之境"③。《野人闲话》也记载:"后主时,城内人生三十岁,有不识米麦之苗者。每春三月、夏四月,多有游花院及锦浦者,歌乐掀天,朱翠填咽。贵门公子,华轩彩舫,共赏百花潭上。至诸王、功臣以下,皆各置林亭。"④

  南唐虽然也是地处富庶之地,但是与西蜀有较大差异。虽然扬州和益州是当时全国两大最发达的城市,但是大中九年(855年)卢求在《成都记序》中认为扬州不及益州:"大凡今之推名镇为天下第一者,曰扬、益,以扬为首,盖声势也。人物繁盛,悉皆土著,江山之秀,罗锦之丽,管弦歌舞之多,伎巧百工之富,其人勇且让,其地腴以善,熟较其要妙,扬不足以侔其半。"⑤同时,江南的自然风光,给南唐词人的创作增加了更多的柔美秀丽之思。纳兰成德也评之:"花间之词如古玉器,贵重而不适用;宋词适用,而少贵重。李后主兼有其美,更饶烟水迷离之致。"⑥因此,蜀地"花重锦官城"的浓艳,"多斑采文章"⑦,浓墨重彩,缺乏意境,辞藻华丽,极尽铺张之能事,有堆砌之感;南唐词则注重内心表达,用词雅化,故能创迷离之境。

  江南不同于蜀地有山川天险作为安全屏障。历史上的江南战乱频仍,南唐也时时面临着邻国用兵的威胁。保大十三年(955年)至交泰

---

① 李良臣:《钤辖厅东园记》,杨慎编,刘琳、王晓波点校:《全蜀艺文志》卷34,线装书局2003年版,第940页。
② 景焕:《野人闲话》,《五代史书汇编》第1册,杭州出版社2004年版,第310页。
③ 张唐英:《蜀梼杌》卷下,中华书局1985年版,第21页。
④ 景焕:《野人闲话》,《五代史书汇编》第1册,杭州出版社2004年版,第599页。
⑤ 袁说友等编:《成都文类》卷二十三,中华书局2011年版,第475—476页。
⑥ 纳兰成德:《渌水亭杂识》卷四,见《清代笔记丛刊》第1册,齐鲁书社2001年版,第441页。
⑦ 常璩撰,刘琳校注:《华阳国志校注》,巴蜀书社1984年版,第175页。

元年(958年),北方后周政权三度攻打南唐,南唐始终处于被动防御的不利局面,最终李璟不得不去国号,改称"江南国主",并向后周称臣。后周灭亡后,面对北宋的威胁,南唐向宋俯首称臣,但最终还是被北宋所灭。因此,南唐自中主李璟后就一直处于风雨飘摇之中,而朝廷内部又党争激烈。这自然严重影响到君臣士大夫内心的情感。由于受到宋的威胁,"煜尝怏怏以匡蹙为忧,日与臣下酣宴,愁思悲歌不已"①。因此,李璟、李煜、冯延巳等人的词中都流露出无奈的衰亡气象。这种情绪在西蜀词中是极为少见的。

三、创作主体的文人气质

西蜀词和南唐词的情感差异,也源于西蜀和南唐词人的学养身份。南唐偏安于江南一隅,和西蜀一样,吸引了大量文人,延续着唐末遗风。韩熙载、潘佑、高越、孙晟、常梦锡、江文蔚等文士迁移来吴中,旋入南唐,其中怀抱利器者确乎不少,而江东自古就才俊辈出,彼时徐铉、冯延巳、李建勋等人已经名噪江左,南唐的文化发展,也就有了超越当时其他割据政权的条件②。

南唐君臣许多工于书画、诗词,是典型的艺术家。李璟"多才艺,好读书,便骑善射"③,"天性雅好古道,被服朴素,宛同儒者,时时作为歌诗,皆出入风骚"④,"趣尚清洁,好学而能诗"⑤。李煜更是无所不通。郭若虚《图画见闻志》评曰:"江南后主李煜,才识清赡,书画兼精。尝观所画林石、飞鸟,远过常流,高出意外。"⑥南唐士大夫也出身不凡。冯延巳出身显贵,"有辞学,多伎艺","学问渊博,文章颖发,辩说纵横,如倾悬河,暴而听之,不觉膝席之屡前,使人忘寝与食"⑦。郭若虚《图画见闻志》曾写李璟时期的一次宴会,对南唐文人赋诗作画的专擅有所评述:

---

① 欧阳修撰:《新五代史》卷六十二《南害世家第二》,中华书局1974年版,第779页。
② 王丽梅:《南唐与前后蜀文化的比较研究》,《唐史论丛》(第九辑),三秦出版社2007年,第357页。
③ 陆游撰:《南唐书》卷二《元宗本纪》,中华书局1985年版,第55页。
④ 史虚白:《钓矶立谈》,王云五主编:《钓矶立谈及其他二种》,商务印书馆1936年版,第12页。
⑤ 龙衮:《江南野史》卷三,上海师范大学古籍整理研究所编:《全宋笔记》第一编四,大象出版社2003年版,第170页。
⑥ 郭若虚:《图画见闻志》卷三,人民美术出版社1963年版,第60页。
⑦ 史虚白:《钓矶立谈》,王云五主编:《钓矶立谈及其他二种》,商务印书馆1936年版,第10页。

"真容,高冲古主之;侍臣、法部、丝竹,周文矩主之;楼阁宫殿,朱澄主之;雪竹寒林,董源主之;池沼禽鱼,徐崇嗣主之。"①

与南唐相比,西蜀缺乏稳固的文化基础,文化积淀相对较为贫弱。前蜀高祖王建"少无赖,以屠牛、盗驴、贩私盐为事,里人谓之'贼王八'"②。前蜀后主王衍"浮薄,而好轻艳之辞"③,尝收集艳体诗200篇,号曰《烟花集》。张唐英《蜀梼杌》卷上曾记其行云:

> 幼无英特之质,长于绮纨富贵之中,及元膺被诛,次当以铬、杰为嗣,而衍母专宠,大臣表里协谋,遂得嗣立。袭位之后,不能委任忠贤,躬决刑政,惟宫苑是务,惟宴游是好,惟险巧是近,惟声色是尚。阉官执政于外,母后司晨于内,张士乔辈以谏诤而得罪,王宗寿辈以鲠忠而见侮。既不卑词厚礼以睦邻,又不选将练武而守国,唐师压境,尚谋宣淫于藩臣之家,而不采光葆之议,其灭亡也,宜哉!④

当然,西蜀也有大量文人流寓于此,以躲避中原战乱,其中较有声望的有韦庄、卢延让、毛文锡、牛峤、牛希济、杜光庭等。由于他们的努力,蜀中典章文物,有唐之遗风,加之蜀地故有文士如欧阳炯、李珣等,使蜀中形成了具有较高层次文化修养的创作主体。然而,西蜀是唐朝的皇族显贵传统的避难之所,唐僖宗也曾避乱于此,唐帝国崩溃以后,西蜀又集中了大量唐朝的遗臣⑤,所谓"去蜀者,非出名门,即饱学之士"⑥,王建"所用皆唐名臣士族"⑦。因此,西蜀文化中含有大量贵族文化,特别是宫廷文化的因素,因而也显得较为雍容富贵。这些"衣冠绪余"已不同于西晋南迁的士族可以以家族形式在南方形成特殊势力,他们的地位则随统治集团的甄选而定,重用则为高官显贵,弃置则为清客文人。通观西蜀词人群体,除韦庄被王建"以功臣授吏部侍郎同平章

---

① 郭若虚:《图画见闻志》卷六,人民美术出版社1963年版,第153—154页。
② 欧阳修撰:《新五代史》卷六三《前蜀世家》,中华书局1974年版,第783页。
③ 冯金伯辑:《词苑萃编》,唐圭璋:《词话丛编》第二册,中华书局1986年版,第1817页。
④ 张唐英:《蜀梼杌》,傅璇琮主编:《五代史书汇编》,杭州出版社2004年版,第6085页。
⑤ 王丽梅:《南唐与前后蜀文化的比较研究》,《唐史论丛》(第九辑),三秦出版社2007年,第357页。
⑥ 邹劲风:《南唐国史》,南京大学出版社2000年版,第209页。
⑦ 欧阳修撰:《新五代史》卷六三《前蜀世家》,中华书局1974年版,第787页。

事"①,欧阳炯在后蜀官拜宰相外,余皆沉沦幕僚,随时俯仰。历代蜀主溺于声乐、苟安享乐,形成君臣狎妓宴饮的享乐之风,而词则成为这种醉生梦死生活的最好表达手段②。因此,范文澜在《中国通史》里说,"当时唐名家世族,多避乱在蜀","史称蜀国'典章文物有唐之遗风',实际是唐朝腐朽习气具体而微地搬运到蜀国"。③

正是这样,西蜀集结了一批近臣狎客,躲在温柔乡中逃避现实,"以佞臣韩昭等为狎客,杂以妇人,以恣荒宴,或自旦至暮,继之以烛"④。他们迎合君主的喜好,以游戏、娱乐、应酬、奉制的态度填词以娱情助兴,写下了诸如"春病与春愁,何事年年有?半为枕前人,半为花间酒"(孙光宪《生查子》);"者边走,那边走,只是寻花柳。那边走,者边走,莫厌金杯酒"(王衍《醉妆词》)等诗句。南唐虽然也有大批南迁的北方士人,但是出身于贵族官僚者却比较鲜见,如韩熙载出身于幕僚家庭,常梦锡出身于小吏⑤。南唐极少有西蜀那种南迁于江淮地区的唐朝显贵,南唐土著士人也多出身于庶族。南唐统治集团及文人阶层的这种社会结构,使得他们有机会接触社会下层,了解民间的实际情况,对身处乱世有更多的切身感触⑥。创作主体文化修养和身份构成的差异,导致了西蜀词和南唐词表现出不同的情感基调。

第三节 南唐词的哀伤气质

江南诗歌自古就有一种"悲剧"色彩和"忧患"意识。南唐时期,虽然前期经济社会发展较为稳定,但后期遭后周、宋等的威胁,君臣也都弥漫着一股"亡国"之悲。在这种氛围之中,南唐词人多有忧患意识,形成了南唐时期忧患郁结的文化气质,表现在诗词中便是无限的"愁"和

---

① 辛文房撰,傅璇琮主编校笺:《唐才子传校笺》卷十,中华书局1987年版,第327页。
② 李红霞:《西蜀词与南唐词辨异》,《渭南师范学院学报(社会科学版)》,2000年第3期,第98页。
③ 范文澜:《中国通史简编·第三册》,人民出版社1965年版,第494页。
④ 薛居正等撰:《旧五代史》卷一三六《僭伪列传》,中华书局1976年版,第1819页。
⑤ 杜文玉:《南唐党争评述》,《渭南师专学报(综合版)》,1991年第1—2期,第58页。
⑥ 王丽梅:《南唐与前后蜀文化的比较研究》,《唐史论丛》(第九辑),三秦出版社2007年,第350页。

无尽的"感慨",这也进一步加深了江南文化的悲剧内涵。如果说西蜀词风突出表现为享乐习气,南唐词的情感基调就是悲观、忧患、无奈的哀伤气质。

一、冯延巳:开眼新愁无问处

冯延巳是五代十国时期著名词人,仕于南唐烈祖、中主二朝,三度拜相,官终太子太傅。他的词文人气息较浓。冯延巳的词,脱胎于温庭筠所开创的婉约词,深受花间词的影响。因此,冯延巳的词离不开男女相思、闺情闺怨、离情别绪等题材,不过,冯延巳的词又超越了花间词。

冯延巳的《鹊踏枝》系列向来被认为是其代表作品。这些词与花间词的不同在于它们逐渐摆脱了对妇女容貌、服饰的描绘,着重抒写人物内心的哀愁。其语言也比较清新流畅,不像花间词那样有雕琢、堆砌之感①。如他的《鹊踏枝》二首:

鹊踏枝

烦恼韶光能几许,肠断魂消,看却春还去。只喜墙头灵鹊语,不知青鸟全相误。

心若垂杨千万缕,水阔花飞,梦断巫山路。开眼新愁无问处,珠帘锦帐相思否?

鹊踏枝

谁道闲情抛掷久?每到春来,惆怅还依旧。日日花前常病酒,不辞镜里朱颜瘦。

河畔青芜堤上柳,为问新愁,何事年年有?独立小桥风满袖,平林新月人归后。

这两首词都抒发了作者苦闷的心情和无法排遣的忧愁。余恕诚认为这两首词"下笔虚括,写出一种怅然自失,无由解脱的愁苦之情,郁伊惝恍,若隐若现。关于怅惘的内容,词中只说是闲愁而不作具体交代。但一开头感情就千回百折,喷涌而出,其后又写出'不辞镜里朱颜瘦'的执着,写出愁闷'年年有'的持久和无法自解,以及小桥独立待到'人归

---

① 孔宪富:《李煜及南唐其他词人的词》,《锦州师院学报(哲学社会科学版)》,1986 年第 2 期,第 60 页。

后'的痴迷,就让人感到似乎超越了一般的男女之情"①。

值得注意的是,冯延巳词中的"愁",是飘忽不定的。他的"愁"随时而发,随性而生,朦胧含蓄,让人难以捉摸,无法洞见其愁因何而来。他的"愁"看似写的是思妇之愁,但似乎又超出了闺怨。其中应该少不了他对南唐国势的忧患。冯延巳所生活的年代跨越南唐的兴亡,也厕身党争,内心应有更多切身体会,而将这些感受写进词中或带着这种情感写词,自然是难免的。冯延巳长期处于高位,生活优裕,富有才气,因此在抒情方面往往沉着而有余裕,在意境和文辞上吸取了温庭筠的精艳、韦庄的秀丽,有"和泪试严妆"(《菩萨蛮》)的庄重凄艳之美②。如:

鹊踏枝

梅落繁枝千万片,犹自多情,学雪随风转。昨夜笙歌容易散,酒醒添得愁无限。

楼上春寒山四面,过尽征鸿,暮景烟深浅。一晌凭栏人不见,鲛绡掩泪思量遍。

这首词写梅花之落,是"犹自多情,学雪随风舞";写刻骨相思,不是痛苦欲绝,而是"鲛绡掩泪思量遍",都给人文辞华美、怨而不怒、有思致、有节制之感。写这首词时,冯延巳所立身的南唐风光不再,正处于后周的威胁之中,已经到了俯首称臣、割地求和的境地。因此,词人只能在内心里掩泪思量。陈秋帆在《阳春集笺》对此评论道:"愁苦哀伤之致动于中。蒿庵所谓'危苦烦乱,郁不自达,发于诗余'者。"③与此愁情相同的还有他的另一首《鹊踏枝》:

鹊踏枝

几日行云何处去?忘却归来,不道春将暮。百草千花寒食路,香车系在谁家树。

---

① 余恕诚:《南唐词人的创作及其在词史演进中的地位》,《安徽师范大学学报(人文社会科学版)》,2000年第3期,第325—326页。
② 余恕诚:《南唐词人的创作及其在词史演进中的地位》,《安徽师范大学学报(人文社会科学版)》,2000年第3期,第326页。
③ 陈秋帆:《阳春集笺》,李煜等撰:《李煜词集 附李璟词集 冯延巳词集》,上海古籍出版社2016年版,第85页。

泪眼倚楼频独语。双燕飞来,陌上相逢否?撩乱春愁如柳絮。悠悠梦里无寻处。

这首词多用比兴,意味深长,给人一种意境深远之感,它所抒发的身世之悲、无所依凭之感,已远远超出了个人情感,饱含着对整个时世的感伤①。王国维在《人间词话》中说,"'终日驰车走,不见所问津。'诗人之忧世也,'百草千花寒食路,香车系在谁家树'似之"②,说得很有道理。而陈秋帆在《阳春集笺》中引谭献评语说得更明白:"此词牢愁郁抑之气,溢于言外,当作于周师南侵,江北失地,民怨丛生,避贤罢相之日。不然,何忧思之深也。后主之'一寸相思千万缕,人间没个安排处'与之同慨。身世之悲,先后一辙。"③

冯延巳词中的感伤之语俯仰皆是,如"绕砌蛩声芳草歇,愁肠学尽丁香结"(《鹊踏枝》);"一时弹泪与东风,恨重重"(《虞美人》);"休向尊前情索寞,手举金罍,凭仗深深酌"(《鹊踏枝》);"旧愁新恨知多少,目断遥天"(《采桑子》);"前事总堪惆怅,寒风生,罗衣薄,万般心"(《酒泉子》);"芦花千里霜月白,伤行色,来朝便是关山隔"(《归国遥》)等。正是他把这种感伤之情融于词中,使得他的词明显摆脱了花间词的浮靡脂粉气,境界豁然开朗。正如王国维所评:"冯正中词,虽不失五代风格,而堂庑特大,开北宋一代风气。"④王国维以"和泪试严妆"来评论冯延巳的词,其意表现为两个方面:一方面有浓情艳丽、严肃庄重的色彩,另一方面又潜藏着一种内在的悲伤之"泪"。由于在朝廷中所处的地位,冯延巳不能将内心的这种悲伤直白无遗地表现出来,只能包裹在"严妆"里面,深藏不露。其实,冯延巳的词中的悲凉气息,并非儿女情长、闺怨离恨的感伤。清代冯煦在《阳春集序》《唐五代词选序》中这样分析冯延巳的感伤:

> 翁负其才略,不能有所匡救。危苦烦乱之中郁不自达者,一于

---

① 陈福升:《南唐词之感伤与时代之衰亡》,《内蒙古社会科学》,2002年第1期,第112页。
② 王国维:《人间词话》,唐圭璋编:《词话丛编》第五册,中华书局1986年版,第4244—4245页。
③ 陈秋帆:《阳春集笺》,李煜等撰:《李煜词集 附李璟词集 冯延巳词集》,上海古籍出版社2016年版,第93页。
④ 王国维:《人间词话》,唐圭璋编:《词话丛编》第五册,中华书局1986年版,第4243页。

> 词发之。其忧生念乱,意内而言外,迹之唐、五季之交,韩致尧之于诗,翁之于词,其义一也。世专以靡曼目之,诬已。善乎! 刘融斋先生曰:"流连光景,惆怅自怜,盖亦飘飏于风雨者。"知翁哉! 知翁哉!①

> 然晚唐五季,如沸如羹,天宇崩析,彝教凌迟。深识之士,陆沉其间,惧忠言之触机,文诽语以自诲。黍离麦秀,周遗所伤;美人香草,楚累所托。其词则乱,其志则苦。义兼盍各,毋劳刻舟。②

冯延巳所处的时代,正是南唐从"内外无事"的盛世逐渐转向了"内忧外患"的衰世。保大五年(947年),南唐攻福州而兵败,为救二弟延鲁,冯延巳引咎辞职,改任太子太傅。保大九年(951年),南唐发兵灭楚,楚地尽归南唐。保大十年(952年),南唐军大败,撤出湖南,楚地得而复失。冯延巳和孙晟二人自请罢相。冯延巳对时世自然有着更为敏感的洞察和切身的体会,因而总是在富贵华丽之中不时流露出一丝哀伤。冯延巳把词中人的闲情、春愁写得如此悱恻缠绵,隐约流露的当是他对南唐没落王朝的关心和忧伤。这应该就是王国维所谓"堂庑特大"的深意和"和泪试严妆"的原因。

二、李璟:惆怅落花风不定

李璟是烈祖李昪长子,于943年嗣位。李璟即位之初,内外都较为安定,凭借李昪立国后休养生息政策所奠定的国力,他大规模动兵,消灭闽、南楚等国,将国土拓展到福建、湖南,成为五代十国中疆域最大的国家。然而,也正是因为李璟向外扩张,南唐后期陷入内外交迫的境况,最后不敌后周,只得向后周奉表称臣,岁贡万物,削去帝号,改称国主,割让淮南江北之地,以求苟安于江南一隅。由于后周的威胁日重,李璟甚至从金陵迁都洪州,称"南昌府"。李璟多才艺,好读书,与冯延巳常常诗酒酬唱,彼此词风也相当接近。

李璟经历了南唐由盛而衰的过程,对于重振国威已然束手无策,唯

---

① 冯煦:《四印斋本阳春集序》,曾昭岷校订:《温韦冯词新校》,上海古籍出版社1988年版,第405页。
② 冯煦:《唐五代词选序》,金启华等编:《唐宋词集序跋汇编》,江苏教育出版社1990年版,第437页。

有强作欢乐、醉心诗词宴饮,但其内心暗藏着绝望和无奈的情绪。这自然影响到李璟词的感情基调,南唐逐渐走向衰落的局面也进一步加深了南唐词的感伤色彩。虽然李璟仅存词四首,但是我们仍能从中看出李璟的感伤和无奈。

应天长

一钩初月临妆镜,蝉鬓凤钗慵不整。重帘静,层楼迥,惆怅落花风不定。

柳堤芳草径,梦断辘轳金井。昨夜更阑酒醒,春愁过却病。

这首词表面写的是思妇伤春伤别的心情。李璟用细腻的笔触、丰富的意象渲染了思妇的春愁。"重帘""层楼"的处境、"落花风不定"的氛围、"柳堤芳草径"的别离场景、"辘轳金井"的情思等,对思妇的"春愁"进行了深刻的描写。李璟的这首词虽然写的是"春愁",但与其当时备受后周侵吞威胁时的心境相吻合。因此,词人内心无比彷徨不安,仿佛"落花风不定"。

望远行

碧砌花光锦绣明,朱扉长日镇长扃。余寒不去梦难成,炉香烟冷自亭亭。

辽阳月,秣陵砧,不传消息但传情。黄金窗下忽然惊:征人归日二毛生。

这首词也是写思念,抒写怀远念人。俞陛云评曰:"上阕写所处一面之情景。惟寒梦难成,醒眼无聊,但见炉烟之亭亭自袅,善写孤寂之境。其下辽阳、秣陵,始两面兼写。'传情'二字见闻砧对月,两地同怀。结句言忽见北客南来,雪窖远归,鬓丝都白,则行役之劳,与怀思之久,从可知矣。"[①]李璟的这首词,上阕写室内的冷寂清幽,看似写的是思妇的闺怨,然而下阕则笔锋一转,以"辽阳月""秣陵砧"指向了边塞的征夫,使得这首词的题材超出了闺怨的范畴。这也暗合了李璟时期连年征战的情况,不由引起了李璟对征战士兵深切的同情。结句"征人归日

---

① 俞陛云:《唐五代两宋词选释》,上海古籍出版社1985年版,第113页。

二毛生",虽没有"可怜无定河边骨,犹是春闺梦里人"(陈陶《陇西行》)之凄凉,但征夫归来时两鬓斑白的形象,也足以让人感到战争的残酷。因此,这首词便不是简单的闺怨春愁,而是"九月寒砧催木叶,十年征戍忆辽阳"(沈佺期《独不见》)所传达出的苍凉悲壮的情感基调。

浣溪沙

手卷真珠上玉钩,依前春恨锁重楼。风里落花谁是主?思悠悠。

青鸟不传云外信,丁香空结雨中愁。回首绿波三楚暮,接天流。

这首词又名《摊破浣溪沙》《山花子》,也是写"春愁"。上阕写无处可发的"重楼春恨",下阕写难以排解的"百结愁肠"。清代黄苏《蓼园词评》评曰:"按'手卷珠帘',似可旷日舒怀矣,谁知依然'恨锁重楼'。所以恨者何也?见落花无主,不觉心共悠悠耳,且远信不来,幽愁空结。第见三峡波接天流,此恨何能自己乎!清和婉转,词旨秀颖。然以帝王为之,则非治世之音矣。"①不过,这里的"春恨"究竟指什么?马令《南唐书》卷二十五记载过一则故事可以与之参照:

> 元宗嗣位宴乐,击鞠不辍,尝乘醉命感化奏《水调词》,感化唯歌"南朝天子爱风流"一句,如是者数四,元宗辄悟,覆杯叹曰:"使孙陈二主得此一句,不当有衔璧之辱也。"感化由是有宠。元宗尝作《浣溪纱》二阕,手写赐感化……后主即位,感化以其词札上之,后主感动,赏赉感化甚优。②

歌师王感化再三以诗句劝谏李璟要勤于政务,不要沉湎歌舞,以免落入历代江南政权的境地。李璟也深有感悟,"不当有衔璧之辱也"。后来李煜即位,王感化将词札献给李煜,让李煜颇为感动。这样看来,李璟词中的"重楼春恨"大抵应该跟当时的南唐时世有关,"青鸟不传云外信,丁香空结雨中愁"便有了救国无门之忧了。李璟主政后期的南唐

---

① 黄苏:《蓼园词选》,唐圭璋编:《词话丛编》第四册,中华书局1986年版,第3029页。
② 马令撰:《南唐书》卷二十五《诙谐传第二十一》,中华书局1985年版,第167页。

时刻受到后周的威胁,虽王感化再三劝谏,但对正走向日暮的南唐来说,李璟也只能表现出"青鸟"二句的无奈。

浣溪沙

菡萏香销翠叶残,西风愁起绿波间。还与韶光共憔悴,不堪看。

细雨梦回鸡塞远,小楼吹彻玉笙寒。多少泪珠何限恨,倚阑干。

这首词又名《摊破浣溪沙》《山花子》。吴梅《词学通论》云:"中宗诸作,自以《山花子》二首为最,盖赐乐部王感化者也。此词之佳,在于沉郁。夫'菡萏销翠''愁起西风',与韶光无涉也;而在伤心人见之,则夏景繁盛,亦易摧残,与春光同此憔悴耳。故一则曰'不堪看',一则曰'何限恨',其顿挫空灵处,全在情景融洽,不事雕凿,凄然欲绝。至'细雨''小楼'二语,为西风愁起之点染语,炼词虽工,非一篇中之至胜处;而世人竟赏此二语,亦可谓不善读者矣。"①"菡萏香销翠叶残,西风愁起绿波间"二句是解读这首词的关键钥匙,也能够洞察到李璟内心日渐加重的悲凉情感。陈廷焯说这两句:"沉之至,郁之至,凄然欲绝",甚至认为"后主虽善言情,卒不能出其右也"。②

《浣溪沙·手卷真珠上玉钩》和《浣溪沙·菡萏香销翠叶残》是最能传达李璟内心情感、反映国家命运的两首词。余恕诚认为这两首词"虽是以女性伤离怨别的形式出现,但词中写生命凋伤之沉痛,伤离念远之深挚,可以让人体会到作者心灵中回旋的惆怅的潜流。……在哀惋沉至方面,近于冯延巳,而不同于李煜之尽情倾泻,一往无还。但相对冯词的深隐,李璟词显得较为显豁明快,主体的情感更突出一些,又近于李煜。李璟的忧患意识比冯延巳更深,这种忧患之感,在'三楚''鸡塞'等地名所显示的阔大的背景和'真珠''玉钩''菡萏''玉笙'等芳洁名物衬托下,较之冯延巳所表现的恍然自失,更具庄严意味,且能显示出一种气象。在有气象这一点上,亦稍近李煜,因而李璟在冯延巳与李煜之

---

① 吴梅:《词学通论》,中华书局 2016 年版,第 53—54 页。
② 陈廷焯,杜维沫校:《白雨斋词话》卷一,人民文学出版社 1959 年版,第 7 页。

间有过渡意义。"①

与冯延巳的伤感、哀愁所不同,李璟是一国之主,国家的兴亡对李璟来说更有切肤之痛。陈葆真对李璟词有过这样的论述:"虽然中主词中仍然免不了沿用《花间集》那种以女子的语气来表达自己的情思,但是他的愁思郁闷已不只是言情,而似已触及到人生虚无的本质问题,因而'能够带着直接的兴发感动的力量造成一种意境',并以此开创了南唐词的特色。"②

三、李煜:从"艳丽"到"悲凉"

李煜虽然也历经冯延巳和李璟所处的时代,感受到南唐国运的衰微,但是他的词与冯延巳和李璟的词作相比,李煜前期词作中却较少表现"闲愁"和"忧患"。恰恰相反,李煜前期词作带有浓厚的"脂粉味",深受"花间词"的影响,大多描写歌舞宴乐生活,风格也较为艳丽。如:

一斛珠

晓妆初过,沉檀轻注些儿个。向人微露丁香颗。一曲清歌,暂引樱桃破。

罗袖裛残殷色可,杯深旋被香醪涴。绣床斜凭娇无那,烂嚼红茸,笑向檀郎唾。

这首词描写歌女的日常生活,用语艳丽。这曾是花间词的风格,所谓"绮筵公子,绣幌佳人,递叶叶之花笺,文抽丽锦;举纤纤之玉指,拍按香檀。不无清绝之辞,用助娇娆之态"③。《诗话类编》评曰:"后主尝微行倡家,乘醉大书石壁云'浅斟低唱,偎红倚翠,太师鸳鸯寺主,传风流教法。'""故在其前期作品,类极风流蕴藉,堂皇富艳之观。其描写美人娇憨情态者,如《一斛珠》……温馨艳丽,荡人心魂;又好用代词,如'丁香''樱桃'之类,颇受温庭筠影响。"④不过,西蜀词人过于文辞藻饰,流

---

① 余恕诚:《南唐词人的创作及其在词史演进中的地位》,《安徽师范大学学报(人文社会科学版)》,2000 年第 3 期,第 326—327 页。
② 陈葆真:《李后主和他的时代》,北京大学出版社 2009 年版,第 67 页。
③ 欧阳炯:《花间集序》,赵崇祚编,杨景龙校注:《花间集校注》,中华书局 2017 年版,第 1 页。
④ 龙榆生:《南唐二主词叙论》,《词学季刊》,1936 年第 3 卷第 2 期。

于浮艳。李煜的词虽承继花间词,却又较为关注人物的心理活动、动作细节,多了一些生活气息。冯延巳的词也受花间词的影响,却又多了些人生况味,李煜也受冯延巳的影响,如他的《喜迁莺·晓月坠》《清平乐·别来春半》就颇有冯延巳的意蕴深沉、含思隽永的风格。

余恕诚认为,李煜前期词作中,最富有个人特色的作品,有写歌舞场面的《浣溪沙》《玉楼春》,有以细节见长的《菩萨蛮》①。这些词都表现了李煜前期词作的"艳丽"风格。

浣溪沙

红日已高三丈透,金炉次第添香兽,红锦地衣随步皱。

佳人舞点金钗溜,酒恶时拈花蕊嗅,别殿遥闻箫鼓奏。

这首词是李煜当时夜以继日尽情享乐的自我写照,反映了李煜纵情声色的一个生活断面。俞陛云在《唐五代两宋词选释》一书中说:"《扪虱新话》云'帝王文章,自有一般富贵气象'。此语诚然。但时至日高三丈,而金炉始添兽炭,宫人趋走,始踏皱地衣,其倦勤晏起可知。恣舞而至金钗溜地,中酒而至嗅花为解,其酣嬉如是而犹未满足,箫鼓尚闻于别殿。作者自写其得意,如穆天子之为乐未央,适示人以荒宴无度,宁止杨升庵讥其忒富贵耶?但论其词,固极豪华妍丽之致。"②这一风格的词尽管在人物、场景的描写上较花间词人有较大艺术概括力量,但实际上仍是南朝宫体和花间词风的延续。

玉楼春

晚妆初了明肌雪,春殿嫔娥鱼贯列。笙箫吹断水云间,重按霓裳歌遍彻。

临春谁更飘香屑,醉拍栏干情味切。归时休放烛花红,待踏马蹄清夜月。

这首词也是写宫廷的享乐生活。唐圭璋评曰:"此首亦写江南盛时景象。起叙嫔娥之美与嫔娥之众,次叙春殿歌舞之盛。下片,更叙殿中

---

① 余恕诚:《南唐词人的创作及其在词史演进中的地位》,《安徽师范大学学报(人文社会科学版)》,2000年第3期,第327页。
② 俞陛云:《唐五代两宋词选释》,上海古籍出版社1985年版,第123页。

香气氤氲与人之陶醉。'归时'两句,转出踏月之意,想见后主风流豪迈之襟抱,与'花间'之局促房栊者,固自有别也。"①这首词虽然与花间词的风格相似,但也有所不同。不同的是,这首词的"豪迈",或者说是"奢华",不像花间词那样"局促",在意象和空间上更为开阔。

菩萨蛮

花明月暗笼轻雾,今朝好向郎边去。刬袜步香阶,手提金缕鞋。

画堂南畔见,一晌偎人颤。奴为出来难,教君恣意怜。

这首词是描写李煜与小周后约会之事。全词极具画面感,也工于细节描写。清人陈廷焯在《云韶集》里说:"'刬袜'二语,细丽。'一晌'妙,香奁词有此,真乃工绝。后人着力描写,细按之总不逮古人。"②余恕诚认为,《浣溪沙》《玉楼春》《菩萨蛮》三首词为代表的李煜前期作品,内容与后期不同,但在放笔任意写作、不事雕饰,以及主体情感鲜明突出方面,则与花间词人及冯延巳等显出区别,且在后期得到了发展③。

当然,由此认为李煜前期的作品都是描写宫廷享乐生活或李煜的词只是在后期面对亡国之后才变得悲观,则并不准确。其实,李煜前期的词虽然也多有欢情之作,但也有悲观愁苦之篇。如:

蝶恋花

遥夜亭皋闲信步。乍过清明,早觉伤春暮。数点雨声风约住,朦胧淡月云来去。

桃李依依春暗度。谁在秋千,笑里低低语。一片芳心千万绪,人间没个安排处。

这首词写主人公闲庭信步、伤春感怀。在一片美景之中,心头却有

---

① 唐圭璋:《唐宋词简释》,上海古籍出版社1981年版,第31—32页。
② 陈廷焯:《云韶集》卷一,孙克强、杨传庆点校整理:《〈云韶集〉辑评(之一)》,《中国韵文学刊》2010年第3期,第47页。
③ 余恕诚:《南唐词人的创作及其在词史演进中的地位》,《安徽师范大学学报(人文社会科学版)》,2000年第3期,第327页。

"千万绪",而无处排遣,"没个安排处"。全词质朴,语句淡雅,用语通俗,意蕴深远。俞陛云评曰:"上半首工于写景,风收残雨,以'约住'二字状之,殊妙。雨后残云,惟映以淡月,始见其长空来往,写风景宛然。结句言寸心之愁,而宇宙虽宽,竟无容处。其愁宁有际耶?唐人诗'此心方寸地,容得许多愁',愁之为物,可谓放之则弥六合,卷之则退藏于密,惟能手得写出之。"①

李煜的另一首《菩萨蛮》,也与上一首《蝶恋花》风格相似。

菩萨蛮

铜簧韵脆锵寒竹,新声慢奏移纤玉。眼色暗相钩,秋波横欲流。

雨云深绣户,未便谐衷素。宴罢又成空,梦迷春雨中。

这首词有人认为是写李煜与小周后的事,也有人认为是李煜与宫女的约会。该词虽不脱花间词的艳丽,却仍有一种清丽明艳的风致。末句"宴罢又成空,梦迷春雨中"抒发出了"人生如梦"的感叹,让人感到生活的空虚,不免联想到后主当时的生活状况。

其实,李煜前期生活也并不如意。他曾写有两首《渔父》词,表现了当时的心境:

渔父

阆苑有情千里雪。桃花无言一队春。一壶酒,一竿身,快活如侬有几人。

渔父

一棹春风一叶舟,一纶茧缕一轻钩。花满渚,酒盈瓯,万顷波中得自由。

这两首词是题《春江钓叟图》画之作。词意表露出他的意志消沉,透出一股隐逸之意。据《南唐书·后主本纪》载,"文献太子恶其有奇表,从嘉避祸,惟覃思经籍"②。由此,也有人认为,这首词是"后主为情

---

① 俞陛云:《唐五代两宋词选释》,上海古籍出版社1985年版,第129页。
② 陆游撰:《南唐书》卷三《后主本纪》,中华书局1985年版,第59页。

势所迫,沉潜避祸,隐遁世尘并写词表露自己的遁世之心,以释文献太子的疑嫉"①。为此,李煜隐居山水,醉心经籍,自号"钟隐""钟峰隐者""莲峰居士"。他的《阮郎归》正是他在避祸时写给他弟弟的②。词云:

阮郎归

东风吹水日衔山,春来长是闲。落花狼藉酒阑珊,笙歌醉梦间。

佩声悄,晚妆残,凭谁整翠鬟。留连光景惜朱颜,黄昏独倚栏。

这首词的上阕写自己醉生梦死、百无聊赖的生活,下阕写自己的孤独、寂寞和期盼。"东风吹水日衔山,春来长是闲"类似温庭筠《梦江南》的"斜晖脉脉水悠悠",是盼人很久而无可奈何的形象。从这些借写闲愁的词里足以看出,李煜作为一个艺术家因身世遭遇而自小就养成了愁闷的心态③。

李煜生活的中期为大周后去世到南唐亡国。李煜这一时期的作品流露出空虚、抑郁、离别、感伤的心情。早期热闹喧嚣、活色生香的欢乐气氛一扫而空。取而代之的是人生无常、世事幻化、现实压力和局势无可奈何之后的空虚、寂寞、寒冷与无力的感觉。如:

捣练子令

深院静,小庭空,断续寒砧断续风。无奈夜长人不寐,数声和月到帘栊。

这首二十七字的小令,着重表现了秋夜的孤独和愁苦。唐圭璋评曰:"此首闻砧而作。起两句,叙夜间庭院之寂静。'断续'句,叙风送砧声,庭愈空,砧愈响,长夜迢迢,人自难眠,其中心之悲哀,亦可揣知。'无奈'二字,曲笔径转,贯下十二字,四层含意。夜既长,人又不寐,而

---

① 李璟、李煜撰,蒲仁、梅龙辑:《南唐二主词全集》,中国文联出版公司1997年版,第50页。
② 关于此词的创作时间,有人认为是李煜入宋后所作但并无确证。根据《南唐二主词》题注"呈郑王十二弟",这首词是李煜写成后赠其弟李从善之作,当是李煜前、中期的作品,其创作时间应与《却登高文》相同,即作于开宝四年(971年)。陆游的《南唐书》、俞陛云的《唐五代两宋词选释》等认为李煜中期所作,明代沈际飞《草堂诗余正集》、明代卓人月《古今词统》等认为是李煜归宋所作。
③ 辛莉萍:《试论南唐词人李煜及其艺术成就》,《贵州民族学院学报(社会科学版)》,1993年第3期,第78页。

砧声、月影，复并赴目前，此境凄迷，此情难堪矣。杨慎谓此乃《鹧鸪天》下半阕。然平仄不合，杨说殊不可信。"①

喜迁莺

晓月坠，宿云微，无语枕频欹。梦回芳草思依依，天远雁声稀。

啼莺散，余花乱，寂寞画堂深院。片红休扫尽从伊，留待舞人归。

此词抒发春天的思念之情，写得悠然深远、余味无穷。上阕"梦回"二字交代词人情感之引起，下阕借场景继续抒写思念之情。这首词是李煜软禁生涯的泣血之作，在"晓月""宿云""芳草""雁""莺""花""片红"等密丽意象中，融入李煜的"闺阁"之思，将寂寞深情表现的伤感而优美。

开宝七年（974年），金陵城被围，李煜在围城中写下了《临江仙》②。

临江仙

樱桃落尽春归去，蝶翻金粉双飞。子规啼月小楼西。画帘珠箔，惆怅卷金泥。

别巷寂寥人散后，望残烟草低迷。炉香闲袅凤凰儿。空持罗带，回首恨依依。

正是因为这首词是李煜在围城中所写，因此词句间充盈着更为深切的悲伤。全词意境皆由"恨"生，并由"恨"止。在写法上是虚实相生、内外结合，时空转换自然、顺畅，笔意灵活，喻象空泛，直抒胸臆却不失含蓄，柔声轻诉却极其哀婉动人，正如陈廷焯《别调集》中所评："低回留恋，宛转可怜，伤心语，不忍卒读。"③苏辙曾说这首词"凄凉怨慕，真亡国

---

① 唐圭璋：《唐宋词简释》，上海古籍出版社1981年版，第38页。
② 《西清诗话》云："南唐后主，围城中作长短句，未就而城破，'樱桃落尽春归去，蝶翻金粉双飞，子规啼月小楼西。曲栏朱箔，惆怅卷金泥。门巷寂寥人去后，望残烟草低迷'。余尝见残稿点染晦昧，心方危窘，不在书耳。艺祖云'李煜若以作诗工夫治国事，岂为吾虏也'。"苕溪渔隐曰："余观《太祖实录》及《三朝正史》云'开宝七年十月，诏曹彬、潘美等率师伐江南，八年十一月，拔升州'。今后主词乃咏春景，决非十一月城破时作。《西清诗话》云后主作长短句，未就而城破，其言非也。然王师围金陵凡一年，后主于围城中春间作此诗，则不可知，是时其心岂不危窘，于此言之乃可也。"
③ 陈廷焯：《别调集》，《词则》，上海古籍出版社1984年版，第557页。

之音也"①。

  开宝八年(975年)十二月,金陵城陷。李煜奉表投降,南唐灭亡。开宝九年(976年)正月,李煜被俘送到京师汴梁(今河南开封),从此开始了与世隔绝的幽囚生活。南唐灭亡之后,李煜的词作表现出更加悲凉的氛围,抒发着自己悲痛的心情和怀念故国的忧思,真正具有了"亡国之音"的色彩。这是南唐词进一步将江南文化的"悲剧性"推向了极致。这一时期的《浪淘沙》《子夜歌》《虞美人》《乌夜啼》等,都是李煜后期的代表性作品。这些词将南唐词推向了艺术高峰。"小楼昨夜又东风,故国不堪回首月明中","往事只堪哀,对景难排","世事漫随流水,算来一梦浮生","往事已成空,还如一梦中"等句,也成为千古绝唱,深深感动着后人。李煜后期的这些词,之所以特别感人,"主要是他经由自身从极度繁华到极度悲惨的遭遇中,深刻地体会并明白地揭示出人生际遇的变化无常以及生命痛苦的本质。他那种身不由己,无法掌握命运的感慨,引发了人们对于生命和存在一种无可奈何的悲怆感,因而产生深沉的共鸣"②。

---

① 陈鹄:《耆旧续闻》,唐圭璋编:《词话丛编》第二册,中华书局1986年版,第1816页。
② 陈葆真:《李后主和他的时代》,北京大学出版社2009年版,第89页。

第三章　南唐诗词的江南意象特色

文学总是会受到所处地域的自然环境和文化的影响。覃召文曾对南北文学的差异进行过详细的论述:"正像刘师培《南北文学不同论》、王国维《屈子文学之精神》等著名论文所说,南方山水之清秀幽美已融入南方人的资质中去了,它铸就了南方文学的地域特色。南方文学虽不以刚健、雄阔的风格,实际、进取的精神而见长,但是它柔美、清新、空灵、通脱,打上了鲜明的南方民俗与人情的印记。此外,不同于北方文学情感的犷放,南方文学重在自由的冥想,它往往于山水的钟灵鼎秀之中见出玄理之深,于鸢鱼的海天飞跃之中见出妙机之微。"① 南唐地处江南,南唐词也自然少不了对江南风物的描写。无论是对江南物象的总体性营造,还是对江南山水的独特书写,都进一步丰富了江南意象的诗性特征。江南的自然、文化、社会等,也正是得益于历代文人的歌咏吟唱,而变得更加鲜活生动,流传千古。

第一节　南唐诗词与地方风物

缪钺曾言:"诗词贵用比兴,以具体之法表现情思,故不得不铸景于天地山川,借资于鸟兽草木,而词中所用,尤必取其轻巧灵细者。是以言天象,则'微雨''断云','疏星''淡月';言地理,则'远峰''曲岸','烟

---

① 覃召文:《禅月诗魂:中国诗僧纵横谈》,生活·读书·新知三联书店1994年版,第96—97页。

诸''渔汀';言鸟兽,则'海燕''流萤','凉蝉''新雁';言草木,则'残红''飞絮','芳草''垂杨';言居室,则'藻井''画堂','绮疏''雕栏';言器物,则'银缸''金鸭','凤屏''玉钟';言衣饰,则'彩袖''罗衣','瑶簪''翠钿'。"①这些意象体现了词的地方审美意象。南唐词中也随处可见这些地方风物,呈现出多重含义,抒发了词人在不同时期的内心感受。

一、花红柳绿

江南总是与小桥流水、花红柳绿、芳草萋萋等意象紧密联系。这与江南温暖湿润的物候有着密切的关系。南方气候温暖湿润,土壤适合花木生长,一年四季都有鲜花盛开,因此,江南地区与花木有着天然的联系。南唐诗词也处处可见江南的"花红柳绿"意象。南唐诗词对江南"花""柳""山""草"意象的描写,既有对自然景物的艳丽描摹,也有借景抒情表达内心的块垒。南唐诗词有关"花"的意象最多,"樱花""桃李""杨花""蓼花""荷花""丁香""菊花"等,也都是南唐诗词中的重要意象。虽然这些诗句里的"花"大多数并未具体到某一种"花",但是它们整体性反映了江南物象对诗人创作的启发作用。

南唐时期,宫廷宴会频繁士大夫交游广泛、歌舞伎乐声色犬马,诗人往往将"花红柳绿"作为宴会气氛的烘托,在诗人的笔下,这些"花"也就成为生活的一部分,它们与其他意象的共同出现,表现了南唐时期宫廷和士大夫的艳丽之姿。

鹊踏枝
冯延巳

芳草满园花满目,帘外微微,细雨笼庭竹。杨柳千条珠簇簌,碧池波皱鸳鸯浴。

窈窕人家颜似玉,弦管泠泠,齐奏云和曲。公子欢筵犹未足,斜阳不用相催促。

这首词用"花团锦簇"的景色,描写了士大夫的欢宴场景。下阕进行了细致描画,"窈窕人家颜似玉,弦管泠泠,齐奏云和曲",从中可见欢

---

① 缪钺:《诗词散论》,上海古籍出版社1982年版,第56页。

宴的奢华和艳丽。"芳草满园花满目""杨柳千条"等,则是对这一欢宴的烘托。士大夫们沉浸于一片欢乐之中,还意犹未尽,感慨"公子欢筵尤未足"。

南歌子①
李 煜

云鬓裁新绿,霞衣曳晓红。待歌凝立翠筵中。一朵彩云何事下巫峰。

趁拍鸾飞镜,回身燕飏空。莫翻红袖过帘栊。怕被杨花勾引嫁东风。

这首词描写筵席间歌女的表演,写出了歌女的神采飞扬和婀娜多姿。"莫翻红袖过帘栊。怕被杨花勾引、嫁东风。"这两句从一正一反两个方面,渲染舞者之美和观者之心醉。

闺情是南唐词表现的重要内容。伤春是闺情题材诗词所描写的主要题材。与伤春相应和的,无疑是"落花"。"花"往往作为一种"情"的衬托。"落花狼藉酒阑珊,笙歌醉梦间"(李煜《阮郎归》)中,"落花狼藉"不仅是春景,而且是女子的内心世界和生活现实的写照。这词写的是春怨,落花满地,酒意阑珊,写出了一个"春来长是闲"的女主人公的无聊生活,所以说她醉生梦死其实是不过分的。"梦过金扉,花谢窗前夜合枝"(冯延巳《采桑子》)写的也是一个思妇的闺情。"合枝"是合欢花,古人认为合欢花可以消怨和好。这里暗示思妇与恋人之间有过不愉快的经历。"红满枝,绿满枝,宿雨厌厌睡起迟,闲庭花影移"(冯延巳《长相思》)也是写思妇。李廷机《草堂诗余评林》卷二评曰:"值此春光满目,而怀人会晤难期,不能不戚戚也。"②

南唐词写"闺怨""思妇"使用较多的意象是"柳"。"柳"虽非江南特有的物象,但是身处江南的文人自然无法回避这个意象。况且"满城飞絮,梅子黄时雨"是江南最具特色的景象。与"花"在闺情题材中较为直

---

① 王仲闻云,案此首乃苏轼所作,见《东坡全集》卷七十五并见汲古阁《六十名家词》本《东坡词》。云南杨氏《三李词》原注云"一本作苏轼词"。郑振铎云"此词风格不类后主,不知杨氏据何本收入,疑系误载"。
② 杨万里:《草堂诗余》,崇文书局2017年版,第111页。

接地指向"伤感"稍有不同,"柳"则更多妩媚多情,因而在表达闺情时更为深沉、缠绵和含蓄。

蝶恋花
冯延巳

庭院深深深几许,杨柳堆烟,帘幕无重数。玉勒雕鞍游冶处,楼高不见章台路。

雨横风狂三月暮,门掩黄昏,无计留春住。泪眼问花花不语,乱红飞过秋千去。

"庭院深深深几许,杨柳堆烟,帘幕无重数"这句词中的"杨柳堆烟"意象,其实并不是写美景,而是为了加重女主人的闺怨之情。起句就用了三个"深"来表现女主人所居住的环境,是门庭"深锁"。这不仅写出"庭院"之幽深,更写出了女主人内心的幽深孤寂。"杨柳""堆烟"虽然如水墨画一样让人想起江南烟雨中的美景,但作者所要传递的是眼前的景物阻隔了思妇的远眺,内心无端升起无限悲凉来。

鹊踏枝
冯延巳

六曲阑干偎碧树,杨柳风轻,展尽黄金缕。谁把钿筝移玉柱,穿帘海燕双飞去。

满眼游丝兼落絮,红杏开时,一霎清明雨。浓睡觉来莺乱语,惊残好梦无寻处。

这首词也是拟写闺情之作。上阕写春景,极力描摹栏杆内外的春色。一个"偎",写出了春色的迷人;一个"展",写出了春色的妩媚。下阕触景生情,抒发伤春之情。"游丝"和"落絮"都是经典的春愁缭乱、幽思绵绵的意象,"满"和"兼"二字更说明了一种无聊、无奈的心情。整首词写景与写人相互交融,通过穿帘的"双燕",乱语的"黄莺"和"游丝""落絮""清明雨",使人物的心理活动步步呈现,达到了情与景的高度统一,但又含而不露。唐圭璋评曰:"'六曲'三句,阑外景,'谁把'两句,帘内景。阑外杨柳如丝,帘内海燕双栖,是一极富丽极幽静之金屋。而钿筝一声,骤惊双燕,又是静中极微妙之兴象。下片,'满眼'三句,因雨而引起惜花情绪。'浓睡'两句,因梦而引起恼莺情绪。镇日凄清,原无欢意。方期睡浓梦好,一晌贪欢,偏是莺语又惊残梦,其惆怅为何如耶"①,难怪谭献称之为"金碧山水,一片空蒙。此正周氏所谓有寄托入,无寄托出也"②。

江南的风景秀丽,每见于诗词。然而在诗词里,这些景象大多表现的是"哀江南""伤春""悲秋""春愁"等情绪。花鸟树木在其中便进一步渲染了这种悲情。

浣溪沙
李　璟

手卷真珠上玉钩,依前春恨锁重楼。风里落花谁是主?思悠悠。

青鸟不传云外信,丁香空结雨中愁。回首绿波三楚暮,接天流。

这首词是以"春恨"为主题,将"春恨"一层层渲染,从看似平淡无奇的"手卷真珠上玉钩"始,到"风里落花谁是主"的飘零无依,再到天上的"青鸟"和地上的"丁香",写出无边的"春恨",最后落脚到"回首绿波三楚暮,接天流",气象雄伟,忧思绵绵。

鹊踏枝
冯延巳

谁道闲情抛掷久?每到春来,惆怅还依旧。日日花前常病酒,不辞镜里朱颜瘦。

河畔青芜堤上柳,为问新愁,何事年年有?独立小桥风满袖,平林新月人归后。

这是一首表达孤寂惆怅的言情词。词人从"河畔青芜堤上柳"引发"新愁",而"独立小桥"则更增加了孤寂、凄冷的感情,意蕴深远,感发幽微。唐圭璋评曰:"此首写闺情,如行云流水,不染纤尘。起两句,自设

---

① 唐圭璋:《唐宋词简释》,上海古籍出版社1981年版,第64—65页。
② 转引自谭献:《谭评词辨》,《唐宋词鉴赏辞典》,上海古籍出版社1988年版,第88页。

问答,已见凄惋。'日日'两句,从'惆怅'来,日日病酒,不辞消瘦,意更深厚。换头,因见芳草、杨柳,又起新愁。问何以年年有愁,亦是恨极之语。末两句,只写一美境,而愁自寓焉。"①

蝶恋花
李 煜

遥夜亭皋闲信步。乍过清明,早觉伤春暮。数点雨声风约住,朦胧淡月云来去。

桃李依依春暗度。谁在秋千,笑里低低语。一片芳心千万绪,人间没个安排处。

"桃李依依香暗度"中的"桃李依依",本是明媚春光,但春却已溜走。正仿佛人生中岁月沉逝总是无可挽回,一个"暗"字,依恋之情俱在,无奈之怀别出,含蓄委婉,曲笔有致。正如俞陛云所评:"结句言寸心之愁,而宇宙虽宽,竟无容处,其愁宁有际耶!"②

赐宫人庆奴
李 煜

风情渐老见春羞,到处消魂感旧游。多谢长条似相识,强垂烟态拂人头。

此词调名于诸本二主词,或作《柳枝》,或作《杨柳枝》。据宋张邦基《墨庄漫录》卷二载:"江南李后主常于黄罗扇上书诗以赐宫人庆奴云'风情渐老见春羞,到处消魂感旧游。多谢长条似相识,强垂烟态拂人头'。想见其风流也。扇至今传在贵人家。"③由此可见,这首词当是李煜前期的作品,是李煜代宫女庆奴书,书后赐与庆奴的。所以词中的主人公是宫女。这首词通过宫女的感伤情怀,侧面地透露出她的不幸身世。虽是李煜代笔,但个中深情却真切动人。词中以柳枝喻人,以"强垂"喻境,喻象别致、生动,手法清新、自然,情景交合,颇为感人。"强垂"写柳条低垂的"勉强"之意,更见宫女对自己年华流逝的哀伤。

---

① 唐圭璋:《唐宋词简释》,上海古籍出版社1981年版,第66页。
② 俞陛云:《唐五代两宋词选释》,上海古籍出版社1985年版,第129页。
③ 张邦基、范公偁、张知甫撰,孔凡礼点校:《墨庄漫录 过庭录 可书》,中华书局2002年版,第62页。

"春愁""悲秋"的情绪,其实是对人生的感叹,只是有些比较抽象,有些则写得较为具体,大致可知诗人在写此词时的人生际遇。如李璟的《应天长》:

应天长
李 璟

一钩初月临妆镜,蝉鬓凤钗慵不整。重帘静,层楼迥,惆怅落花风不定。

柳堤芳草径,梦断辘轳金井。昨夜更阑酒醒,春愁过却病。

陈廷焯评曰:"'风不定'三字中有多少愁怨,不禁触目伤心也。结笔凄婉,元人小曲有此凄凉,无此温婉。古人所以为高。"[①]这首词以重帘层楼里的思妇伤春伤别甚于作病的春愁,表达了深受后周胁迫、处境艰难、语多讳忌的南唐中主李璟对人生深刻痛苦的体认。词人运用了"重帘层楼""落花风不定""柳堤芳草径""辘轳金井"等意象。"重帘层楼",既是思妇所处的环境,也是喻指李璟孤独无依的艰难处境;"落花风不定",既是写景,又是写人,表现了对自身前景的无以把握;"柳堤芳草径",既是闺情,又是国势;"辘轳金井"既是词人梦断,也是思国之情。

鹊踏枝
冯延巳

梅落繁枝千万片,犹自多情,学雪随风转。昨夜笙歌容易散,酒醒添得愁无限。

楼上春寒山四面,过尽征鸿,暮景烟深浅。一晌凭栏人不见,鲛绡掩泪思量遍。

冯延巳历烈祖、中主两朝,从四十四岁任宰相到五十六岁罢相,十二年间四度罢相,一生可谓如履薄冰。"学雪随风转"颇类似于冯延巳仕宦浮沉的一生。这首词以梅花为意象,刻画了梅花在片片飞雪中的景象。梅花傲雪,表达的是不畏严寒、高风亮节的精神。作者却用"犹

---

① 陈廷焯:《云韶集》卷一,孙克强、杨传庆点校整理:《〈云韶集〉辑评(之一)》,《中国韵文学刊》2010年第3期,第49页。

自多情",反其道而用之,消解了梅花的精神,而赋予其"独自"的孤寂和"多情"的悲哀。

二、月寒风轻

"霜""露""月"也是诗词中常用的意象。这些意象,有时并不单独使用,而是与"花"等意象进行组合,形成了一个意象群,只是在表达时各有侧重。南唐诗词在"风""霜""雪""月"的物象书写中,不仅产生了大量的优秀词句,也从不同角度建构了江南独特的文化特色,并赋予了它们独特的个性情感。

夜深人静,月色朦胧,是诗词中经典的怀人氛围。冯延巳的词喜用"月"的意象。冯延巳的《菩萨蛮·梅花吹入谁家笛》通篇所写为闻笛怀人。其中,"声随幽怨绝,空断澄霜月。月影下重檐,轻风花满帘"这几句则写得尤为精彩。俞陛云《唐五代两宋词选释》评价:"末二句以轻笔写幽情,便觉情思悠然。"[1]冯延巳的《菩萨蛮·回廊远砌生秋草》是一首思妇念远之小令。其中,"罗帏中夜起,霜月清如水。玉露不成圆,宝筝悲断弦"句,写半夜揽衣起坐的妇人,在月光和霜花的互相辉映中,只能起坐抚弦以自遣,"宝筝悲断弦",表现思妇内心的郁郁不宁和难以排解的思念。

清平乐

冯延巳

雨晴烟晚,绿水新池满。双燕飞来垂柳院,小阁画帘高卷。

黄昏独倚朱阑,西南新月眉弯。砌下落花风起,罗衣特地春寒。

这首词中写"双燕""垂柳""落花",这些都是暮春时节的特有风物;"雨晴烟晚""新月眉弯",这些都是傍晚的景象。这首词通过对暮春晚景的描写,表现闺中人的淡恨轻愁。"西南新月眉弯",是少妇凄凉冷落"独倚朱阑"时所见到的夜空景象,与傍晚时分所见到的"雨晴烟晚,绿水新池满"那种生机勃勃的热烈场面前后异趣。

---

[1] 俞陛云:《唐五代两宋词选释》,上海古籍出版社1985年版,第101页。

冯延巳的《归国遥》是一首伤离别的词，"芦花千里霜月白，伤行色，来朝便是关山隔"，词中通过"玉箫""扁舟""芦花""霜""月"等物象来营造离别感伤的意境，同时也写出了词人心中的感慨，陈廷焯说其"结得苍凉"①。"月照妆楼春事晚，珠帘风，兰烛烬，怨空闺"（冯延巳《酒泉子》），写的是一个思妇在兰烛燃尽的屋子里，月色照着闺阁，能看到窗外未了的春事，也勾起了自己远方的寄托。而"珠帘风"不时吹进来，撩拨着妇人的思念。

李煜的词作中也有大量"月"的意象。李煜前期的词主要反映宫廷生活和男女情爱，题材较窄。这个时期李煜的词作风格绮丽柔靡，还未脱"花间"习气。但仍有一些抒发悲愁情绪的作品，没有后期复杂的情感，只是通过写词即兴抒发内心的情感，《长相思·一重山》便是这个时期的代表作品。其中，"塞雁高飞人未还，一帘风月闲"，刻画出思妇由于离人不归，对帘外风晨月夕的美好景致无意赏玩的心境。用"闲"来写"一帘风月"，实为用词奇妙，更显思妇的内心孤寂。明朝李廷机在《草堂诗余评林》卷五中评价道："句句有怨字意，但不露圭角，可谓善形容者。"②不过，与冯延巳更多描绘的是闺情相比，李煜的"月夜静思"则更多表达自身的感受，着重写自身的愁苦。李煜的诗词里也多有此种表达。"归时休放烛光红，待踏马蹄清夜月"（《木兰花》）写诗人在经历春夜宴乐的盛大场面后，踏着月夜明丽飞扬的心情。"不寐倦长更，披衣出户行。月寒秋竹冷，风切夜窗声"（李煜《三台令》，一说作者为韦应物），以"寒""冷"二字借物传心，将心中抑郁愁闷之情隐隐带出。寒月凄凄，心中的苦闷只有随秋竹落落归寂罢了，是含不尽之意见于言外的妙笔。

捣练子令

李 煜

深院静，小庭空，断续寒砧断续风。无奈夜长人不寐，数声和月到帘栊。

李煜在这首仅有 27 个字的小令中，着力表现秋夜捣练声给一个因

---

① 陈廷焯:《别调集》,《词则》,上海古籍出版社 1984 年版,第 567 页。
② 杨万里:《草堂诗余》,崇文书局 2017 年版,第 168 页。

孤独苦闷而彻夜难眠的人带来的内心感受，含而不露地传达了一种难言的心理隐秘与情绪气氛①。借大宅院之"静"，和小庭之"空"，来烘托出静得让人压抑、空得让人落寞的心理。"断续寒砧断续风"，更渲染了这种沉寂、静谧，加深了主人公的孤寂感。而这"寒砧"之声，和着月色飘到了屋内，让人想躲都无处可躲，写出了这种"孤寂"的无奈。清代著名词人纳兰性德已有所发现，他曾说李后主"更饶烟水迷离之致"②。纳兰性德十分准确地指出了李煜词直抒胸臆之外的另一种含蓄风格。

三、雁咽莺啼

飞鸟鸣禽意象是诗词中常见的地方风物。春来燕子、秋来大雁、莺歌燕舞、流连戏蝶，都成为诗词中必不可少的寄情于景的表达策略。江南的气候宜人，鸟类都飞到南方来过冬，因此，南唐诗词中总少不了各式各样的鸟类，如"雁""鸿""燕""黄鹂""鹊""鸳鸯""鹭"等。

"雁""鸿"在诗词中大多表达的是思念故乡、萧索凄清、漂泊无依之意。冯延巳的"深冬寒月，庭户凝霜雪。风雁过时魂断绝，塞管数声呜咽"(《清平乐》)和"坐对高楼千万山，雁飞秋色满阑干。烧残红烛暮云合，飘尽碧梧金井寒"(《抛球乐》)等，都通过"雁"的意象传达出萧索、凄清的景象。冯延巳的"楼上春寒山四面，过尽征鸿，暮景烟深浅"(《鹊踏枝》)，写的是其在四面寒风的楼上凝望，直到"过尽征鸿，暮景烟深浅"，足见诗人凝望之久、怅惘之深、孤寂之甚。这也是冯延巳词的重要表现方式，如"独上小桥风满袖""风入罗衣贴体寒"等。

喜迁莺
李　煜

晓月堕，宿云微，无语枕凭欹。梦回芳草思依依，天远雁声稀。

啼莺散，余花乱，寂寞画堂深院。片红休扫尽从伊，留待舞人归。

---

① 刘镇干：《试论李煜词的艺术特色》，《大连海运学院学报（自然科学版）》，1990年第S1期第131页。
② 纳兰成德：《渌水亭杂识》卷四，《清代笔记丛刊》第1册，齐鲁书社2001年版，第441页。

这首词是李煜降宋之后所作。上阕坠月余晖、微云抹岫与梦里残痕、天边芳草暗相融洽,使人感到曲折深邃,缥缈汪洋。而《清平乐》中,李煜也写到"雁"。"雁来音信无凭,路遥归梦难成。离恨恰如春草,更行更远还生"一句,与"雁声稀""芳草"相印证,意趣更加明晰。不过《喜迁莺》中的这两句,进一步扩大了词作的地理空间,增强了离恨的程度。词人心情尤觉不宁,所以只得频频欹枕,默默无言。这首词在"晓月""宿云""芳草""雁""莺""花""片红"等密丽意象中,融入词人的"闺阁"之思,将寂寞深情表现的伤感而优美。

冯延巳的闺情词作还喜欢用"双燕"来表达孤独寂寞和内心的思念,如"玉堂香暖珠帘卷,双燕来归。后约难期,肯信韶华得几时"(《采桑子》),"日暮疏钟,双燕归栖画阁中"(《采桑子》),"燕燕巢儿罗幕卷,莺莺啼处凤楼空"(《舞春风》),"林间戏蝶帘间燕,各自双双"(《采桑子》),"双燕飞来垂柳院"(《清平乐》),"鸠逐妇,燕穿帘,狂蜂浪蝶相翩翩"(《金错刀》)等。这些词句都是以"双燕"来衬托"思妇"形单影只的孤寂。

鹊踏枝
冯延巳

几日行云何处去?忘却归来,不道春将暮。百草千花寒食路,香车系在谁家树?

泪眼倚楼频独语。双燕飞来,陌上相逢否?撩乱春愁如柳絮,依依梦里无寻处。

这首词抒发了思妇对在外丈夫的思念。"行云何处去""梦里无寻处"表现出主人公的怨嗟与期待、苦闷与寻觅。"其中既有猜忌,又有留恋与希冀之意。其情感极其曲折,此张惠言所谓'忠爱缠绵',能使其君信而弗疑也。"[①]"双燕飞来,陌上相逢否"更显出主人公的这种猜忌心理。这是写思妇较为特别的一首闺怨词。

---

① 刘永济:《唐五代两宋词简析 微睇堂说词》,中华书局 2007 年版,第 33—34 页。

清平乐

冯延巳

雨晴烟晚。绿水新池满。双燕飞来垂柳院,小阁画帘高卷。

黄昏独倚朱阑。西南新月眉弯。砌下落花风起,罗衣特地春寒。

南唐时期冯延巳居宰相之职,当时朝廷里党争激烈,朝士分为两党,使得李璟痛下决心,要铲除党争。这首词正是词人感慨时局之乱,排忧解闷之作。"双燕飞来垂柳院,小阁画帘高卷"是说双燕飞回柳树低垂的庭院,小小的阁楼里画帘高高卷起。这两句把少妇的感情色彩表现得十分强烈。双燕归巢是傍晚时刻常见的景象,而"小阁画帘高卷"一语,却含蓄地表现了主人公对双燕归来的过度殷勤。闺中少妇把自己在暮春傍晚的时候所特有的感情和情怀,都融化到这无声的高卷画帘的行动里。这两句所写的景物是由远而近,通过"双燕飞来"的进程与"画帘高卷"的行动以表现她看不见、摸不着的心理活动,是虚则实之的艺术手法。

采桑子

冯延巳

花前失却游春侣,独自寻芳。满目悲凉。纵有笙歌亦断肠。

林间戏蝶帘间燕,各自双双。忍更思量,绿树青苔半夕阳。

这首词中的"林间戏蝶帘间燕,各自双双。忍更思量,绿树青苔半夕阳"句,以蝶燕双双,兴起孤独之感,最后以景结情,正与上阕的"满目悲凉"之句相拍合。这首词其实也是面对国势衰微所发出的感慨。俞陛云说:"江左自周师南侵,朝政日非,延巳匡救无从,怅疆宇之日蹙,第六首(即此首)'夕阳'句奇慨良深,不得以绮语目之。"①

"鹦鹉""黄鹂""鹊""莺"也都成为南唐词人笔下的寄情之物。"绿杨风静凝闲恨,千言万语黄鹂"(冯延巳《临江仙》),"燕燕巢儿罗幕卷,莺莺啼处凤楼空"(冯延巳《舞春风》),"鹦鹉怨长更,碧笼金锁横"(冯延

---

① 俞陛云:《唐五代两宋词选释》,上海古籍出版社1985年版,第96页。

已《菩萨蛮》)等,都通过"黄鹂""莺燕""鹦鹉"等表现思妇念远的心情。冯延巳在以内环境描写人物心态时,又以外环境进行氛围的渲染,从而使人物的情绪得到更加充分的显现。

鹊踏枝
冯延巳

花外寒鸡天欲曙,香印成灰,坐起浑无绪。庭际高梧凝宿雾,卷帘双鹊惊飞去。

屏上罗衣闲绣缕,一晌关情,忆遍江南路。夜夜梦魂休谩语,已知前事无寻处。

这首词侧重写闺中少妇思念的痛苦。她因相思情深,彻夜未眠,起床后亦慵懒无力,无心做事,未绣完的罗衣被搁置一边,朦胧的思绪飞到江南,昔日的欢聚如今已化为乌有。她忽然醒悟,梦中的盟誓是那样的虚假而不足凭信。词中通过场景的变换,将思妇无由排遣的怅惘与烦闷次第展现,情深婉转,曲折含蓄,颇富情韵。俞平伯认为,"庭际高梧凝宿雾,卷帘双鹊惊飞去"两句"写天明光景,笔意跳脱。鹊本歇在梧桐树上,因帘卷而惊飞"。"一晌关情,忆遍江南路"两句"或从画屏风景联想。如后来晏几道《蝶恋花》'小屏风上西江路'"①。

"逐胜归来雨未晴,楼前风重草烟轻。谷莺语软花边过,水调声长醉里听"(冯延巳《抛球乐》)中的"谷莺",是才出谷的黄莺,正是鸣声最为娇软之时。这种娇软的莺啼,又是从繁枝密叶的花树边传送过来的,较之第二句的"风重草烟轻"更为明显和动人了。如此大自然的景象便与作者的情意逐渐加强了密切的关联,进一步渲染了下一句"水调声长醉里听"的情感。"水调"是一种哀怨动人的曲子。"水调"且"声长"更可想见其声调之绵远动人。何况作者还在后面又加了"醉里听"三个字,这就不仅写出了饮酒之醉,而且因酒之醉更增加了作者对歌曲的沉醉,抒发了千回百转的无限情思②。

"春到青门柳色黄,一梢红杏出低墙,莺窗人起未梳妆"(冯延巳《浣

---

① 俞平伯:《唐宋词选释》,人民文学出版社2005年版,第50页。
② 叶嘉莹:《词二首赏析》,《名作欣赏》,1987年第1期,第17—20页。

溪沙》)写春日少妇的寂寞。前两句以瑰丽的彩笔描绘出姹紫嫣红的满园春色:鹅黄的新柳、娇红的桃杏,映着青青的芳草,织就一幅美不胜收的图画。北宋词人宋祁有"红杏枝头春意闹"的名句,南宋诗人叶绍翁也有"春色满园关不住,一枝红杏出墙来"的绝唱,可以看出它们之间的渊源关系。前两句对于"莺窗人起未梳妆"来说是一种反衬,即以大自然的生机勃勃与万紫千红来反衬人物的慵懒无绪与黯然寂寞。"莺窗"这一意象也捕捉得十分美妙,它使我们听到窗外莺啼的婉转,也使我们联想到草长莺飞的美丽意境,还使我们想起"打起黄莺儿,莫教枝上啼,啼时惊妾梦,不得到辽西"的名篇。

谒金门

冯延巳

风乍起,吹皱一池春水。闲引鸳鸯香径里,手挼红杏蕊。

斗鸭阑干独倚,碧玉搔头斜坠。终日望君君不至,举头闻鹊喜。

冯延巳这首词写贵族少妇在春日思念丈夫的百无聊赖的景况,表现思妇的苦闷心情。思妇手挼着红杏花蕊,逗着鸳鸯消遣,自然会勾起她成双成对的思念,喜鹊的叫声让她感到了一线希望。冯延巳写这首词时,"时已割淮南与周矣"①。因此,这首词应该有别的寄托。有论者认为是冯延巳对君王不理政事的规劝,相传中主李璟见冯此词问曰:"吹皱一池春水,干卿甚事?"冯对曰:"未如陛下'小楼吹彻玉笙寒'。"中主乃悦。"此事昔人以为南唐君臣以词相戏,不知实乃中主疑冯词首句讥讽其政务措施,纷纭不安,故责问与之何干。冯词首句,无端以风吹池皱引起,本有讽意,因中主已觉,故引中主所作闺情词中佳句,而自称不如,以为掩饰,意为我亦作闺情词,但不及陛下所作之佳耳。二人之言,针锋相对,非戏谑也。试以史以称冯作相时,不满于'人主躬亲庶务,宰相备位'之语证之,二人言外所指之意,自然分明。"②

---

① 吴任臣:《十国春秋》卷一百十五《拾遗·南唐》,中华书局1983年版,第1679页。
② 刘永济:《唐五代两宋词简析 微睇堂说词》,中华书局2007年版,第31页。

南乡子

冯延巳

细雨湿流光,芳草年年与恨长。烟锁凤楼无限事,茫茫。鸾镜鸳衾两断肠。

魂梦任悠扬,睡起杨花满绣床。薄倖不来门半掩,斜阳。负你残春泪几行。

刘永济在《唐五代两宋词简析》里对这首词评曰:"此亦托闺情以自抒己怨望之情。观'烟锁'句,所谓'无限事',所谓'茫茫',言外必有具体事在,特未明言耳。'鸾镜'指朝朝。'鸳衾'指夜夜,此言朝朝夜夜思之断肠也。后半阕即就闺思描写怨望之情事,'杨花满绣床',是一片迷离景象,与'悠扬'之'魂梦'正相合,亦即前半'茫茫'二字之意,总之皆写心情之纷纭复杂也。末句则无可奈何之词,写得幽怨动人,与和凝、欧阳炯辈之纯作艳情词不同,不可并论。"①"鸾镜鸳衾两断肠"一句写出了主人公内心的孤独寂寞,还渗透着一种人生苦短的生命忧患意识。

采桑子

冯延巳

画堂昨夜愁无睡,风雨凄凄。林鹊争栖,落尽灯花鸡未啼。

年光往事如流水,休说情迷。玉箸双垂,只是金笼鹦鹉知。

这首词以飞禽鸟兽抒发人生沉浮,其实写的是冯延巳的人生感慨。孙人和《阳春集校证》评曰:"此殆《诗·郑风·风雨》之思乎?'愁无睡'者,忧思难眠也;'风雨凄凄'者,浊乱之世也;'林鹊争栖'者,小人当道也;'落尽灯花者',国垂亡也;'鸡未啼'者,不见君子也;'年光往事如流水'者,前功尽弃也;'情迷'者,忠君之诚也;'玉箸双垂'者,志莫遂而悲伤也;'只是金鹦鹉知'者,国人未我知也。可谓自信而不疑矣。"②

---

① 刘永济:《唐五代两宋词简析 微睇堂说词》,中华书局2007年版,第32页。
② 王兆鹏:《唐宋词汇评》(唐五代卷),浙江教育出版社2004年版,第441页。

四、空照梦远

南唐灭亡后,李煜在囚禁之中写下了大量的与"月"和"江南"有关的词。这些词借"月色""江南"抒发了李煜的"此中日夕以泪洗面"的痛苦和对故国的思念。"月"在李煜的后期作品中成为重要的江南意象和故国意象,寄托着李煜的无限哀愁和思念。

虞美人
李 煜

春花秋月何时了?往事知多少。小楼昨夜又东风,故国不堪回首月明中。

雕栏玉砌应犹在,只是朱颜改。问君能有几多愁,恰似一江春水向东流。

这首著名的《虞美人》相传是李煜的绝命词,也是传诵甚广的名作。整首词如字面意思一样,完全笼罩在一片"月色"之中。无论是"春花秋月",还是故国的"月明",今昔交错对比,都成了李煜一生的痛。正如陈廷焯所言:"一声恸哭,如闻哀猿,呜咽缠绵,满纸血泪。"[①]

李煜后期词作多倾泻失国之痛和去国之思,沉郁哀婉,感人至深。《乌夜啼》(也作《相见欢》)便是后期词作中很有代表性的一篇。

乌夜啼
李 煜

无言独上西楼,月如钩。寂寞梧桐深院,锁清秋。
剪不断,理还乱,是离愁。别是一般滋味在心头。

李煜的这首词是在亡国之后所作,"此词最凄婉,所谓亡国之音哀以思也"[②]。这首词以"月如钩"来衬托其内心的凄凉,月如钩一样钩沉往事,也以单薄如钩的形状烘托李煜内心的孤寂。"无言"和"别是"则较为明显地传递出了这种内心的感受。正如刘永济所说:"上半阕言所

---

① 陈廷焯:《云韶集》卷一,孙克强、杨传庆点校整理:《〈云韶集〉辑评(之一)》,《中国韵文学刊》2010年第3期,第47页。
② 黄昇:《花庵词选》卷一,上海世纪出版集团2007年版,第23页。

处之寂寞。下半阕满腹离怨,无语可以形容,故朴直说出。'别是'句,尤为沉痛。盖亡国君之滋味,实尽人世悲苦之滋味无可与比者。故曰'别是一般'。"①第一句中的"月如钩",也让人想到李煜《临江仙》里的"子规啼月小楼西,玉钩罗幕,惆怅暮烟垂"。主人公依旧难以入眠,显见是愁思纷扰,怨恨满心。《临江仙》中虽然写樱桃、蝴蝶、杜鹃等春夏之交的景物,但其中恐怕亦另有深意。有人说,其中的"樱桃落尽"和"子规啼月"都是用典,寓意为:"用樱桃难献宗庙、杜宇(子规)失国的两个典故,写伤逝之情、亡国的预感,用心良深。"②细究起来,就能感受到这首词直抒胸臆却不失含蓄,似柔声轻诉却极其哀婉动人,正如陈廷焯《别调集》中所云:"低回留恋,宛转可怜,伤心语,不忍卒读。"③

虞美人

李 煜

风回小院庭芜绿,柳眼春相续。凭栏半日独无言,依旧竹声新月似当年。

笙歌未散尊前④在,池面冰初解。烛明香暗画堂深,满鬓清霜残雪思难任。

李煜在降宋后的囚禁生涯中对故国的回忆,仍然是"依旧竹声新月似当年",这更点出了他的哀思。越是故国"似当年",内心越是悲凉。俞平伯对这几句进行过详细的评述:"后主之作,多不耐描写外物。此却以景为主,写景中情,故取说之。虽曰写景,仍不肯多用气力,其归结终在于情怀。环诵数过,殆可明了。实写景物全篇只首二句。李义山诗'花须柳眼各无赖','柳眼'佳,'春相续'更佳。似春光在眼,无尽连绵。于是凭阑凝睇。惘惘低头,片念俄生,即所谓'竹声新月似当年'也。以下立即堕入忆想之中。玩'柳眼春相续'一语,似当前春景,艳浓浓矣,而忆念所及偏在春先,姿态从平凡自然之间,逗露出狡狯变幻来,截搭却令人不觉。其脉络在'竹声新月'上,盖'竹声新月',固无间于春

---

① 刘永济:《唐五代两宋词简析 微睇堂说词》,中华书局2007年版,第28页。
② 李璟、李煜撰,蒲仁、梅龙辑:《南唐二主词全集》,中国文联出版公司1997年版,第76页。
③ 陈廷焯:《别调集》,《词则》,上海古籍出版社1984年版,第557页。
④《南唐二主词》以外各本作"罍"。

光之浅深者也。拈出一不变之景,轻轻搭过,有藕断丝牵之妙。眼前春物昌昌,只风回小院而已,青芜绿柳而已,其他不得着片语,若当年,虽坚冰始泮,春意未融,然己尊罍也,笙歌也,香烛也,画堂也,何其浓至耶?春浅如此,何待春深,春深其可忆耶。虚实之景,眼下心前,互相映照,情在其中矣。"①

浪淘沙
李 煜

往事只堪哀,对景难排。秋风庭院藓侵阶。一任珠帘闲不卷,终日谁来。

金锁已沉埋,壮气蒿莱。晚凉天净月华开。想得玉楼瑶殿影,空照秦淮。

这首词也是通过对故国的追忆来表达内心的悲凉和寂寞。"秋风庭院藓侵阶"写得寒瑟凄惨,"晚凉天净月华开"虽然写得清冷,却是一片澄明,两者形成了明暗对比。同时,这首词也写出了日夜的对比:"前段写风景撩人,而珠帘不卷,无谁告语,是日间生活的难堪。后段写天清月白,想起秦淮河畔的楼殿,只有影儿投入河里,一切繁华旧事,都成空花,是夜间生活的难堪。日夜并举,用突出的形象,作高度的概括。"②虽然,"天净月华",然而,"玉楼瑶殿"也只剩下斑斑月影,虚无缥缈;"空照秦淮",一个"空",写出亡国之后的惨淡景象。这首词写出若有若无的故国记忆、若明若暗的景色对比、夜以继日的悲伤,对此,作者只能是"往事只堪哀",内心深刻的痛楚无法用言语来表达。

开宝八年(975年),宋军攻破金陵,李煜被迫降宋,被俘至汴京。在此期间,李煜写过四首回忆江南的词作,分别题为《望江南》和《望江梅》。这四首词对江南的回忆,虽然运用的仍是"伤春""闺怨"等写法,然而却更多了彻骨的伤痛。

---

① 俞平伯:《读词偶得》,上海书店1984年版,第28—29页。
② 李璟、李煜著,詹安泰校注:《李璟李煜词》,人民文学出版社1958年版,第72页。

望江梅

李 煜

闲梦远,南国正芳春。船上管弦江面绿,满城飞絮滚轻尘。忙杀看花人!

望江梅

李 煜

闲梦远,南国正清秋。千里江山寒色远,芦花深处泊孤舟,笛在月明楼。

这两首词都表达了李煜对南唐故国的思念。李煜分别从春天和秋天的江南切入,描写了故国喧闹和静谧的两幅不同景象。第一首写"南国正芳春"的春景,写出了江南春天柳绿花红、弦乐笙管、春光荡漾的美丽景象。一个"绿"字,有如"春风又绿江南岸"中的"绿",将生机勃勃的江南春色描摹得楚楚动人。詹安泰认为,"这是李煜入宋后眷恋南唐的心情的一种表现。写的虽然只是美妙的境界,由于他对这美妙的境界的梦想和爱慕,就渗透着现实生活孤寂难堪的情味;写的虽然只是芳春和清秋中的个别的景物情事,由于他抓住了最具有代表性的最动人的东西作精细的刻画,就体现出整个美丽的南国的全貌"①。

与第一首词所写景物充满暖意所不同,第二首词写的是"清秋"景象,词语之间多流露出悲凉气息。"清秋"的"清"有清丽、清朗、清凉之意,但从全词来看,更多的是"清凉",尤其是内心的"凉意"。唐圭璋评曰:"此首写江南秋景,如一幅绝妙图画。'千里'句,写秋来江山之寥廓,与四野之萧条。'芦花'句,写远岸芦花之盛,与孤舟相映,情景兼到。末句写月下笛声,尤觉秋思洋溢,凄动于中。孤舟,见行客之悲秋;笛声,见居人之悲秋。张若虚诗云'谁家今夜扁舟子,何处相思明月楼',亦兼写行客与居人两面。后主词,正与之同妙。"②词人通过"千里江山"的寒色、"芦花"的纵深和苍白、"舟"的孤独、"笛声"的萧瑟等,渲染了对故国思念中的孤寂、寂寥。

---

① 李璟、李煜著,詹安泰校注:《李璟李煜词》,人民文学出版社1958年版,第66页。
② 唐圭璋:《唐宋词简释》,上海古籍出版社1981年版,第33页。

同时,值得注意的是这两首词的开头部分——"闲梦远",表明词人所写的是"梦",而且是"闲梦",也是"远梦"。这便透出一种千里之外、内心之远、虚无缥缈的意思。"闲"并非春意阑珊的"闲",也非秋高气爽的"闲",而是亡国之后日日被囚禁的"闲",是一种无奈和悲凉。

望江南
李 煜

多少恨,昨夜梦魂中。还似旧时游上苑,车如流水马如龙。花月正春风。

望江南
李 煜

多少泪,断脸复横颐。心事莫将和泪说,凤笙休向泪时吹。肠断更无疑。

《望江南·多少恨》以往昔的繁华生活衬托今日之凄凉。"还似旧时游上苑,车如流水马如龙。花月正春风"这三句渲染出过去繁华的生活,其中"花月正春风"还象征着自己春风得意的美好时光。"花月"与"春风"之间,以一"正"字勾连,景之明丽、情之浓烈,一齐呈现。然而,一个"恨",一个"梦",写出对往昔生活的怀念、伤感和失落,更衬托了现时处境的无限凄凉,正有其"梦里不知身是客,一晌贪欢"(李煜《浪淘沙令·帘外雨潺潺》)的悲慨。俞陛云《唐五代两宋词选释》评曰:"当年之繁盛,今日之孤凄,欣戚之怀,相形而益见,两首意本一贯也。"[①]唐圭璋在《唐宋词简释》中评曰:"此首忆旧词,一片神行,如骏马驰坂,无处可停。所谓'恨',恨在昨夜一梦也。昨夜所梦者何?'还似'二字领起,直贯以下十七字,实写梦中旧时游乐盛况。正面不著一笔,但以旧乐反衬,则今之愁极恨深,自不待言。"[②]

《望江南·多少泪》则是直抒胸怀。"多少泪"无疑是在"多少恨"的基础上所写,表现的是"多少恨"上的情感,进一步加重了沉痛之感。满腹的心事却无人可说,凤笙也无力吹奏,一句"休向",使作者在幽居无

---

① 俞陛云:《唐五代两宋词选释》,上海古籍出版社1985年版,第121页。
② 唐圭璋:《唐宋词简释》,上海古籍出版社1981年版,第36页。

奈中又多添了几分不堪回首的痛苦。唐圭璋认为:"此首直揭哀音,凄厉已极。诚有类夫春夜空山,杜鹃啼血也。断脸横颐,想见泪流之多。后主在汴,尝谓此中日夕,只以眼泪洗面,正可与此词印证。心事不必再说,撇去一层;凤笙不必再吹,又撇去一层。总以心中有无穷难言之隐,故有此沉愤决绝之语。'肠断'一句,承上说明心中悲哀,更见人间欢乐,于己无分,而苟延残喘,亦无多日。真伤心垂绝之音也!"①

第二节 南唐诗词中水的意象

"水"是江南的重要物象。南唐的都城金陵,依山傍水,襟江带河,这造就了南唐人生活的基本环境。因此,南唐诗词里"水"的意象层出不穷,有着丰富的内涵,具有强烈的审美价值,体现出浓厚的江南文化特征。它们或象征时间的流逝,或象征人生的短暂,或象征生活的迷茫,也反映了南唐文人的内心情感和文化境遇。

一、水乡泽国的自然风韵

江南河流湖泊众多,水被称为江南的灵魂。这就构成了南唐诗人最基本的生活环境。"骏马秋风冀北,杏花春雨江南",这就自然而然地给人一种烟雨迷蒙的氛围和纤细柔婉的质感②。因此,南唐诗词中对"水"的描写随处可见。水乡悠悠脉脉的景致也造就了南唐诗词清丽柔美的境界。水景极多,诗词的风格就自然地倾向于素雅清淡、清新秀丽③。

南唐文人在江南水乡中泛舟载酒,过着逍遥的生活。李中的《寄赠致仕沈彬郎中》就写道:"鹤氅换朝服,逍遥云水乡。有时乘一叶,载酒入三湘。"这首诗反映了诗人纵情山水、逍遥自在的生活态度。徐铉的《临石步港》写出了微风细浪中的欢愉:"碕岸堕萦带,微风起细涟。

---

① 唐圭璋:《唐宋词简释》,上海古籍出版社1981年版,第36—37页。
② 刘汉民:《江南地域特色对南唐词风格的影响》,《阅读与写作》,2001年第12期,第3页。
③ 刘汉民:《江南地域特色对南唐词风格的影响》,《阅读与写作》,2001年第12期,第3页。

绿阴三月后,倒影乱峰前。吹浪游鳞小,黏苔碎石圆。会将腰下组,换取钓鱼船。"李建勋的《正月晦日》也写到了正月游玩的景象:"莫倦寻春去,都无百日游。更堪正月尽,已是一分休。泉暖声才出,云寒势未收。晚来重作雪,翻为杏花愁。"

　　正是江南水多的自然条件,造就了士大夫门前皆池、举目皆水的居住环境,从而使得诗人们对"水""池""池馆""小塘"等意象信手拈来,如李璟的"回首绿波三楚暮"(《浣溪沙》)、"西风愁起绿波间"(《浣溪沙》);李煜的"船上管弦江面绿"(《望江梅》),"东风吹水日衔山,春来长是闲"(《阮郎归》),"九曲寒波不泝流"(《采桑子》),"笙箫吹断水云间"(《木兰花》),"流水落花春去也,天上人间"(《浪淘沙令》);冯延巳的"南园池馆花如雪,小塘春水涟漪"(《临江仙》),"风乍起,吹皱一池春水"(《谒金门》),"春山澹澹横秋水"(《虞美人》),"雨晴烟晚,绿水新池满"(《清平乐》),"隔江何处吹横笛"(《临江仙》)……正是因为江南水国的生活,让南唐诗词作家享有着难得的清新雅丽。

　　江南水系发达,船成为主要的交通工具。因此,在南唐诗词中出现了大量的船、桨、舟、桥等意象,如"船上管弦江面绿"(李煜《望江梅》),"且维轻舸更迟迟,别酒重倾昔解携"(李煜《送邓王二十弟从益牧宣城》),"石城花雨倚江楼,波上木兰舟"(冯延巳《喜迁莺》),"南去棹,北飞雁,水阔山遥肠欲断"(冯延巳《应天长》),"江上何人吹玉笛,扁舟远送潇湘客"(冯延巳《归国遥》)等。这些或是表现欢乐场景,或是别离情深,或是逍遥山水,或是故土思念,都是与江南的水密切相关。

　　南唐诗词的"水",在文人的笔下千姿百态,表现出了不同的风韵。李煜词中用"水"来写江南春天欢游的盛况,如"船上管弦江面绿,满城飞絮滚轻尘"(李煜《望江梅》)和"还似旧时游上苑,车如流水马如龙,花月正春风"(李煜《望江南》)。冯延巳的词句中也有很多对"水"的描写。不过,与李煜词中的"水"相比,冯延巳所写的"水"则更为多姿多情。"北枝梅蕊犯寒开,南浦波纹如酒绿"(冯延巳《玉楼春》),写的是南湖的春水如同新酿的美酒荡漾着绿波。用美酒来写湖水的颜色,可谓极为独到,写出了"水"之清绿和"酒"之醇味。"雨晴烟晚,绿水新池满"(冯延巳《清平乐》),写的是雨后小池水满,"绿"而"新"。这是阁外远景。

而这首词的后两句"双燕飞来垂柳院,小阁画帘高卷",则衬托出雨池新满的景象,"人在阁中闲眺,颇具萧散自在之致"①。"南园池馆花如雪,小塘春水涟漪"(冯延巳《临江仙·南园池馆花如雪》)与"雨晴烟晚,绿水新池满"的场景大致相同,不过前者是"飞花"映衬之下的"春水",后者是雨后之水。联系到后一句"夕阳楼上绣帘垂,酒醒无寐,独自倚阑时",则写的是酒醒后的思妇独自凭栏远眺,自然为这荡着涟漪的春水赋予了春愁,春水的涟漪也是思妇内心的写照。"风乍起,吹皱一池春水"(冯延巳《谒金门》)一句"破空而来,在有意无意间,如絮浮水,似沾非着"②,一个"皱"字,既写出了春水微澜的泛动,也写出了人物内心细微的波动。"吹皱一池春水"比"春水涟漪"更富动感,更加重了内心的春怨。

二、春风愁起绿波间

逝者如斯夫,不舍昼夜。"水"的流逝总是让人感到惆怅、失落、伤怀。"水"在诗词中也成为一个容易引发伤感、思念的意象。文人们总是将"水"与流逝的时光、远去的友人、在水一方的爱情等形成关联,而这些无疑都赋予了"水"以"愁"的情绪。

"水"的意象常常与"离别"有关。古代诗人或是扁舟送别友人,或是泛舟离开友人,都能抒发离情别绪。"江水碧,江上何人吹玉笛?扁舟远送潇湘客。芦花千里霜月白,伤行色。来朝便是关山隔"(冯延巳《归国遥》)以江水笛音为背景,以"玉笛""扁舟"抒发送别之意,而以"芦花""霜月"以及"关山隔"抒写"来朝"的离情,凄清悲凉,满纸离愁别恨③。"秣陵江上多离别,雨晴芳草烟深"(冯延巳《临江仙》)表现出王国维所评论的"深美闳约",善于用大境写柔情,空间境界阔大,如"天长烟远"意境开阔,离索之情、惜别之恨郁凝于心,无以宣泄,唯终日泪湿衣襟,词人在篇末简笔画像,留给读者无限遐思。俞陛云评曰:"寻常离索

---

① 唐圭璋:《唐宋词简释》,上海古籍出版社1981年版,第46页。
② 俞陛云:《唐五代两宋词选释》,上海古籍出版社1985年版,第97页。
③ 刘汉民:《江南地域特色对南唐词风格的影响》,《阅读与写作》,2001年第12期,第3页。

之思,而能手作之,自有高浑之度。"①"南浦,南浦,翠鬟离人何处。当时携手高楼,依旧楼前水流。流水,流水,中有伤心双泪"(冯延巳《三台令》)亦写闺怨离思。"南浦"常用来作送别之地的代称,如白居易的"南浦凄凄别,西风袅袅秋"(《南浦别》)、王勃的"画栋朝飞南浦云,珠帘暮卷西山雨"(《滕王阁诗》)、杜甫的"西山白雪三城戍,南浦清江万里桥"(《野望》)、和凝的"红粉相随南浦晚,几含情"(《春光好·蘋叶软》)、温庭筠的"南浦莺声断肠"(《清平乐·洛阳愁绝》)、李白的"适来往南浦,欲问西江船"(《江夏行》)等。重临旧地,因熟悉的风景而触动起对当日分别时的记忆和远方爱人的怀想,伤心眼泪化于流水之中,更抒发得悠远绵长。抚今追昔,情何以堪,只得寄情流水,将愁情与流水连在一起,用水流的滔滔不绝象征愁思的深广和绵绵不尽,这是唐宋词人常用的一种手法。但冯延巳《三台令》里写流水的用意却不止于此,也不仅是即景抒情,移情于景,还因为"楼前水流"是当时"携手高楼"的见证。在此基础上,冯延巳抓住泪水与流水的共同特征,进一步展开丰富的联想,想象流水之所以如此绵长,是因为其中容纳了无数伤心人的眼泪,这就把深沉强烈的离愁别恨表达得格外真挚动人。此词将相思、离愁和眼前景物水乳般交融在一起,缠绵悱恻,凄凉幽怨,读之使人黯然销魂。冯延巳的"燕鸿远,羌笛怨,渺渺澄波一片。山如黛,月如钩"(《芳草渡》)中的"渺渺澄波一片",不只是说水域的辽阔和苍茫,更是指向别离的"渺渺"和离情之深。

因为"水"大多指向的是离别,所以,"水"的意象更多表现的是思念,以及因思念而引发的离愁别绪。冯延巳的"魂梦万重云水,觉来还不睡"(《应天长》)写主人公因为思念而彻夜难眠。冯延巳的"流水,流水,中有伤心双泪"(《三台令》)则是直接用"流水"来映照内心的"伤心"。冯延巳的"河畔青芜堤上柳,为问新愁,何事年年有?"(《鹊踏枝·谁道闲情抛弃久》)将春色和愁结合起来,借春怨抒发自我情怀。李煜的"山远天高烟水寒,相思枫叶丹"(《长相思》)表达出像红叶丹枫一样的相思之情。"烟水寒"的"寒"其实折射的是内心苦等无望的寒意。李

---

① 俞陛云:《唐五代两宋词选释》,上海古籍出版社1985年版,第105页。

煜的"千里江山寒色远,芦花深处泊孤舟,笛在月明楼"(《望江梅》)中的"寒"也与此相似。不过"千里江山寒色远"数句视野更为辽阔,并以"芦花"和"孤舟"进一步渲染了愁苦的分量。

　　南唐诗词中"水"的意象虽然指向"思愁",但是,文人们以"水"表达"思愁"的深度和方式则不尽相同。"心若垂杨千万缕,水阔花飞,梦断巫山路"(冯延巳《鹊踏枝》)深入描写了人物的内心世界。"水阔花飞",是写梦境。垂杨临水,故云"水阔",柳絮飞堕,逐水而流,情思绵邈,而"花飞"指杨花飞舞,又与上文"看却春还去",上下呼应。它反映出春柳盛极的暮春三月,离繁盛已极的衰谢之时也已经不远了,而花飞水阔,杳不可及,只落得个"梦断巫山路"。冯延巳的"水阔花飞""梦断巫山"正是借茫茫的大水寓意"情路之难"和"思念之深"。"起来点检经由地,处处新愁,凭仗东流,将取离心过橘洲"(冯延巳《采桑子》)这句承接上阕的"笙歌放散人归去,独宿红楼",写第二天词人泛舟离开红楼。然而在他每经过的一个地方,词人都感到一波新的悲愁。"将取离心过橘洲"句两处用典。一为"离心",当取屈原《离骚》"何离心之可同兮,吾将远逝以自疏"之意。一为"橘洲",借用杜甫诗句"桃源人家易制度,橘洲田土仍膏腴"(《岳麓山道林二寺行》)。在无限新愁之中,词人一路向东,摆脱愁苦的方式,就是及早离去,可谓"极凄婉之致"[1]。冯延巳的"金波远逐行云去,疏星时作银河渡。花影卧秋千,更长人不眠"(《菩萨蛮·金波远逐行云去》),二语确实写出了思念至深,愁苦至极。如果联系到全词,更可见一斑:"上阕仅言清夜无眠,下阕仅言手倦妆慵,到结句始言回忆梦中情景,至风吹绣衣而不觉,可见低眉愁思之深且久也。"[2]

三、宦海沉浮的人生况味

　　南唐诗词中的"水",千姿百态,有"碧波""春水""寒波""银涛"等。这些"水"的意象,并非仅仅反映的是闲情雅致、离愁别绪,也有着对自身生活境遇、宦海沉浮、人生得失等的生命体验。

---

[1] 陈廷焯,杜维沫校:《白雨斋词话》卷一,人民文学出版社 1959 年版,第 9—10 页。
[2] 俞陛云:《唐五代两宋词选释》,上海古籍出版社 1985 年版,第 98 页。

李璟的"回首绿波三楚暮,接天流"(《浣溪沙·手卷真珠上玉钩》)暗示着愁思的深广。这首词中的春恨不只是对景抒情的一般闲愁,而是南唐受后周威胁时的危苦感慨,"青鸟"句就是忧国之思的深沉寄托。"菡萏香销翠叶残,西风愁起绿波间"(李璟《浣溪沙·菡萏香销翠叶残》)笼罩了一层浓重的萧瑟气氛。李廷机在《草堂诗余评林》中评曰此词是"字字佳,含秋思极妙"①。然而,如果想到李璟当时所处的内外交困的矛盾,此时此刻,触景伤情,就并非只是"秋思"可以言尽了。

　　冯延巳的词,大多是从闺情的角度来写,用"水""雨""泪""蒹葭""杨柳"等意象,渲染其寂寞消沉的心情,更反映了冯延巳的人生感怀。冯延巳的"杨柳陌,宝马嘶空无迹。新著荷衣人未识,年年江海客"(《谒金门》)中的"年年江海客",写的是一个年年客游的形象,表现出诗人对人生漂泊无依的感叹。夏承焘评述道:"词到南唐一班文人手中,就多多少少表现一些士大夫的思想感情,这就超出于花间词的艳科绮语。冯延巳这首词正是一个例子。他的《阳春集》里,这类句子还不少,如《鹊踏枝》'公子欢筵犹未足,斜阳不用相催促',《菩萨蛮》'和泪试严妆,落梅飞晓霜'等。这些词外表虽然都还是写男女情爱,却另有寓意。冯煦谓冯延巳'俯仰身世,所怀万端,缪悠其辞,若显若晦'(《阳春集》序),就是说延巳词颇多'旨隐词微'之作。"②冯延巳三度拜相,深陷党争,历经南唐兴衰,最终在抑郁寡欢中病逝。因此,冯延巳的词作也反映了他的人生浮沉和内心波澜。"年光往事如流水,休说情迷"(《采桑子·画堂昨夜愁无睡》)写年华渐逝、一事无成的感慨;"南去棹,北归雁,水阔天遥肠欲断"(《应天长·石城山下桃花绽》)写遥遥无期、归途渺茫的寂寥感;"魂梦万重云水,觉来还不睡"(《应天长·朱颜日日惊憔悴》)抒发"万重云水"的阻隔困境,表现人生无处可走的悲伤。

　　李煜后期的词作,多以水喻愁。不过,这种"愁"并非一般的离愁别绪或感时伤逝。"问君能有几多愁,恰似一江春水向东流"(《虞美人》)是李煜的绝命词,是他对亡国的哀思,对生命的感叹。正如俞陛云言:"就词而论,李、刘、秦诸家之以水喻愁,不若后主之'春江'九字,真伤心

---

① 杨万里编:《草堂诗余》,崇文书局2017年版,第167页。
② 夏承焘:《唐宋词欣赏》,浙江古籍出版社2012年版,第67—68页。

人语也。"①"世事漫随流水,算来一梦浮生"(《乌夜啼·昨夜风兼雨》)中的"世事随流水""一梦浮生",对于李煜来说,并非是一种人生感慨,而是痛彻心扉的内心体验,"固能写牢愁之极致也"②。"自是人生长恨水长东"(《乌夜啼·林花谢了春红》)也是李煜直抒胸中恨意的经典作品,"以水之必然长东,喻人之必然长恨,语最深刻。'自是'二字,尤能揭出人生苦闷之义蕴,此与'此外不堪行','肠断更无疑'诸语,皆重笔收来,沉哀入骨。"③俞陛云评曰:"后主为樊若水所卖,举国与人。词借伤春为喻,恨风雨之摧花,犹逆臣之误国,迨魁柄一失,如水之东流,安能挽沧海尾闾、复鼓回澜之力耶!"④"流水落花春去也,天上人间"(《浪淘沙令》)情真意切、哀婉动人,"落花流水春去"是李煜风流不再、故国难回的写照,"天上人间"暗指今昔两种截然不同的人生际遇⑤。因此,李煜后期词作中的"水",表达的是一种无以言表的亡国哀思和无以复返的悔恨。

第三节 南唐诗词中烟雨的意象

江南雨多旌旗暗。历代诗人对江南的歌咏,总是离不开江南的"雨"。也正因为雨,江南的景色烟雾缭绕,呈现出烟雨迷蒙的美景。苏轼的"水光潋滟晴方好,山色空蒙雨亦奇",便写出了江南烟雨的空蒙美丽。在南唐文人的笔下,"烟""雨"也成为江南风光的重要意象。"烟""雨"不仅指向自然的典型意象,而且包含着不同的象征意义。"烟""雨"常常与"风""春""夜""杨柳""草"等结合,营造出不同的诗词氛围,抒发出不同的心理情绪,传递出不同的写作意义。因而,寄怀烟雨成为江南文化赋予诗词的重要表达策略。

---

① 俞陛云:《唐五代两宋词选释》,上海古籍出版社1985年版,第117页。
② 俞陛云:《唐五代两宋词选释》,上海古籍出版社1985年版,第118页。
③ 唐圭璋:《唐宋词简释》,上海古籍出版社1981年版,第40页。
④ 俞陛云:《唐五代两宋词选释》,上海古籍出版社1985年版,第132页。
⑤ 一说"天上人间"是个偏正短语,语出白居易《长恨歌》:"但教心似金钿坚,天上人间会相见。"意谓天上的人间,用在这里暗指自己来日无多,"天上人间"便是最后的归宿。

一、伤春闺怨

伤春、怀人是诗词中的重要主题。南唐诗词也不例外。由于受到花间词的影响,南唐词出现了大量以伤春、闺怨、思妇为题材的词作,而这些诗词也都离不开"烟""雨"作为衬托或寄寓的载体。

冯延巳写了大量闺怨、思妇的词。在这些词中,冯延巳大量地写到了雨。"一树樱桃带雨红"(《采桑子·小堂深静无人到》)写的是,一树的樱桃带着未干的雨水红了,本是迷人美景。然而,主人公却为此"惆怅东墙","愁心似醉兼如病,欲语还慵"。"雨打疏荷折"(《鹊踏枝·秋入蛮蕉风半裂》)是从自然景观出发,抒写"愁肠"。荷花本已稀疏,又被雨打折,其状凄惨。难怪陈秋帆说这首词"玩味其意,多凭吊凄怆之慨"①。"中庭雨过春将尽,片片花飞"(《采桑子·中庭雨过春将尽》)描写了雨水一过,春天将尽,而思念的人迟迟未归,主人公只能独折残枝,无语凭阑,由此,词的最后发出"君约佳期,肯信韶华得几时"之声。俞陛云说这首词"上阕花枝已残而独折取,其云自知者,当别有思存。下阕知韶华之易逝,则君宜早归,警告之切,正相忆之深"②。"斜月朦胧,雨过残花落地红"(《采桑子·洞房深夜笙歌散》)写的也是暮春,朦胧月色和满地残花的景象让诗人更生发出对人生的感慨。俞陛云评述道,"人当暮年感旧,每独自低回"③。因此,这首词的下阕自然就写道"昔日无限伤心事,依旧东风"。"雨罢寒生,一夜西窗梦不成"(《采桑子·画堂灯暖帘栊卷》)和"画堂昨夜愁无睡,风雨凄凄"(《采桑子·画堂昨夜愁无睡》)两句,都写的是雨过天寒,主人公一夜无眠,表达思念难耐之意。"石城花雨倚江楼,波上木兰舟"(《喜迁莺·宿莺啼》)这句,"写晓来梦觉之所思。上片点景。起三句,言啼莺惊梦,帘外树色朦胧未辨。'残灯'两句,写帘内之残灯、残香犹在,人语分明。下片,言灯绝香寒之际,忽忆去年故乡送别之情景,宛然在目,故不禁凄动于中"④。"红满

---

① 陈秋帆:《阳春集笺》,见李煜等:《李煜词集 附李璟词集 冯延巳词集》,上海古籍出版社2016年版,第87页。
② 俞陛云:《唐五代两宋词选释》,上海古籍出版社1985年版,第93页。
③ 俞陛云:《唐五代两宋词选释》,上海古籍出版社1985年版,第104页。
④ 唐圭璋:《唐宋词简释》,上海古籍出版社1981年版,第46页。

枝,绿满枝,宿雨厌厌睡起迟,闲庭花影移"(《长相思》)也是表相思之情。"宿雨厌厌"和"闲庭花影"这两个意象颇为独特。春光满目,而雨下了一夜,让人在滴雨声声中更加孤枕难眠,而无心赏春,所谓"怀人会晤难期,不能不戚戚也"①。"满眼游丝兼落絮,红杏开时,一霎清明雨"(《鹊踏枝·六曲阑干偎碧树》)为写景。然而,"游丝""落絮"含情意绵绵之意,有撩拨人物心绪之感,为下文"浓睡觉来慵不语"的"慵"埋下了伏笔。"红杏花开"虽是美景,但却被清明时节的骤雨吹落一地,让人感怀。"一霎"更加重了美景消失之快和猝不及防。

雨与其他景色连在一起,则进一步加深了愁绪。"秋风多,雨相和,帘外芭蕉三两窠。夜长人奈何?"(李煜《长相思》)描写闺中女子的相思幽怨。词的上阕中"淡淡衫儿薄薄罗,轻颦双黛螺"描写了一个清淡素雅的女性形象。因此,下阕用"风雨相和"的柔情和"芭蕉三两窠"的疏淡来烘托女子淡淡的闲愁。对于这首词的烘托手法,唐圭璋曾评曰:"上叠写出美人的颜色服饰,轻盈袅娜,正是一个'梨花一枝春带雨'的美人。而后叠拿风雨的愁境,衬出人的心情,浓淡相间,深刻无匹。"②词的最后发出"夜长人奈何"的感叹,表明悲愁难抑。陈廷焯《云韶集》评曰:"字字绮丽,结五字婉曲。"③"青鸟不传云外信,丁香空结雨中愁"(李璟《浣溪沙·手卷真珠上玉钩》)写出了"春恨"的缘由。"青鸟"用的是西王母和汉武帝的典故。青鸟是西王母的侍者,七月七日汉武帝忽见青鸟飞至殿前,而后西王母驾临。"青鸟"便有了传信之意。李璟这句词反用其典,表明所思之人远在天外,杳无音信。"丁香结"本是丁香的花蕾,诗人多用"结"来表示难解的愁结,李商隐便写有"芭蕉不展丁香结,同向春风各自愁"(《代赠》)。李璟的"丁香结"这句,不仅将"丁香结"写成了动态的"丁香空结",让丁香有了生命之态,而且用"空"和"雨"强化了愁结的凄楚。正所谓"'丁香'句,又添出雨中景色,花愈离披,春愈阑珊,愁愈深切矣"④。

---

① 杨万里编:《草堂诗余》,崇文书局2017年版,第111页。
② 唐圭璋:《词学论丛》,上海古籍出版社1986年版,第910页。
③ 陈廷焯:《云韶集》卷一,孙克强、杨传庆点校整理:《〈云韶集〉辑评(之一)》,《中国韵文学刊》2010年第3期,第47页。
④ 唐圭璋:《唐宋词简释》,上海古籍出版社1981年版,第27—28页。

南唐词中的"雨",大多是"细雨"。"细雨"绵绵不断,有如淡淡轻风,引发作者内心的波动,表现出淡淡的哀愁和思念。江南疏疏细雨带给作者更多的是生命静谧澄明的思索,而不是荡气回肠的生命张力[1],这是南唐词在"雨"的写作中一个重要的特色,彰显了绵延不绝的情丝,仿若贯穿了南唐历史的哀愁。

采桑子
李　煜

亭前春逐红英尽,舞态徘徊。细雨霏微,不放双眉时暂开。

绿窗冷静芳音断,香印成灰。可奈情怀,欲睡朦胧入梦来。

"细雨"不仅打湿了繁枝落花,而且打湿了少妇的思念。"不放双眉"就是紧锁双眉,形象地写出愁思的浓郁和沉重。春天的花英,在骤雨的摧残下很容易落遍。正如辛弃疾所说:"更能消几番风雨,匆匆春又归去"(《摸鱼儿·更能消几番风雨》)。而这里词人用"细雨",表现出花英慢慢被摧落,有如思妇的愁怀一点点被蚕食。"霏微"是指雨雪细小、迷蒙的样子,这正好与末句"可奈情怀,欲睡朦胧入梦来"形成了呼应。

南乡子
冯延巳

细雨湿流光,芳草年年与恨长。烟锁凤楼无限事,茫茫。鸾镜鸳衾两断肠。

魂梦任悠扬,睡起杨花满绣床。薄倖不来门半掩,斜阳。负你残春泪几行。

"细雨湿流光,芳草年年与恨长"这句也是借闺情抒发己怨。"流光"本来是看不见的,然而一个"湿"字,不仅使得其有了可触可见的感觉,也让时光像细雨一样流淌着愁思。"细雨湿流光"备受后世赞赏,"景意俱微妙"[2],"能摄春草之魂者"[3],"观其思探辞丽,均律调新,真清

---

[1] 张丽:《江南文化与南唐词》,中国文史出版社2015年版,第71页。
[2] 张端义:《贵耳集》,张思岩编:《词林纪事》第22卷,成都古籍书店1982年版,第350页。
[3] 王国维:《人间词话》,唐圭璋编:《词话丛编》第五册,中华书局1986年版,第4244页。

奇飘逸之才也"①。值得一提的是,"芳草年年与恨长"也是写愁的佳句。用芳草来表现离愁别恨,深得以具体写抽象之妙。而这种恨,与春草的生长同步。李煜的"离恨恰如春草,更行更远还生"(《清平乐·别来春半》),是从空间角度写出离愁,表现离愁的绵延不绝;冯延巳则从时间的角度写离愁,表现与日增长的愁苦。

浣溪沙
李 璟

菡萏香销翠叶残,西风愁起绿波间。还与韶光共憔悴,不堪看。

细雨梦回鸡塞远,小楼吹彻玉笙寒。多少泪珠何限恨,倚栏干。

"细雨梦回鸡塞远,小楼吹彻玉笙寒"也是以"细雨"写愁。细雨之中,引人梦回,一曲玉笙吹完,风雨中的小楼,仿佛被玉笙吹寒,表现了诗人寂寞孤苦的心境。唐圭璋《唐宋词简释》评之:"梦回细雨,凝想人在塞外,怅惘已极,而独处小楼,唯有吹笙以寄恨,但风雨高楼,吹笙既久,致笙寒凝水,每不应律,两句对举,名隽高华,古今共传。"②

蝶恋花
李 煜

遥夜亭皋闲信步,乍过清明,早觉伤春暮。数点雨声风约住,朦胧淡月云来去。

桃李依依春暗度,谁在秋千,笑里低低语。一片芳心千万绪,人间没个安排处。

"数点雨声风约住,朦胧淡月云来去"句,诗人用风"约住"雨、用"朦胧"写云拢月淡,生动传神。这句其实也写出了主人公心情的变化过程:雨声数点、风声骤起、雨住云收、云散月出、月淡朦胧。即便风住月

---

① 陈世修:《阳春集序》,黄畬:《阳春集校注》,天津古籍出版社1993年版,第3页。
② 唐圭璋:《唐宋词简释》,上海古籍出版社1981年版,第28页。

出,仍有着淡淡的春愁,朦胧而绵延。

二、孤寂落寞

南唐君臣因为国势的衰微,内心始终处于一种紧张状态,蕴含了无限愁绪。李璟和李煜时期南唐内外交困,以冯延巳为代表的词人也命运多舛,笔下自然饱含凄凉、无奈和孤寂。南唐词中的"雨"大多是为诗词中的"愁""恨""怨"等情感进行铺垫,传达出作者凄苦和孤独的内心世界。"狼藉池塘,雨打疏荷折"(冯延巳《鹊踏枝·秋入蛮蕉风半裂》)让人从狼藉的池塘和雨打荷叶的声音中感受到"风雨交加"的听觉效果和残荷满池的景象;"雨横风狂三月暮"(冯延巳《蝶恋花·庭院深深深几许》)写出风雨大作的景象;"雨过残花落地红"(冯延巳《采桑子·洞房深夜笙歌散》)更是以"残红满地"营造了强烈的视觉效果;"风淅淅,夜雨连云黑"(冯延巳《忆秦娥·风淅淅》),通过"寒夜""夜雨"表现出夜晚的寂寞;"竹风檐雨寒窗滴"(冯延巳《归国遥·何处笛》)的一声声雨滴声,在夜晚更有穿透心灵的力量。

李煜的"昼雨新愁"(《采桑子·辘轳金井梧桐晚》)、"无奈朝来寒雨晚来风"(《乌夜啼·林花谢了春红》),冯延巳的"画堂昨夜愁无睡,风雨凄凄"(《采桑子·画堂昨夜愁无睡》)、"屏掩画堂深,帘卷萧萧雨"(《醉花间·林雀归栖撩乱语》)、"云雨已荒凉,江南春草生"(《菩萨蛮·沉沉朱户横金锁》)等句子,也都让人能够感受到李煜在一个个"夜雨""寒雨"的时刻,内心的孤寂、彷徨和无奈。

"雨"引发着诗人的无限感怀,也常常令诗人触景生情,情到深处满眼泪。因此,"雨"的意象总是与"泪"相和。冯延巳的"细雨泣秋风"(《南乡子·细雨泣秋风》)让人感到秋风也因而落泪。一个"泣"字,将风雨写得生动、自带感情,可谓佳句。

蝶恋花
冯延巳

庭院深深深几许,杨柳堆烟,帘幕无重数。玉勒雕鞍游冶处,楼高不见章台路。

雨横风狂三月暮,门掩黄昏,无计留春住。泪眼问花花不语,乱红飞过秋千去。

这首词寄深于浅,借景抒情,包含多层意蕴。毛先舒认为,"此可谓层深而浑成。何也?因花而有泪,此一层也。因泪而问花,此一层也。花竟不语,此一层也。不但不语,且又乱落飞过秋千,此一层也。人愈伤心,花愈恼人,语愈浅而意愈入,又绝无刻画费力之迹,谓非层深而浑成耶"①。

浪淘沙令
李　煜

　　帘外雨潺潺,春意将阑。罗衾不暖五更寒。梦里不知身是客,一晌贪欢。

　　独自莫凭栏,无限江山,别时容易见时难。流水落花归去也,天上人间。

李煜亡国前后所写的词作,大多泪雨相映,写出了内心无限的悲痛。"帘外雨潺潺,春意阑珊"写梦里贪享片刻的欢愉,醒来仍然"身是客"。梦里梦外的生活和身份的巨大反差,对比出自身的凄凉晚景。梦中越是欢愉,越能引发对"无限江山"不再的痛彻心扉。蔡绦《西清诗话》云:"每怀江国,且念嫔妾散落,郁郁不自聊。尝作长短句'帘外雨潺潺(略)'。含思凄婉,未几下世矣。"②由此可以看出李煜内心的凄凉和绝望。正如俞陛云所言:"《浪淘沙令》尤极凄暗之音,如峡猿之三声肠断也。"③

南唐词中的雨,多为夜雨。夜雨凝结着诗人更多的情绪。夜晚的静谧,也使得诗人的内心更加寂寥。冯延巳有大量的词写到了夜雨,如"画堂灯暖帘栊卷,禁漏丁丁。雨罢寒生,一夜西窗梦不成"(《采桑子·画堂灯暖帘栊卷》);"画堂昨夜愁无睡,风雨凄凄"(《采桑子·画堂昨夜愁无睡》);"洞房深夜笙歌散,帘幕重重。斜月朦胧,雨过残花落地红"(《采桑子·洞房深夜笙歌散》)等。李煜后期的词作多作于雨夜。他的《浪淘沙

---

① 孙克强:《毛先舒〈词辩坻〉汇辑》,《词学》第十七辑,华东师范大学出版社2006年版,第291页。
② 蔡绦:《西清诗话》,吴文治编:《宋诗话全编》第3册,江苏古籍出版社1998年版,第2513页。
③ 俞陛云:《唐五代两宋词选释》,上海古籍出版社1985年版,第130页。

令·帘外雨潺潺》基调低沉悲怆,写出了一个亡国之君在雨夜难以排解的痛楚。回忆故国,恍惚之间仿佛人生如梦,猛然发现"梦里不知身是客",梦醒时分后省悟,表现了词人的亡国之痛和失去自由的悲凉。《乌夜啼·昨夜风兼雨》也是首秋夜抒怀之作,主要写作者的凄苦境遇和无奈情态。"风兼雨"与"飒飒秋声"虽是渲染环境,但风雨交加,作者却只闻到"飒飒秋声",反见出夜的寂静和清冷,也见出作者内心的冷寂——听不到别的声音。唐圭璋评曰:"此首由景入情,写出人生之烦闷。夜来风雨无端,秋声飒飒,此境已令人愁绝;加之烛又残,漏又断,伤感愈甚矣。'起坐不能平'句,写尽抑郁塞胸,展转无眠之苦。"①

南唐词中的"风雨",也不全是"微风细雨",也有狂风、残风等。这类意象增添了词人"愁""恨"的紧急、无奈和压迫之感。"无奈朝来寒雨晚来风"(李煜《乌夜啼》)是对上句"林花谢了春红,太匆匆"的解释。"朝是雨打,晚是风吹,花何以堪,人何以堪,说花即以说人,语固双关也。'无奈'二字,且见无力护花,无计回天之意,一片珍惜怜爱之情,跃然纸上。"②这句极尽摧残之能事,写出愁绪之无可抗争。"雨横风狂三月暮。门掩黄昏,无计留春住"(冯延巳《蝶恋花·庭院深深深几许》)③句中的"雨横风狂三月暮",其中"横"和"狂"写出主人公内心受到外界强烈的刺激,内心涌起了巨大的波澜,也写出了原本应该温柔的"三月"所表现出的无情,更加重了内心的无望和焦灼。由这些表现风急雨骤的词句可以看出,李煜和冯延巳在南唐由盛而衰而亡的过程中,内心饱受着极端的痛楚和无助。

三、烟雨迷离

"烟""雨"和由二者组合而成的"烟雨",往往成为诗词中固定连接的意象。"烟雨江南""烟雨朦胧""晚烟细雨"等,都成为历代文人写到江南时不可或缺的意象,由此,烟雨也成为江南的重要符号。南唐地处江南,

---

① 唐圭璋:《唐宋词简释》,上海古籍出版社1981年版,第35页。
② 唐圭璋:《唐宋词简释》,上海古籍出版社1981年版,第40页。
③ 一说该词为欧阳修所作。

诗词中自然也少不了对"烟雨"意象的运用,如李煜的"紫菊气,飘庭户,晚烟笼细雨"(《谢新恩·冉冉秋光留不住》)、"望残烟草低迷"(《临江仙·樱桃落尽春归去》)等;冯延巳的"风微烟澹雨萧然"(《酒泉子·芳草长川》),"天长烟远恨重重"(《酒泉子·春色融融》),"石城花落江楼雨,云隔长洲兰芷暮。芳草岸,和烟雾,谁在绿杨深处住"(《应天长·石城花落江楼雨》),"白云天远重重恨,黄草烟深浙浙风"(《抛球乐·霜积秋山万树红》),"红烛泪阑干,翠屏烟浪寒"(《菩萨蛮·娇鬟堆枕钗横凤》),"落梅着雨消残粉,云重烟轻寒食近。罗幕遮香,柳外秋千出画墙"(《上行杯·落梅着雨消残粉》),"乍倚遍,阑干烟淡薄,翠幕帘栊画阁"(《思越人》),"楼前风重草烟轻"(《抛球乐·逐胜归来雨未晴》),"过尽征鸿,暮景烟深浅"(《鹊踏枝·梅落繁枝千万片》),"杨柳堆烟,帘幕无重数"(《蝶恋花·庭院深深深几许》),"雨晴芳草烟深"(《临江仙·秣陵江上多离别》),"天长烟远,凝恨独沾襟"(《临江仙·秣陵江上多离别》),"风微烟澹雨萧然。隔岸马嘶何处?"(《酒泉子·芳草长川》)等。

南唐词的"烟雨"意象,表面上写的是自然风景,但内在反映的还是个体的哀愁。这些哀愁或是因为离别,或是因为春逝,或是因为国事,或是因为爱情。不过"烟雨"意象的书写也各具特色,在一首词中的意义也不尽相同,或烘托渲染,或睹物思人,或幽闭,或开阔。

"逐胜归来雨未晴,楼前风重草烟轻。谷莺语软花边过,《水调》声长醉里听"(冯延巳《抛球乐·逐胜归来雨未晴》)写的是雨未晴的春日游玩逐胜。"风""草""烟""莺""花"都已经铺陈成了春天的景象。其中,"楼前风重草烟轻"既说风力之大,表明虽然是春天,但仍有冬的余韵,"烟"被风慢慢吹散,轻盈无力的样子,与后句的"谷莺语软"的"软",形成了春天的绝佳风景。然而,这迷人的春景,也引发了诗人的感叹:"款举金觥劝,谁是当筵最有情。"

"雨晴芳草烟深""天长烟远,凝恨独沾襟"(冯延巳《临江仙·秣陵江上多离别》)写的是离别。首句"雨晴芳草烟深"点出离别的背景,结句"天长烟远"照应着首句的自然之景,却又超出了自然意义范畴,表明离别后的距离之遥,再次相逢的不确定,更增添了惜别之情。正是"天长烟远",诗人自然是"凝恨独沾襟"。这句通过前后对"烟雨"的描绘,从不同层面上加深了离别的依依不舍之情。

"紫菊气,飘庭户,晚烟笼细雨"是李煜《谢新恩·冉冉秋光留不住》的词句。词的开头二句先写"秋光留不住",首先就为全词定下了悲愁叹惋的基调。作者在词里的景物描写很充分,从"红叶"满阶到"重阳"登高,既有"茱萸香坠",也有"紫菊气飘",时看"晚烟笼细雨",时闻"新雁咽寒声"①。这些景物描写,虽然也有些许欢乐热闹的,如重阳登高,佩茱萸以驱邪等,但更多的却是"红叶""晚烟""细雨""新雁"等引人怅恨的凄冷景象,再加上作者有意点染的"暮""咽"等情状,晚秋的悲凉气氛便笼罩了全篇,也十分自然地引出"愁恨年年长相似"的哀叹和感慨②。

"门巷寂寥人去后,望残烟草低迷"(李煜《临江仙·樱桃落尽春归去》)这两句,从前面的"寂寥"就可以看出诗人的心情,写出了诗人孤苦伶仃的寂寞心情。诗人空等离去的人,但门巷望去,看不到有人来,只有人去后的空空荡荡。一眼望去,进入眼帘的只是"残烟草低迷",连烟都残破不堪、草都迷离无神,具体、形象、生动,把前句的"寂寥"赋予了更鲜活的内容。全词写景徐徐道来,写情却有突兀之语,全词意境皆由"恨"生,并由"恨"止。在写法上是虚实相生、内外结合,时空转换自然、顺畅,笔意灵活,喻象空泛,直抒胸臆却不失含蓄,柔声轻诉却极其哀婉动人,正如陈廷焯《词则·别调集》中所云:"低回留恋,宛转可怜,伤心语,不忍卒读。"③

"过尽征鸿,暮景烟深浅"(冯延巳《鹊踏枝·梅落繁枝千万片》)不仅写出了凝望之久与瞻望之远,而且征鸿之春来秋去,也最容易引人联想踪迹的无定与节序的无常。而诗人竟在"寒四面"的"楼上",凝望这些漂泊的"征鸿"直到"过尽"的时候,则其心中之怅惘哀伤,不言可知矣。然后承之以"暮景烟深浅"五个字,暮春者,日暮之景色也,然日暮之景色究竟何有?则远近之暮烟耳。"深浅"二字,正写出暮烟因远近

---

① 杨亚林:《琼窗春断双蛾皱,九曲寒波不溯流——南唐后主李煜的词风人生》,《开封教育学院学报》,2017年第3期,第20页。
② 张林楠、黄震云:《李煜前期词的审美意境》,《厦门广播电视大学学报》,2015年第4期,第48页。
③ 陈廷焯:《别调集》,《词则》,上海古籍出版社1984年版,第557页。

而有浓淡之不同,既曰"深浅",于是而远近乃同在此一片暮烟中矣。这五个字不仅写出了一片苍然的暮色,更写出了高楼上对此苍然暮色之人的一片怅惘的哀愁①。

"杨柳堆烟,帘幕无重数"(冯延巳《蝶恋花·庭院深深深几许》)用"杨柳""堆烟""帘幕"这些意象将主人公内心之凄之怨刻画得淋漓尽致。其中"堆"字尽道杨柳之密、烟雾之浓。这首词,"首阕因杨柳烟多,若帘幕之重重者,庭院之深以此,即下句章台不见,亦以此。总以见柳絮之迷人,加之雨横风狂,即拟闭门,而春已去矣。不见乱红之尽飞乎?语意如此,通首诋斥,看来必有所指。第词旨浓丽,即不明所指,自是一首好词"②。

"娇鬟堆枕钗横凤,溶溶春水杨花梦。红烛泪阑干,翠屏烟浪寒"(冯延巳《菩萨蛮·娇鬟堆枕钗横凤》)这两句写尽主人公因相思而陷入恍惚迷蒙之意。"翠屏烟浪寒"既是屏外迷蒙风景的写实,也是自己独自等待时迷茫的内心写照,像浓密的烟雨一样,无法洞悉。如果将此句与前一句"溶溶春水杨花梦"联系起来,更见内心的伤感。"春水杨花"都只是一场梦,翠屏外的"烟雨"自然更加捉摸不定。而"翠屏烟浪"看不清,更让人幻想一个人突然从浓雾中跑出来,出现在你的面前。因此,但从下句可以看出,主人公仍然"和泪试严妆",希望心上人能够回来看到她美丽的模样。因此,这句"翠屏烟浪"的意象,看似信手拈来,却又实在是笔法巧妙,寓意重重。

---

① 叶嘉莹:《迦陵谈词》,生活·读书·新知三联书店 2014 年版,第 116 页。
② 黄苏:《蓼园词评》,唐圭璋编:《词话丛编》第四册,中华书局 1986 年版,第 3052 页。

第四章 南唐诗词的江南文化基因

南唐诗词为江南文化的丰富起到了重要作用,南唐诗词的发展也得益于江南文化的滋润。江南文化为南唐诗词的发展创造了良好的文化基础。南唐诗词对江南吴歌的吸收丰富了诗词的声律和情感;江南的宗教文化也给南唐诗词烙上了深深的烙印,形成了南唐诗词悲苦、隐逸和峭拔之风;江南的伎乐文化不仅为南唐诗词的创作提供了宽阔的舞台,促进了南唐诗词的传播,还进一步丰富了南唐诗词的创作内容和声律的变化。

第一节 南唐诗词的吴歌元素

诗词与音乐有着密切的联系。江南是吴歌的发源地和兴盛地。南唐诗词也深受江南吴歌的影响。有研究者认为,"以吴歌为代表的江南传统声乐对词尤其是南唐词产生了特殊影响。南唐地处江南,在地理和声乐传统上有着得天独厚的条件,以吴歌西曲为主的清商乐成为江南文化的重要内容。吴歌对南唐词的影响主要体现在词作的情感特征、声乐审美特征和艺术技巧上。要而言之,以传情为主的吴歌,其特点可概括为软、糯、甜、媚,在表情技巧上以绮艳为高,发乎情而非止乎礼义,对我国古代文学尤其是词曲产生了深远影响"[①]。江南吴歌对南

[①] 杜道明、张丽:《南唐词中的吴歌元素》,《中州学刊》,2012 年第 4 期,第 161 页。

唐诗词产生重要的影响,使得南唐诗词形成了独特的声乐美学和清丽疏淡的风格。

一、吴歌越吟与诗性江南

江南是吴歌的发源地。吴歌最早可追溯到先秦的《弹歌》(或名《断竹歌》):"断竹,续竹;飞土,逐肉。"《弹歌》选自《吴越春秋》。《吴越春秋》还记载了当时流行的吴歌《渔父歌》《采葛妇歌》等。《渔父歌》来自《吴越春秋》中记载的伍子胥和一个渔父的故事:

> (伍子胥奔吴,追者在后,)几不得脱。至江,江中有渔父乘船从下方溯水而上。子胥呼之,谓曰:"渔父渡我!"如是者再。渔父欲渡之,适会旁有人窥之,因而歌曰:"日月昭昭乎侵已驰,与子期乎芦之漪。"子胥即止芦之漪。渔父又歌曰:"日已夕兮,予心忧悲;月已驰兮,何不渡为?事浸急兮,当奈何?"子胥入船。渔父知其意也,乃渡之千浔之津。子胥既渡,渔父乃视之有其饥色。乃谓曰:"子俟我此树下,为子取饷。"渔父去后,子胥疑之,乃潜身于深苇之中。有顷,父来,持麦饭、鲍鱼羹、盎浆,求之树下,不见,因歌而呼之,曰:"芦中人,芦中人,岂非穷士乎?"如是至再,子胥乃出芦中而应。渔父曰:"吾见子有饥色,为子取饷,子何嫌哉?"子胥曰:"性命属天,今属丈人,岂敢有嫌哉?"
>
> 二人饮食毕,欲去,胥乃解百金之剑以与渔者曰:"此吾前君之剑,中有七星,价直百金,以此相答。"渔父曰:"吾闻楚之法令,得伍胥者,赐粟五万石,爵执圭,岂图取百金之剑乎?"遂辞不受。谓子胥曰:"子急去勿留,且为楚所得?"子胥曰:"请丈人姓字。"渔父曰:"今日凶凶,两贼相逢,吾所谓渡楚贼也。两贼相得,得形于默,何用姓字为?子为芦中人,吾为渔丈人,富贵莫相忘也。"子胥曰:"诺。"既去,诫渔父曰:"掩子之盎浆,无令其露。"渔父诺。子胥行数步,顾视渔者已覆船自沉于江水之中矣。①

这个故事塑造了一个悲壮的英雄渔父形象,为后世所敬仰。《渔父

---

① 赵晔撰,周生春辑校汇考:《吴越春秋辑校汇考》,中华书局 2019 年版,第 17—18 页。

歌》正是从这则故事中流传开来的,全诗因事即兴而发,极具悲凉之情。

《吴越春秋·勾践归国外传》还记载了一个越王勾践和采葛之妇的故事:

> 越王念复吴仇,非一旦也。苦身劳心,夜以接日。目卧则攻之以蓼,足寒则渍之以水。冬常抱冰,夏还握火。愁心苦志,悬胆于户,出入尝之,不绝于口。中夜潜泣,泣而复啸。越王曰:"吴王好服之离体,吾欲采葛,使女工织细布,献之以求吴王之心,于子何如?"群臣曰:"善。"乃使国中男女入山采葛,以作黄丝之布,欲献之。……吴王得葛布之献,乃复增越之封,赐羽毛之饰、机杖、诸侯之服。越国大悦。采葛之妇伤越王用心之苦,乃作《苦》之诗,曰:
>
> 葛不连蔓棻台台,我君心苦命更之。尝胆不苦甘如饴,令我采葛以作丝。女工织兮不敢迟。弱于罗兮轻霏霏,号缔素兮将献之。越王悦兮忘罪除,吴王欢兮飞尺书。增封益地赐羽奇,机杖茵褥诸侯仪。群臣拜舞天颜舒,我王何忧能不移。①

这就是流传下来的《采葛妇歌》。诗歌歌颂了越王勾践一心为着越国和人民的精神。因此,采葛之妇深受感动,在歌中表示虽然采葛很苦很累,但愿意与越王同甘共苦。

春秋时期的歌谣还有《越谣歌》和《吴王夫差时童谣》。《越谣歌》曰:"君乘车,我戴笠。他日相逢下车揖。君担簦,我跨马,他日相逢为君下。"这是描写人与人之间的真挚友谊,并不因贫穷和富贵而有所改变。《吴王夫差时童谣》曰:"梧宫秋,吴王愁。"这首童谣收录在《汉乐府》。沈德潜在这首童谣前有《序》曰:"《述异记》。吴王有别馆在句容,楸梧成林,故名梧宫。或云即馆娃宫,宫有梧桐园。"②张玉谷《古诗赏析》题为《梧宫谣》。张玉谷《古诗赏析》评云:"六字中具赋、比二义。赋则谓梧桐秋凋,吴王游于此宫,定生愁思。比则以梧桐秋凋,比吴将亡,气象萧飒,王可愁也。双管齐下,峭甚。"③

---

① 赵晔撰,周生春辑校汇考:《吴越春秋辑校汇考》,中华书局2019年版,第126—127页。
② 沈德潜选,闻旭初标点:《古诗源》,中华书局2017年版,第17页。
③ 刘立志:《先秦歌谣集》,南京师范大学出版社2014年版,第24页。

两晋南朝时期是吴歌兴盛的时期。西晋左思的《吴都赋》中有"吴愉（歈）越吟"之说，《文选》李善注曰："愉（歈），吴歌也"。南朝乐府民歌大约起东吴，今传近 500 首，全部录存在宋代郭茂倩所编的《乐府诗集》中，其中绝大多数归入"清商曲辞"，只有《西洲曲》《东飞伯劳歌》《苏小小歌》等不足 10 首（不计民谣）分别归入"杂曲歌辞"和"杂歌谣辞"中。仅《清商曲辞》中的"吴声歌"就有 326 首，其中还有吴地娱神的《神弦歌》18 首，这些歌辞描写祠庙中祭祀的场面和对想象中神的描述①。《乐府诗集》卷四十四中，《吴声歌曲》题解引《晋书·乐志》云，"吴歌杂曲，并出江南。东晋以来，稍有增广。其始皆徒歌，既而被之管弦"，并指出"盖自永嘉渡江之后，下及梁、陈，咸都建业，吴声歌曲起于此也"②。

六朝刘宋时期，在贵族阶级嗜好音乐的风尚下吴声西曲迎来了黄金时期。南朝经济的富足使贵族富商不满足于单纯的物质享受，而是追求声色之欲，因此成为乐府的主要消费者③。据《南齐书·萧惠基传》记载："自宋大明（孝武年号）以来，声伎所尚，多郑卫淫俗，雅乐正声，鲜有好者。"④这里的"郑卫淫俗"主要就是指吴声西曲，六朝时统称为清商乐。《旧唐书》卷二十九记载："清乐者，南朝旧乐也。永嘉之乱，五都沦覆，遗声旧制，散落江左。宋、梁之间，南朝文物，号为最盛，人谣国俗，亦世有新声。后魏孝文、宣武，用师淮汉，收其所获南音，谓之清商乐。隋平陈，因置清商署，总谓之清乐。"⑤由此可见，清乐是清商乐的简称，是汉魏六朝俗乐的总称，包括汉魏的旧乐和六朝的新声⑥。

清商乐在隋唐时期的发展逐渐进入低谷，"遭梁、陈亡乱，所存盖鲜。隋室已来，日益沦缺"⑦。然而，清商乐虽然没有进入宫廷成为宫廷之乐，却在民间仍然广为流传。《苕溪渔隐丛话后集》卷二转引于兢《大

---

① 罗成：《江南古代吴歌溯源》，《第六届寒山寺文化论坛论文集（2012）》，第 395 页。
② 徐凌编，吴兆宜注；程琰删补：《玉台新咏笺注》，吉林人民出版社 1999 年版，第 428 页。
③ 杜道明、张丽：《南唐词中的吴歌元素》，《中州学刊》，2012 年第 4 期，第 161 页。
④ 萧子显撰：《南齐书·萧惠基传》，中华书局 1972 年版，第 811 页。
⑤ 刘昫等撰：《旧唐书》卷二十九《音乐志二》，中华书局 1975 年版，第 1063 页。
⑥ 雅乐一般指历代祭祀和朝会典礼用的音乐，源自民间，用于宫廷娱乐的音乐谓之俗乐。杜道明、张丽：《南唐词中的吴歌元素》，《中州学刊》，2012 年第 4 期，第 162 页。
⑦ 刘昫等撰：《旧唐书》卷二十九《音乐志二》，中华书局 1975 年版，第 1062 页。

唐传》亦云:"湖州德清县南前溪村,则南朝集乐之处。今尚有数百家习音乐,江南声伎,多自此出,所谓舞出前溪者也。"①李白的"郢中白雪且莫吟,子夜吴歌动君心"(《白纻辞三首》其二),杜牧的"越兵驱绮罗,越女唱吴歌"(《吴宫词二首》其一),李商隐的"阊门日下吴歌远,陂路绿菱香满满"(《河内诗二首》其二)等,都说明吴歌一直备受关注。

二、男女私情与离愁别恨

吴越民歌大多描写男女恋情和离愁别绪,刻画人物内心细腻的情绪感受,抒情细致,语言清新②。其中,《子夜歌》《子夜四时歌》《欢闻变歌》《懊侬歌》《华山畿》《读曲歌》等最为著名。《子夜四时歌》又称《吴声四时歌》或《子夜吴歌》,简称《四时歌》,相传是晋代一名叫子夜的女子创制,多写哀怨或眷恋之情,分春、夏、秋、冬四季。现存75首,其中春歌20首、夏歌20首、秋歌18首、冬歌17首。南朝乐府民歌大多是女子所唱的情歌,大多质朴坦率,简约清明。如《子夜歌》写道:"怜欢好情怀,移居作乡里。桐树生门前,出入见梧子。""秋夜凉风起,天高星月明。兰房竞妆饰,绮帐待双情。"江南吴歌在歌咏男女爱情的方面,表现出热辣大胆的风格,同时也表现出细腻的抒情。

有研究者认为,南唐词清丽疏淡风格的生成,就受到了南朝时期流行于长江下游的吴歌的影响。吴歌的重要特点就是抒情细腻、语言清新,大多描写爱情相思和离愁别恨。这些都影响到南唐诗词中言情的内容和技巧③。徐世溥曾说:"古诗者,风之遗,乐府者,雅之遗。苏李变而为黄初,建安变而为选体,流至齐梁及唐之近体而古诗亡。乐府变为吴趋越艳,杂以《捉搦》《企喻》《子夜》《读曲》之属,以下逮馀词焉,而乐府亦衰。然子夜、懊侬,善言情者也。唐人小令,尚得其意,则诗余之作,不谓之直接乐府不可。"④冯延巳的《薄命女》便体现出吴歌的风格:

春日宴。绿酒一杯歌一遍,再拜陈三愿。

---
① 萧涤非:《汉魏六朝乐府文学史》,人民文学出版社1998年版,第217页。
② 刘汉民:《江南地域特色对南唐诗风的影响》,《语文天地》,2002年第11期,第3页。
③ 高峰:《乱世中的优雅:南唐文学研究》,人民出版社2013年版,第81—82页。
④ 徐釚:《词苑丛谈》,上海古籍出版社1981年版,第79页。

一愿郎君千岁,二愿妾身长健,三愿如同梁上燕,岁岁长相见。

这首词描写的是在一个春日的家庭宴会中,妻子举杯祝酒时表达的三个愿望。这三个愿望简单、朴素、温馨,这首词也通俗易懂,展现了吴歌清新明快的特点,在冯延巳的词中别具一格。宋代吴曾在《能改斋漫录》卷十七中说:"味冯公之词,典雅丰容,虽置在古乐府,可以无愧。"①

李煜的词作深受吴地民歌的影响。研究者认为:"南唐词受到《子夜》《懊侬》等吴歌的影响,注重表达细腻的内心感受,吐属清华,含蓄蕴藉。尤其是李煜词出语天然,言短情长,更加具备南朝吴歌的神韵。"②如李煜的《清平乐》:

别来春半,触目愁肠断。砌下落梅如雪乱,拂了一身还满。

雁来音信无凭,路遥归梦难成。离恨恰如春草,更行更远还生。

这首词是李煜的怀人之作,写得清新自然,仿佛就地取材未加雕琢。词风表面清淡,吐露无华,抒情细腻,生动细致自然地刻画了人物的内心世界,无矫揉之态。这也是受吴地民歌的影响③。"拂了一身还满""更行更远还生"等句也表现出明显的口语色彩。

李煜的《长相思》也表现出明显的江南风情和民歌气息:

云一䯼,玉一梭。淡淡衫儿薄薄罗,轻颦双黛螺。

秋风多,雨相和。帘外芭蕉三两窠,夜长人奈何!

这首词以清淡白描的手法勾画人物的容貌、装束、情态,人物形象极具韵味,富有意境美;用语浪漫不绮艳,婉丽不张扬,凝练不晦涩,不失清新自然的江南民歌气息④。下阕的"秋风""长夜"也有着《子夜四时歌》里"白露朝夕生,秋风凄长夜"的"凄清"之感。

再如李煜的《一斛珠》:

---

① 吴曾:《能改斋漫录》,上海古籍出版社1960年版,第499页。
② 高峰:《乱世中的优雅:南唐文学研究》,人民出版社2013年版,第82页。
③ 赵洪义:《论南唐词的雅化》,《辽宁教育行政学院学报》,2008年第9期,第128页。
④ 杜道明、张丽:《南唐词中的吴歌元素》,《中州学刊》,2012年第4期,第165页。

> 晓妆初过,沉檀轻注些儿个。向人微露丁香颗,一曲清歌,暂引樱桃破。
>
> 罗袖裛残殷色可,杯深旋被香醪涴。绣床斜凭娇无那,烂嚼红茸,笑向檀郎唾。

这首词作尽显真率、自然。李渔曾对这首词的民歌风格评述道:"陈后主(笔者注:应为李后主)《一斛珠》之结句云'绣床斜倚娇无那,烂嚼红绒,笑向檀郎唾'。此词亦为人所竞赏。予曰,此倡楼妇倚门腔,梨园献丑态也。嚼红绒以唾郎,与倚市门而大嚼,唾枣核瓜子,以调路人者,其间不能以寸。优人演剧,每作此状,以发笑端,是深知其丑,而故意为之者也……无论情节难堪,即就字句之浅者论之,烂嚼打人诸腔口,几于俗杀,岂雅人词内所宜。"[①]

《乌夜啼》是江南吴歌中最有代表性的歌曲曲牌之一。初唐徐坚《初学记》卷十六中引《琴历》在《乌夜啼》下注曾说过"乌夜啼"名称的来源:"宋临川王义庆为江州刺史,为文帝所征,家人大惧。妓妾夜闻乌啼,忧思而成曲。"[②]李白、李煜和陆游都曾以《乌夜啼》曲牌写过诗句,其中最经典的是李煜的《乌夜啼》:

> 林花谢了春红,太匆匆。无奈朝来寒雨晚来风。
>
> 胭脂泪,留人醉,几时重,自是人生长恨水长东。

这首词作于李煜被俘之后。他给金陵旧宫人的信说"此中日夕,只以眼泪洗面"。由此可见,李煜将"乌夜啼"的旨趣沿用到自己的身世感怀之中,更增添了悲凉、痛苦的气息。

三、声乐特点与美学特征

《颜氏家训·音辞篇》云:"南方水土和柔,其音清举而切诣,失在浮浅,其辞多鄙俗;北方山川深厚,其音沉浊而化钝,得其质直,其辞多古语。"[③]这是从地域环境的角度来分析南音和、柔之成因。江南吴语方言

[①] 李渔撰,杜书瀛校注:《闲情偶寄 窥词管见》,中国社会科学出版社 2009 年版,第 247 页。
[②] 徐坚:《初学记》第 16 卷,中华书局 1962 年版,第 386 页。
[③] 颜之推:《颜氏家训·音辞》,王利器:《颜氏家训集解》,中华书局 1993 年版,第 529 页。

对吴歌的旋律和音乐影响很大。吴语的语音不同于官话方言,保留了较多的古音因素。吴语的代表是苏州方言。声调类型较多、单元音较为丰富是其突出的特点,由此形成的旋律线曲折细致。而众多方言词语的运用,又表现了吴语特有的轻快、柔和、细腻和圆润,这对吴歌的声腔音调产生了重要影响①。吴方言中称"你"为"侬"。隋炀帝就曾写嘲笑宫婢的诗《嘲罗罗》曰"个侬无赖是横波,黛染隆颅簇小娥"。江南吴地的语言也常常成为南唐诗词的语言。李煜的"酒恶时拈花蕊嗅"(《浣溪沙·红日已高三丈透》)中的"酒恶",宋代赵令畤在《侯鲭录》里评曰:"金陵人谓中酒曰酒恶,则知李后主诗云'酒恶时拈花蕊嗅',用乡人语也。"②"晓妆初过,沉檀轻注些儿个"(《一斛珠·晓妆初过》)中的"些儿个"就是吴语方言,即"些子儿""一点",展现出女子俏皮可爱的形象,真切可感,亦富有民歌的情趣③。"郎"也来自吴语方言中女子对男子的称呼,南唐诗词也较多使用,如李煜的"花明月黯笼轻雾,今朝好向郎边去"(《菩萨蛮·花明月暗笼轻雾》),"烂嚼红茸,笑向檀郎唾"(《一斛珠·晓妆初过》);冯延巳的"一愿郎君千岁"(《薄命女》),"意凭风絮,吹向郎边去"(《点绛唇·荫绿围红》)等。冯延巳的"管咽弦哀,慢引萧娘舞袖回"(《采桑子·樱桃谢了梨花发》),"玉娥重起添香印"(《采桑子·画堂灯暖帘栊卷》)等句中,"玉人""婵娟""萧娘""秦娥""玉娥"等称谓都出自江南地区的典故。

  沈曾植在《菌阁琐谈》中论及音乐对诗词的影响时说:"《卮言》谓,《花间》犹伤促碎,至南唐李主父子而妙。殊不知促碎正是唐余本色,所谓词之境界,有非诗之所能至者,此亦一端也。五代之词促数,北宋盛时啴缓,皆缘燕乐音节蜕变而然。即其词可悬想其缠拍。花间之促碎,羯鼓之白雨点也。《乐章》之啴缓,玉笛之迟其声以媚之也。庆历以前词情,可以追想唐时乐句,美成、不伐以后,则大晟功令,日趋平整矣。"④南唐文人也对江南音乐表现出极大的热情,其中影响较大的是

---

① 杜道明、张丽:《南唐词中的吴歌元素》,《中州学刊》,2012年第4期,第162页。
② 赵令畤等:《侯鲭录 墨客挥犀 续墨客挥犀》,中华书局2002年版,第192页。
③ 杜道明、张丽:《南唐词中的吴歌元素》,《中州学刊》,2012年第4期,第165页。
④ 沈曾植:《菌阁琐谈》,孙克强编:《唐宋人词话(增订本)》上,南开大学出版社2012年版,第576页。

"清商曲辞"。《礼记·月令》释曰,"商声应秋天";《说文》也说,"商,秋声也。"这就是说,"商声"与"秋天"有着天然的对应关系。《旧唐书》则对"商声"的内涵做了更为深入的论述:"江左诸曲哇淫,至今其声调犹然。观其政已乱,其俗已淫,既怨且思矣,而从容雅缓,犹有古士君子之遗风,他乐则莫与为比。"①因此,南唐诗词表现出的伤感、哀愁、低回委婉等风格,也离不开江南"清商曲辞"的影响。对南唐词产生重要影响的还有一些代表性的词调。《后庭花》在江南颇为流行,所谓"无限江南新乐府,君王独赏后庭花"(杨慎《三阁词二首》其一)。《隋书·音乐志》记载:"(陈后主)于清乐中造《黄鹂留》及《玉树后庭花》《金钗两臂垂》等曲,与幸臣等制其歌词,绮艳相高,极于轻薄。男女唱和,其音甚哀。"②《后庭花》本清商曲。李后主、冯延巳都以此调作词,今仅存冯延巳的《后庭花破子·玉树后庭前》:"玉树后庭前,瑶草妆镜边。去年花不老,今年月又圆。莫教偏,和月和花,天教长少年。"这首词抒发了主人公对青春年少的回忆。《子夜歌》也是南唐词人深受影响的民歌。因南唐国破家亡,李煜创作的《子夜歌》,在思想内容和情感方面都有较大的突破。

> 人生愁恨何能免,销魂独我情何限。故国梦重归,觉来双泪垂。
>
> 高楼谁与上?长记秋晴望。往事已成空,还如一梦中。

唐圭璋在《唐宋词简释》中评曰:"此首思故国,不假采饰,纯用白描。但句句重大,一往情深。起句两问,已将古往今来之人生及己之一生说明。'故国'句开,'觉来'句合,言梦归故国,及醒来之悲伤。换头,言近况之孤苦。高楼独上,秋晴空望,故国杳杳,销魂何限!'往事'句开,'还如'句合。上下两'梦'字亦幻,上言梦似真,下言真似梦也。"③

《南歌子》《长相思》《乌夜啼》《采桑子》《虞美人》等词调在南唐词中的流传,也都体现了吴歌的影响。李煜的绝命词《虞美人》即出自吴音。

---

① 刘昫等撰:《旧唐书》卷二十九《音乐二》,中华书局1975年版,第1067页。
② 魏徵等撰:《隋书》卷十三《音乐志八》,中华书局1973年版,第309页。
③ 唐圭璋:《唐宋词简释》,上海古籍出版社1981年版,第41页。

《虞美人》调名取自项羽被困垓下,夜饮帐中,歌曰"虞兮虞兮奈若何",虞姬以歌和之。由于李煜唱的是吴音,让人想起念念不忘的南唐吴地,有故国之思,因此,宋太宗闻之越发大怒,命人赐药酒,将他毒死。宋代王铚《默记》卷上记载:"后主在赐第,因七夕命故妓作乐,声闻于外,太宗闻之大怒,又传'小楼昨夜又东风'及'一江春水向东流'之句,并坐之,遂被祸云。"①

第二节　南唐诗词与宗教文化

江南一直以来就是佛教和道教兴盛的地方。三国东吴时期,佛教已在江南流传,"晋南渡后,释氏始盛"②,南朝和隋唐是江南佛教的鼎盛时期。道教创立于东汉蜀地,及至六朝,晋室东迁,衣冠南渡,道教也已播及江南。南唐时期,佛道并举,取得了较快的发展。南唐君臣、文人都热衷于佛道,加之南唐国势不断衰微,佛道的影响日盛,从而对当时的诗词创作产生了重要的影响,形成了或悲苦,或虚无,或闲逸,或超脱的风格特征。

一、南唐佛教的兴盛

东汉献帝(189—220 年)末年,佛教便传入金陵。丹阳人笮融便开始造佛像佛塔。孙吴政权时,西天竺沙门康僧会在建业造建初寺,成为继洛阳白马寺之后中国的第二座寺庙,也是江南地区第一座寺庙,有"江南第一寺"之称。到南朝时,江南佛教盛行,成为全国重要的佛教中心,达到了第一个高峰。梁武帝萧衍时期尤盛。其实,梁武帝最初尊崇道教。天监三年(504 年),梁武帝突然改尊佛教。《广弘明集》载:"维天监三年四月八日,梁国皇帝兰陵萧衍稽首和南……弟子经迟迷荒,耽事老子,历叶相承,染此邪法。习因善发,弃迷知返,今舍旧医,归凭正

---

① 王铚撰,朱杰人点校;王栐撰,诚刚点校:《默记　燕翼诒谋录》,中华书局1981 年版,第 4 页。
② 钱大昕撰,陈文和、孙显军校点:《十驾斋养新录》卷六"沙门入艺传始于晋书"条,江苏古籍出版社 2000 年版,第 136 页。

觉。愿使未来世中，童男出家，广弘经教，化度含识，同共成佛。宁在正法之中长沦恶道，不乐依老子教暂得生天。"①梁武帝还分别于527年、529年、546年和547年四次"舍身"同泰寺出家。

南唐的历代君主也都十分热衷于佛教。南唐烈祖李昪，因六七岁时相继丧父丧母，"托迹于濠梁之开元寺"②。李昪的两个妹妹，也曾投寺为尼。据宋郑文宝《江表志》记载："帝少孤，有姊出家为尼。"③因此，李昪信佛有着较为深刻的身世之因。李昪登上帝位后，更加信奉佛教，大肆建造寺庙，招揽僧侣，注经译经，为佛教在南唐的发展奠定了重要的基础。陆游的《南唐书》曾记载：

> 初，烈祖辅吴，吴都广陵，而烈祖居建业，大筑其居，穷极土木之工，既成，用浮屠说，作无遮大斋七会，为工匠役夫死者荐福，俄有胡僧，自身毒中印土来，以贝叶旁行及所谓舍利者为贽，烈祖召豫章龙兴寺僧智玄，译其旁行之书，又命文房书华严论四十部，衾帙副焉，并图写制论李长者像，班之境内，此事佛之权舆也，然烈祖未甚惑，后胡僧为奸刺，逐出之，国人则寝已成俗矣，及其末年，溧水大兴寺桑生木人，长六寸，如僧状，右袒而左跪，衣械皆备，其色如纯漆，可鉴。谓之须菩提悬提置奁中，以仁寿节日来献，烈祖始大惊异，迎置宫中，奉事甚谨，其徒因夸以为感应，而识者按谯氏五行书，知且有大丧，不三月，烈祖殂，及元宗后主之世，好之遂笃，幸臣徐游，专主斋祠事，群臣和附，惟恐居后，宫中造佛寺十余。④

中主李璟即位以后，对佛教的重视过犹不及。据宋江少虞《宋朝事实类苑》卷六十五记载：

> 徐铉不信佛，而酷好鬼神之说。江南中主常语铉以"佛经有深义，卿颇阅之否？"铉曰："臣性所不及，不能留意。"中主以《楞严经》

---

① 释道宣：《广弘明集》卷四《舍事李老道法诏》，汤用彤：《汉魏两晋南北朝佛教史》，商务印书馆2017年版，第385页。
② 诸葛计：《南唐先主李昪年谱》，江苏古籍出版社1987年版，第24页。
③ 郑文宝《江表志》，上海师范大学古籍整理研究所编：《全宋笔记》第一编二，大象出版社2003年版，第260页。
④ 陆游撰：《南唐书》卷十八《浮屠契丹高丽列传第十五》，中华书局1985年版，第399—401页。

一帙授之,令看读,可见其精理。经旬余,铉表纳所借经求见,言曰:"臣读之数过,见其谈空之说,似一器中倾出,复入一器中,此绝难晓,臣都不能省其义。"因再拜,中主哂之。后尝与近臣通佛理者说以为笑。①

可见中主既自通佛教精理,又曾劝勉臣子读经习义。中主李璟与禅僧的交往也较为密切。据《十国春秋》卷三十三《南唐列传》记载:"僧文益,余杭鲁氏子也。……元宗重其人,延住报恩院,赐号净慧禅师。……保大末,政乱国危,上下不以为意,文益因观牡丹,献偈以讽曰'发从今日白,花是去年红。何须待零落,然后知始空'。元宗颇悟其意。交泰元年得疾,元宗亲加礼问。"②又载:"僧文殷,福州人,……元宗召而问曰'师从何处来'?无殷曰'禾山来'。曰'山在甚处'?无殷曰'人来朝凤阙,山岳不曾移'。元宗重之,诏居东都样光院。"③又载:"僧应之,姓王,其先闽人也,能文章,习柳氏笔法,以善书冠江左。……元宗叹曰'是深得公权之法者也'。"④

南唐时受到中主延纳和礼待的僧侣还有休复、木平等。《十国春秋》卷三十三《南唐列传》记载:"僧休复,北海王氏子也,幼出家,十九纳戒,烈祖创清凉道场,延居之。保大元年十月朔,致书辞。"⑤保大二年,李璟请其复住金陵清凉院,赐号悟空禅师。马令《南唐书》曾记有一则李璟与木平和尚的故事:

木平和尚,保大中,至金陵,知人祸福死生,所言辄验。倾都瞻礼,阗塞街巷。金帛之遗,日积万数。元宗召见于百尺楼。百尺楼,元宗新建,以备登览,制度宏壮。木平指曰:"此宜望火。"初不喻其意,后数载,淮甸兵起,龙安山置烽侯,以应江北,常登此楼,以观动静。又庆王尚幼,元宗问寿命几何。木平曰:"郎君聪明智哲,预知九十年事。"遂书"九十乙"字予之。保大九年,庆王卒,年十

---

① 江少虞:《宋朝事实类苑》卷六十五,上海古籍出版社1981年版,第868—869页。
② 吴任臣:《十国春秋》卷三十三《僧文益传》,中华书局1983年版,第468页。
③ 吴任臣:《十国春秋》卷三十三《僧文殷传》,中华书局1983年版,第466页。
④ 马令撰:《南唐书》卷二十六《僧应之传》,中华书局1985年版,第171页。
⑤ 吴任臣:《十国春秋》卷三十三《僧休复传》,中华书局1983年版,第465页。

九。其书九十而继之以乙字者,乃乙其九十而为十九也。①

二、佛教影响与李煜词作

举国崇佛的情况则是到了南唐后主李煜统治时期出现。后主李煜对佛教表现出十分的虔诚和崇敬,"后主退朝,与后顶僧伽帽。服袈裟,课诵佛经,胡跪稽颡。至为瘤赘,手常屈指作佛印"②。《江南野史》中也曾记载:"后主罔恤政务,晓于禁中,卧听内道场行童撞钟有节数,喜而召之,当剃度为僧。而童子奸滑,对曰'不敢独受恩泽,愿陛下如佛慈悲,广覃诸郡'。于是普度焉。"③及至大周后去世和幼子李仲宣夭折后,李煜与小周后越发沉溺于佛教,"命境内崇修佛寺,又于禁中广署僧尼精舍,多聚徒众"④。南唐后期甚至产生了佛教凌驾于法律之上的现象。陆游《南唐书》记载:"僧尼犯奸淫,狱成,后主旄曰,'此等毁戒,本图婚嫁,若冠笄之,是中其所欲'。命礼佛百而舍之。奏死刑日,适遇其斋,则于宫中佛前燃灯,以达旦为验,谓之命灯。夹旦而灭,则论如律,不然,率贷死。富人赂宦,宦窃续膏油,往往获免。"⑤

开宝八年(975 年),宋军兵临城下,即将攻破金陵城,李煜仍然率众诵经祈祷:"后主方幸净居室,听沙门德明、云真、义伦、崇节请《楞严圆觉经》。"⑥面对战事,李煜束手无策,仍然寄希望于佛祖保佑。据张邦基《墨庄漫录》卷七记载:"宣和间,蔡宝臣致君收南唐后主书数轴来京师,以献蔡绦约之。其一乃王师收金陵,城垂破时,仓皇中作一疏,祷于释氏,愿兵退之后,许造佛像若干身、菩萨若干身、斋僧若干万员、建殿宇若干所。"⑦《十国春秋》也记载:"金陵被围,后主召小长老问祸福,对曰:'臣当以佛力御之。'乃登城大呼,周回数四。后主令僧俗军士念救苦菩萨,满城

---

① 马令撰:《南唐书》卷二十四《方术传第二十·木平和尚》,中华书局 1985 年版,第 162 页。
② 陆游撰:《南唐书》卷十八《浮屠契丹高丽列传第十五》,中华书局 1985 年版,第 401 页。
③ 龙衮:《江南野史》卷三,上海师范大学古籍整理研究所编:《全宋笔记》第一编三,大象出版社 2003 年版,第 171 页。
④ 马令撰:《南唐书》卷五《后主书》,中华书局 1985 年版,第 32 页。
⑤ 陆游撰:《南唐书》卷十八《浮屠契丹高丽列传第十五》,中华书局 1985 年版,第 401 页。
⑥ 陆游撰:《南唐书》卷三《后主本纪》,中华书局 1985 年版,第 77 页。
⑦ 张邦基、范公偁、张知甫撰,孔凡礼点校:《墨庄漫录 过庭录 可书》,中华书局 2002 年版,第 197 页。

沸涌。未几,四面矢石交下,复召小长老麾之,称疾不起,始疑其诞,遂鸩杀之。"①在李煜被俘押往汴京时,"至汴口,登普光寺,擎拳赞念,久之,散施缗帛甚众"。②对此,陆游不由感叹道:"呜呼!南唐偏国短世,无大淫虐,徒以寖衰而亡。要其最可为后世监者,酷好浮屠也。"③

李煜对佛教极度崇敬,其词作最能体现佛教的影响。王国维在《人间词话》中曾论及李煜:"尼采谓'一切文学,余爱以血书者'。后主之词,真所谓以血书者也。宋道君皇帝(宋徽宗)《燕山亭》词亦略似之。然道君不过自道身世之戚,后主则俨有释迦、基督,担荷人类罪恶之意,其大小固不同矣。"④王国维的这一评价,虽然未进行充分的展开论述,但其对李煜词作所蕴含的佛教意蕴和特征的揭示,确实是相当独特和深刻的。

李煜前期主要在寺庙里度过,即位后的南唐又不断走向衰落。因此,李煜的思想里凝结着佛教"空"的思想,表现出强烈的"虚空""空幻"之感。这充分表现在他的词作中流露出的"万象皆空"意识和"人生如梦"的情绪。因此,"梦"和"空"成为李煜词作中最为核心的词语。"世事漫随流水,算来一梦浮生"(《乌夜啼·昨夜风兼雨》)的"漫"(作"空"解)和"一梦浮生",表现出"人生如梦"的空虚、疑惑和迷惘感。"往事已成空,还如一梦中"(《子夜歌·人生愁恨何能免》)以"梦"为中心,集中写"空"。此外,"春光镇在人空老,新愁往恨何穷"(《临江仙·庭空客散人归后》),"深院静,小庭空,断续寒砧断续风"(《捣练子令·深院静》),"庭空客散人归后,画堂半掩珠帘"(《临江仙·庭空客散人归后》),"宴罢又成空,梦迷春雨中"(《菩萨蛮·铜簧韵脆锵寒竹》)等,也都以"空"为主要的情感基调。李煜后期的词作中,更是突出表现出"人生如梦""万事皆空"的人生虚无感,如"多少恨,昨夜梦魂中,还似旧时游上苑,车如流水马如龙,花月正春风"(《忆江南·多少恨》),"流水落花春去也,天上人间"(《浪淘沙·帘外雨潺潺》),"转烛飘蓬一梦归,欲寻陈迹

---

① 吴任臣:《十国春秋》卷三十三《小长老传》,中华书局1983年版,第471页。
② 马令撰:《南唐书》卷五《后主书》,中华书局1985年版,第35页。
③ 陆游撰:《南唐书》卷十八《浮屠契丹高丽列传第十五》,中华书局1985年版,第399页。
④ 王国维:《人间词话》,唐圭璋编:《词话丛编》第五册,中华书局1986年版,第4243页。

怅人非"(《浣溪沙·转烛飘蓬一梦归》)等。

  李煜的词作还有着浓重的悲苦气息。这一方面是由于他少年时期的某些经历或背景,另一方面也来自其即位到亡国的悲剧性人生。"留连光景惜朱颜,黄昏独倚栏"(《阮郎归·东风吹水日衔山》)道出了与亲人生离死别之苦;"烛明香暗画楼深,满鬓清霜残雪思难任"(《虞美人·风回小院庭芜绿》),"一旦归为臣虏,沈腰潘鬓消磨"(《破阵子·四十年来家国》)则表达了对老之将至的无奈及浓郁的生命忧患意识;"人生愁恨何能免,销魂独我情何限"(《子夜歌·人生愁恨何能免》),"自是人生长恨水长东"(《相见欢·林花谢了春红》),"离恨恰如春草,更行更远还生"(《清平乐·别来春半》),"问君能有几多愁?恰似一江春水向东流"(《虞美人·春花秋月何时了》)等,更是形象地道出了人生愁恨之无穷和深广。李煜在亡国前所写的词作,也给我们留下了一个"凭栏半日独无言"的惆怅、落寞的末代帝王形象。李煜的《谢新恩·冉冉秋光留不住》以"秋光留不住"为全词定下了悲愁叹惋的基调。李煜写艳情、闺怨的词作,如《临江仙·庭空客散人归后》《菩萨蛮·铜簧韵脆锵寒竹》《谢新恩·樱花落尽阶前月》《喜迁莺·晓月坠》等,都描写了一个个孤苦寂寞、满怀愁绪的思妇形象。无论在贵为帝王还是在沦为囚徒时,李煜都以其作品为我们营造了一个极为浓厚的悲剧氛围,具体而真切地表达了佛家"有生即苦""苦海无边"的思想[①]。

三、道教思想与南唐诗歌

  南唐是一个佛教和道教都颇为盛行的时期。除了佛教外,南唐的道教也呈现出蓬勃的发展局势。道教和佛教在南唐得以共存,这与南唐三代帝王的崇道与包容密切相关。

  南唐先主李昪自称为李唐后裔,李唐则追老子为祖,向来推重道教,因此李昪虽也信奉佛教,但是对道教也情有独钟。韩熙载曰:"崇清

[①] 参见周臻:《浅析李煜词风"愁"的感情基调与南唐政治文化关系》,《长江丛刊》,2017年第9期,第4—5页;许程明:《李煜词与佛教信仰》,《韩山师范学院学报(社会科学版)》,2005年第1期,第61页。

静之教,则务在于化人,饰元元之祠,则义存于尊祖。"①于是,李昪大力修建道观。除雄武将军庙、元真观外,李昪还以紫极宫为道士炼丹之所,后在内增建司命真君殿;又以延英殿为道士飞炼所;新建炳灵公庙、紫阳观和宝华宫;重修永乐观和洞神宫;还于金陵招纳、重用道士,著名的道士有王栖霞、史守冲、潘昇、孙智永、邓匡图和魏进忠等人②。李昪一生痴迷道教丹药,求长生不老之道,"为方士所误,饵硫黄丹砂,吐纳阴修之术,忽躁怒"③,后又"会疽发背,秘不令人知,密令医治之,听政如故。庚午,疾亟,太医吴廷裕遣亲信召齐王璟入侍疾。"④李昪去世与丹药中毒不无关系,因此,烈祖临终时叮嘱李璟:"吾饵金石,始欲益寿,乃更伤生,汝宜戒之!"⑤

中主李璟即位以后,对佛教和道教一并推崇。李璟即位后,常"道服见诸学士"⑥,并下令大肆修建道观,"于是乎名山福地、胜境灵踪、坏室颓垣、荒坛废址,咸期完葺,式表兴隆"⑦。庐山女冠杨保宗有名,李璟"特召赴阙,延入禁中,命妃嫔乐道者见之,舍金钱千万,令新其宇,仍赐观额,敕尚书郎韩熙载撰记。又赐保宗紫衣,诏臣下作诗送之"⑧。李璟还设"仙官"专董道教之事。其臣下也有好道教者,如徐铉"不信佛,而酷好鬼神之说"⑨;李平"本好神仙修养之事,而动多怪妄,自言仙人,神鬼常与通接","家置静室,人莫能窥";潘佑"亦好仙",李平因此与之亲善,并言"佑父处常今已为仙官,而己与佑亦仙官也"⑩;钟谟、魏岑等"呼道士奏章告天,竟不能脱。不月余,二、三子相继卒"⑪。李璟爱子庆王

---

① 韩熙载:《真风观碑并序》,董诰等:《全唐文》卷877,中华书局1983年影印本,第9175页。
② 薛政超:《五代金陵宗教发展研究》,《长沙大学学报》,2005年第3期,第53页。
③ 文莹:《玉壶清话》卷九《李先主传》,文莹撰,黄益元校点:《湘山野录 续录 玉壶清话》,上海古籍出版社2012年版,第121页。
④ 司马光撰:《资治通鉴》卷二八三《后晋纪四》,古籍出版社1956年版,第9245页。
⑤ 司马光撰:《资治通鉴》卷二八三《后晋纪四》,古籍出版社1956年版,第9245页。
⑥ 郑文宝:《南唐近事》,王云五主编:《钓矶立谈及其他二种》,商务印书馆1936年版,第4页。
⑦ 韩熙载:《真风观碑并序》,董诰等编:《全唐文》卷877,中华书局1983年影印本,第9175页。
⑧ 吴任臣:《十国春秋》卷三十四《杨保宗传》,中华书局1983年版,第480页。
⑨ 江少虞:《宋朝事实类苑》卷六十五,上海古籍出版社1981年版,第868页。
⑩ 马令撰:《南唐书》卷十九《诛死传第十五》,中华书局1985年版,第128—129页。
⑪ 文莹:《玉壶清话》卷十《江南遗事》,文莹撰,黄益元校点:《湘山野录 续录 玉壶清话》,上海古籍出版社2012年版,第125页。

李茂去世,其左右以《仙经》所言加以劝解①,由此可知李璟确实崇道。由此,李煜对道教也是耳濡目染。李煜即位以后,在宫中修建道观,延揽道士。北宋兵攻破金陵城时,南唐宫中有80多位女道士集体自焚②。

道教的兴盛对南唐诗人产生了较大的影响。南唐信奉道教的诗人众多,如沈彬、陈陶、廖凝、许坚、谭峭、左偃、刘洞、陈贶等,他们的文学创作深受道教隐逸思想的影响。这不仅表现在南唐诗歌对神仙的歌颂和南唐诗人表现出的成仙梦想,还表现为一批南唐诗人甚至隐居山野,成为方外之人。沈彬、陈陶、廖凝等人的诗作,都表现出浓厚的崇道隐逸思想,由此而出现了一批游仙诗、咏仙诗。有研究者认为,南唐文士的崇道之咏,与西蜀词人存在着很大区别。西蜀词人是借助道教故事中世俗、冶艳的一面,渲染出轻狂、美妙的儿女情思;南唐诗人们则通过一心向道的追求,远离尘嚣,表达出清雅、淡泊的隐士情怀③。

沈彬(约853—957年)。"少而好道,及致仕归高安,恒以焚修服饵为事"④。沈彬一生隐居、云游,与僧虚中、齐己为诗友。据陆游《南唐书》记载:

> 沈彬,洪州高安人,唐末,浪迹湖湘,隐云阳山,好神仙,喜赋诗,句法清美,烈祖辅吴,表授秘书郎,与元宗游,俄恳求还山,以吏部郎中致仕,元宗迁南都,彬年八十余,来见,曰:臣久处山林,不预世事,臣妻曰:君主人郎君,今为天子,何不一往,臣遂忘衰老而来,元宗命毋拜,厚赐粟帛,以其子为秘书省正字,彬先岁尝策杖郊原,手植一树识之,语其子曰"吾当藏骨于此"。及卒,伐树掘地,至丈余,得一石椁,制作精丽,光洁可鉴。盖上有篆云,开成二年寿椁,举棺就之,广袤中度,次子廷瑞,有道术,嗜酒却粒,寒暑一单褐,数十年不易,跣行,日数百里,林栖路宿,多在玉笥浮云二山,老而不

---

① 参见薛政超:《五代金陵宗教发展研究》,《长沙大学学报》,2005年第3期,第54页。
② 钟祥:《南唐诗人的崇道与宗贾之风》,《西南民族大学学报(人文社科版)》,2005年第4期,第251页。
③ 高峰:《南唐宗教与文学》,《南阳师范学院学报》,2011年第4期,第67页。
④ 徐铉:《稽神录》卷五,徐铉,郭彖撰:《历代笔记小说大观 稽神录 睽车志》,上海古籍出版社2012年版,第55页。

衰,后不知所终。

沈彬的诗歌表达出尊崇道教及向往神仙的思想。如《麻姑山》:

绀殿松萝太古山,仙人曾此话桑田。
闲倾云液十分日,已过浮生一万年。
花洞路中逢鹤信,水帘岩底见龙眠。
我来游礼酬心愿,欲共怡神契自然。

又如他的《忆仙谣》:

白榆风飒九天秋,王母朝回宴玉楼。
日月渐长双凤睡,桑田欲变六鳌愁。
云翻箫管相随去,星触旌幢各自流。
诗酒近来狂不得,骑龙却忆上清游。

沈廷瑞,生卒年不详,是沈彬的第二个儿子,也是崇道之人,"弃妻入道,居玉笥、浮云二山。化后,人犹常见之"①。《唐才子传》记载:

彬第二子廷瑞,性坦率,豪于觞咏,举动异俗,盛夏附火,严冬单衣,或遇崇山野水,古洞幽坛,竟日不返,时人异之,呼为"沈道者",士大夫多邀至门馆。一日,邑宰戏问:"何日道成?"廷瑞即留诗曰:"何须问我道成时,紫府清都自有期。手握药苗人不识,体涵仙骨俗争知。"宰惊谢。后浪游四方,或传仙去也。②

故事里的这首诗,是沈廷瑞仅存的三首诗之一,名为《答高安宰》。全诗曰:

何须问我道成时,紫府清都自有期。
手握药苗人不识,体涵金骨俗争知。
书符解遣龙蛇走,动印还教海岳移。
他日丹霄谁是侣,青童引驾紫霄随。

这首游仙诗,表现了诗人强烈的成仙得道情结。据说,后来沈廷瑞

---

① 李调元编,何光清点校:《全五代诗》卷二十三,巴蜀书社1992年版,第484页。
② 辛文房撰,傅璇琮主编校笺:《唐才子校笺》第四册卷一〇,中华书局1990年版,第456—458页。

仙化之后,人们在路上还碰到他并与之交谈,他便托人转给他的朋友陈智周一首诗,后题为《寄袁州陈智周》:

> 名山相别后,别后会难期。
> 金鼎销红日,丹田老紫芝。
> 访君虽有路,怀我岂无诗。
> 休羡繁华事,百年能几时。

许坚,生卒年不详。据记载,许坚"形陋而怪,长满七尺,帻巾芒鞋,短褐至骭,亦无赍装,惟自负布囊而已,性嗜酒,善属文,尤好吟咏。……居常无冬夏,常持一大扇,自号江南野人"①。其《题幽栖观》《游溧阳下山寺》等诗尤有名。其《题幽栖观》云:

> 仙翁上升去,丹井寄晴壑。
> 山色接天台,湖光照寥廓。
> 玉洞绝无人,老桧犹栖鹤。
> 我欲挈青蛇,他时冲碧落。

又如他的《游溧阳霞泉寺限白字》:

> 近枕吴溪与越峰,前朝恩赐云泉额。
> 竹林晴见雁塔亯,石室曾栖几禅伯。
> 荒碑字没莓苔深,古池香泛荷花白。
> 客有经年别故林,落日啼猿情脉脉。

可以看到,许坚以清虚的道教心境观照山水自然,其诗中的景色都沾上了清虚之色,幽静深远、灵气跌宕。这和他修道时体悟到的气韵清虚的宗教感受有很大关系。到宋代,许坚的诗歌以其特有的魅力大为流行。②《历世真仙体道通鉴》云:"宋太祖乾德中,其(许坚)文集颇行于世。"③

陈陶(约812—885年),字嵩伯,屡举进士不第,自称三教布衣。唐

---

① 赵道一:《历世真仙体道通鉴》,《道藏》第5册,文物出版社1996年版,第366页。
② 田晓膺:《试析唐及五代道教山水悟道诗的清虚意趣》,《中国道教》,2009年第2期,第24页。
③ 赵道一:《历世真仙体道通鉴》,《道藏》第5册,文物出版社1996年版,第366页。

宣宗大中(847—860年)时,隐居洪州西山(今江西新建),后不知所终。陈陶写下了不少"牢骚之作",如"乾坤见了文章懒,龙虎成来印缓疏""从他浮世悲生死,独驾苍鳞入九霄"等。其中最为著名的是《闲居杂兴五首》,其二曰:

> 一顾成周力有余,白云闲钓五溪鱼。
> 中原莫道无麟凤,自是皇家结网疏。

修睦(不详—918年),唐末五代初僧,号楚湘。唐昭宗光化间,任庐山僧正。与贯休、齐己、虚中、处默等为诗友。五代初,应吴国征辟赴金陵。后死于朱瑾之难。修睦以诗名,尤长于近体,多咏僧居生活。有《东林集》,已佚。修睦的《秋日闲居》云:

> 是事不相关,谁人似此闲。
> 卷帘当白昼,移榻对青山。
> 野鹤眠松上,秋苔长雨间。
> 岳僧频有信,昨日得书还。

南唐此类崇道隐逸的诗人还有很多,如廖凝、谭峭、许坚、左偃、刘洞、陈贶等人。他们远离尘嚣,表达出清雅、淡泊的隐士情怀。这些诗人诗作里所表现出的隐逸之意,的确是南唐诗歌创作中重要的一个现象。他们在思乡、漂泊、感叹人生、咏怀身世的苦吟中,自有其难以消解的胸中块垒。他们大多也和贾岛一样,是苦吟诗人,侧重于雕琢字句,刻意求工,形成了一种或清幽淡远,或峭拔瘦硬的风格[①]。

第三节 南唐诗词与伎乐文化

伎乐文化是中国传统社会上至宫廷下至市井的重要现象。伎乐文化是江南文化的重要组成部分。词的发展也一直与伎乐密切相关。南

---

① 钟祥:《南唐诗人的崇道与宗贾之风》,《西南民族大学学报(人文社科版)》,2005年第4期,第252页。

唐诗词的发展,离不开江南伎乐文化的滋养。南唐伎乐文化在六朝、唐等时期的江南伎乐文化基础上发展兴盛,成为南唐诗词创作的重要影响因素。南唐伎乐文化的发达,促进了南唐诗词的创作数量,丰富了南唐诗词的创作题材,甚至因之产生了大量为伎乐宴饮所需的变调和创调。

一、江南伎乐文化兴盛

歌伎制度在经历了先秦女乐、汉代倡乐和魏晋乐户的发展之后,到了唐代,逐渐形成其相对稳定的结构形态。官伎的活动进一步组织化和制度化,家伎私伎也十分普遍①。南唐歌伎文化的兴盛,无疑是建立在前朝歌伎文化繁盛的基础之上。

六朝时期,江南地区歌伎文化发达,"家伎制度,六朝时最为盛行"②。南朝时期社会安定、经济富足,享乐之风盛行。梁朝的鱼弘"常语人曰'我为郡,所谓四尽。水中鱼鳖尽,山中獐鹿尽,田中米谷尽,村里民庶尽。丈夫生世,如轻尘栖弱草,白驹之过隙。人生欢乐富贵几何时'。于是恣意酣赏,侍妾百余人,不胜金翠,服玩车马,皆穷一时之绝"③。《晋书·谢安传》载:"(谢)安虽放情丘壑,然每游赏,必以妓女从。"④《世说新语·识鉴》中也写道"谢公在东山畜妓"⑤。《梁书·夏侯亶传》记载:"(夏侯亶)晚年颇好音乐,有妓妾十数人,并无被服姿容。每有客,常隔帘奏之。"⑥《宋书》卷七十七《颜师伯传》记载:"师伯居权日久,天下辐辏,游其门者,爵位莫不逾分。多纳货贿,家产丰积,伎妾声乐,尽天下之选,园池第宅,冠绝当时,骄奢淫恣,为衣冠所嫉。"⑦可以说,南朝时期文人士大夫都钟情伎乐,宴饮歌舞,形成了"畜伎"之风。

唐代,伎乐盛行已经成为宫廷上下的普遍现象,歌伎文化在唐玄

---

① 李剑亮:《唐宋词与唐宋歌伎制度》,杭州大学出版社1999年版,第18页。
② 王书奴:《中国娼妓史》,生活·读书·新知三联书店1988年版,第106页。
③ 姚思廉:《梁书》卷二十八,中华书局1973年版,第422页。
④ 房玄龄等撰:《晋书》卷七十九《谢安传》,中华书局1974年版,第2072页。
⑤ 刘义庆撰,钱振民点校:《世说新语》,岳麓书社2015年版,第80页。
⑥ 姚思廉:《梁书》卷二十六,中华书局1973年版,第420页。
⑦ 沈约撰:《宋书》卷七十七《颜师伯传》,中华书局1974年版,第1995页。

宗时达到鼎盛。江南金陵、扬州的伎乐更是兴盛，其中扬州伎乐最负盛名。唐人小说《扬州梦记》中道："扬州，胜地也，每重城向夕，倡楼之上，常有绛纱灯万数，辉罗耀烈空中。九里三十步街中，珠翠填咽，邈若仙境。"①唐代诗人徐凝的"天下三分明月夜，二分无赖是扬州"（《忆扬州》），描写的正是扬州伎乐之繁华。唐代有大量描写扬州伎乐发达的诗句。李绅《宿扬州》有"今日市朝风俗变，不须开口问迷楼"句②，可见扬州娱乐业的兴盛。杜牧足迹遍布江南，曾写下了"烟笼寒水月笼纱，夜泊秦淮近酒家。商女不知亡国恨，隔江犹唱后庭花"（《泊秦淮》），"娉娉袅袅十三馀，豆蔻梢头二月初。春风十里扬州路，卷上珠帘总不如"（《赠别》），"落魄江南载酒行，楚腰肠断掌中轻。十年一觉扬州梦，赢得青楼薄幸名"（《遣怀》）等诗句，描写了江南伎乐的繁华景象。金陵、江淮间亦多名伎。《北梦琐言》卷九中所载徐月英乃"江淮间名妓"，又载"金陵徐氏诸公子宠一营妓，卒乃焚之。月英送葬，谓徐公曰'此娘平生风流，没亦带焰'。时号美戏也"③。《唐语林》记载，杜晦"赴淮南，路经常州，李赡给事为郡守，晦辞于座间与官妓朱良别，因掩袂大哭。……乃以步辇随而遗之"④。杜牧《杜秋娘诗》题记："杜秋，金陵女子也，年十五为李锜妾。后锜叛灭，籍之入宫，有宠于景陵。穆宗即位，命秋为皇子傅姆。皇子壮，封漳王。郑注用事，诬丞相欲去异己者，指王为根。王被罪废削，秋因赐归故乡。"⑤刘禹锡的《泰娘歌》所记的"泰娘"，"本韦尚书家主讴者。初，尚书为吴郡得之，命乐工教以琵琶歌舞，尽得其技。后携之归京师，京师多善工，又捐去故技，授以新声，而泰娘颇见称于贵游间。元和初，尚书薨于东都，泰娘出居民间"⑥。

唐代的歌伎制度已经形成了一个较为完备的体系，主要包括官伎、家伎、私伎三类。官伎是由官府直接控制的歌伎，包括朝廷的教坊伎、

---

① 冯梦龙评纂，孙大鹏点校：《太平广记》卷二七三，崇文书局 2019 年版，第 383 页。
② "迷楼"是隋炀帝所建。史载隋炀帝曾三次下江都，并在扬州造迷楼，蓄养众多的歌儿舞女。
③ 程毅中：《宋人诗话外编》（上），国际文化出版公司 1996 年版，第 11 页。
④ 王谠撰，周勋初校证：《唐语林校证》卷七《补遗》，中华书局 1997 年版，第 623 页。
⑤ 杜牧，吴在庆校注：《杜牧集系年校注》卷一《杜秋娘诗序》，中华书局 2008 年版，第 46 页。
⑥ 郭茂倩编撰：《乐府诗集》卷九十四《新乐府辞五》，上海古籍出版社 2016 年，第 1123 页。

各州县官府的歌伎和军中的营伎。她们主要是供官府娱乐时遣用。家伎是士大夫所蓄养的歌伎,她们主要是为士大夫个人服务,或唱词侑觞助饮,或兼作侍奉主人的卧妾、婢女。私伎是指官伎和家伎之外的市井歌伎,又称为商伎。唐朝歌伎与音乐文化的关系更为紧密。唐朝时期,歌伎活动几乎渗透到封建统治者和文人士大夫的整个生活领域中。因此,歌伎对词的诞生与发展起到了重要的作用,其中教坊伎的作用和影响最大[①]。唐高祖在位时,在禁宫中设置教坊,其所有官吏均属太常管辖,专门对雅乐以外的音乐、歌唱、舞蹈、百戏的教习、排练和演出等事务进行管理。开元二年(714 年),唐玄宗变更旧体制,设置左右教坊在宫内教授俗乐,同时任命右骁卫将军范及为教坊使,不再隶属太常。然后又在皇宫内设置梨园,选了几百名乐工,令他们互相切磋乐艺,研习歌舞,称之为"皇帝梨园弟子"。另外还选伎女安置于宜春院,让她们习练歌舞以随时侍奉皇帝。据唐崔令钦《教坊记》记载:"西京,右教坊在光宅坊,左教坊在延政坊。右多善歌,左多工舞,盖相因成习。东京,两教坊俱在明义坊,而右在南,左在北也。"[②]唐代歌伎制度的发展,使得歌伎与文人士大夫之间产生了密切的关系。唐代词的创作也总是与某种特定的伎乐有关。

南唐的前身是统治于江淮的杨吴政权。杨吴政权统治江淮时,社会相对较为稳定,经济发展较快。不过,杨吴政权时期文化艺术发展较为薄弱。《钓矶立谈》记载:"自杨氏奄有江淮,其牧守多武夫悍人,类以威鸷相高,平居斋几之间,往往以斩伐为事,至有位居侯伯而不识点画,手不能捉笔者。"[③]当时见于史书的伶人只有申渐高,而且其命运也极为悲惨。《十国春秋》卷十二记载:"申渐高,不知何地人。事睿帝为乐工,常吹三孔笛,卖药于广陵市。乾贞时,按籍编括,而关司敛率尤繁,商人苦之。会都城亢旱,中书令徐知诰谓左右曰:'近郊颇得雨,都城不雨,何也?得非刑狱有冤乎?'渐高作俳语进曰:'雨畏抽税,不敢入京耳。'……太和中,知诰与弟知询不相能,一日,手金卮引鸩赐知询曰:

[①] 李文军:《试论歌伎对中国民族声乐的传承作用》,《中国音乐》2003 年第 3 期,第 100 页。
[②] 崔令钦撰,吴企明点校:《教坊记》,中华书局 2012 年版,第 11 页。
[③] 史虚白:《钓矶立谈》,王云五主编:《钓矶立谈及其他二种》,商务印书馆 1936 年版,第 1 页。

'愿弟寿千岁。'知询心疑之,取它器均酒之半,跪进曰:'与兄分享五百岁。'知诰色变,左右莫知所从。渐高舞袖升堂,掠二酒并饮之,怀金卮趣出。知诰密遣人以良药解之,已脑溃卒。"①由此可见杨吴政权时期伎乐的衰败和音乐人才的匮乏。

二、南唐伎乐文化的复兴

吴末及南唐初年,是江南伎乐得以恢复的关键时期,主要包括官伎和家伎两类。《江南野史》卷八记载,吴顺义六年(926年),史虚白自后唐奔吴,宋齐丘欲试其技能,"乃命寮属宴之以倡乐,试之以笺翰,使女奴索讽弄,多方扰之,虚白谈笑献酬"②。这里所谓的倡乐,就是市井之乐。《江南余载》卷上也记载:"徐知训在宣州,聚敛苛暴,百姓苦之。入觐侍宴,伶人戏作绿衣大面,若鬼神者。傍一人问谁何,对曰:'我宣州土地神也,吾主入觐,和地皮掘来,故得至此。'"③这里的"伶人",是指吴宫官伎,与"倡乐"有别④。

南唐时期,烈祖李昪对音乐非常重视,他自称为李唐的后裔,因而也效仿唐制,专门设立了教坊掌管乐事。马令《南唐书》卷二十五《申渐高传》记载:"升元初,案籍编括,渐高以善音律,为部长。"⑤这一记载虽讹误了申渐高未及南唐的事实,但也反映了升元初年乐部的设立。陆游《南唐书》卷十八《高丽传》记载:"升元二年,(高丽)遣使来贡方物……(烈祖)宴于崇英殿,出龟兹乐,作番戏,召学士承旨孙忌侍宴。"⑥这也说明南唐教坊制度在李昪时期就已形成。

南唐伎乐的兴盛主要始于中主李璟时期。李璟有较高的音乐修养,身边亦有才华突出的乐人,冯延巳便是其中一位。陆游《南唐书》卷十一《冯孙廖彭列传第八》记载:

---

① 吴任臣:《十国春秋》卷十二《申渐高传》,中华书局1983年版,第161—162页。
② 龙衮:《江南野史》卷八,上海师范大学古籍整理研究所编:《全宋笔记》第一编三,大象出版社2003年版,第208页。
③ 郑文宝:《江南余载》,王云五主编:《钓矶立谈及其他二种》,商务印书馆1936年版,第3页。
④ 参见张兴武:《乱世江南著雅音——南唐妓乐与南唐词》,《西北师大学报(社会科学版)》,2001年第1期,第88页。
⑤ 马令撰:《南唐书》卷二十五《诙谐传第二十一》,中华书局1985年版,第165页。
⑥ 陆游撰:《南唐书》卷十八《浮屠契丹高丽列传第十五》,中华书局1985年版,第414页。

  元宗以吴王为元帅,用延巳掌书记。与陈觉善,因觉以附宋齐丘。同府位高者,悉以计出之,于是无居巳右者。元宗亦颇悟其非端士,而不能去,延巳负其材艺,狎侮朝士,尝诮孙忌曰:"君有何所解,而为丞郎?"忌愤然答曰:"仆山东书生,鸿笔藻丽十生不及君,诙谐歌酒百生不及君,谄媚险诈累劫不及君。然上所以寘君于王邸者,欲君以道义规益,非遣君为声色狗马之友也。仆固无所解君之所解者,适足以败国家耳。"延巳惭,不得对。①

  中主李璟喜好伎乐歌舞,宫廷内夜夜笙歌,形成了浓郁的伎乐氛围。马令《南唐书》记载:"(晋王景遂)间与朝士官属饮宴赋诗,尝以玉杯行酒,座客传玩,以为宝。"②"元宗多与宗戚近臣曲宴,如冯延巳、陈觉、魏岑之徒,喧笑无度。"③冯延巳评价李璟时也说"今上暴师数万于外,宴乐击鞠,未尝少辍,此真英雄主也"④。由此可以看出,当时统治者醉心歌舞宴游。《江南余载》还记载:"元宗宴于别殿,宋齐丘已下,皆会。酒酣,出内宫声乐以佐欢,齐丘醉狂,手抚内人于上前,众为之悚慄,而上殊不介意,尽兴而罢。明日,上于卧帷中索纸笔赐慰,齐丘乃自安。"⑤可以看出统治者对君臣在伎乐中的宽松态度,从而也进一步放任了君臣的浪荡。《韩熙载夜宴图》里较好地反映了当时宫廷的歌伎生活。《韩熙载夜宴图》分"听乐""观舞""歇息""清吹""散宴"五个场景,各段之间以屏风、床榻等隔开,歌舞宴饮的场面一一呈现,从中可以略窥南唐伎乐文化的一角⑥。

  后主李煜酷爱音乐,并有深厚造诣,沉溺其中而不能自拔。《江南余载》记载:"张宪为监察御史,后主既纳周后,颇留心于声乐。宪上疏言'闻有诏以户部侍郎孟拱宸宅与教坊使袁承进居止。昔高祖欲以舞人为散骑常侍,举朝非笑。今承进教坊使耳,以侍郎宅居之,亦近之

---

① 陆游撰:《南唐书》卷十一《冯孙廖彭列传第八·冯延巳》,中华书局1985年版,第237—238页。
② 马令撰:《南唐书》卷七《宗室传第二·晋王》,中华书局1985年版,第48页。
③ 马令撰:《南唐书》卷七《宗室传第二·齐王》,中华书局1985年版,第49页。
④ 陆游撰:《南唐书》卷十一《冯孙廖彭列传第八·冯延巳》,中华书局1985年版,第240页。
⑤ 郑文宝:《江南余载》,王云五主编:《钓矶立谈及其他二种》,商务印书馆1936年版,第4页。
⑥ 傅玉兰:《南唐饮宴文化繁荣原因浅探》,《东南文化》,2008年第5期,第39页。

矣'。后主批答'赐帛三十段,以旌敢言'。"①大周后精通诗词,善歌舞,喜好唐代音乐。李煜和大周后甚至复原了佚失的《霓裳羽衣舞》。昭惠周后"通书史,善歌舞,尤工琵琶。尝为寿元宗前,元宗叹其工,以烧槽琵琶赐之"②。李煜与大周后共同沉溺音乐,大周后"雪夜酣宴,举杯请后主起舞。后主曰'汝能创为新声则可矣'。后即命笺缀谱,喉无滞音,笔无停思,俄顷谱成,所谓《邀醉舞破》也"③。

除了宫廷的伎乐,南唐的另一大伎乐来自士大夫的家伎。家伎在唐时已盛,据《唐会要》所记,唐中宗神龙二年(706 年)下诏规定:"三品以上,听有女乐一部;五品以上,女乐不过三人。"④但实际上,家伎之数往往都超越此限。《新唐书·河间王传》记载,其有"后房歌舞伎百余"⑤,《本事诗》亦称"宁王曼(笔者注:'曼'在宋代计有功的《唐诗纪事》、阮阅的《诗话总龟》等书中作'宪')贵盛,宠妓数十人,皆绝艺上色。"⑥然而,到了唐末后梁时期,久经战乱震荡之后,士大夫求生至难,畜伎之风遂不得不衰。五代后期,后蜀与南唐偏安日久,士大夫生活渐趋奢靡,家伎数量亦日见其多⑦。徐铉"蓄伎乐,饮醇酒,怡然自得,聊以卒岁"⑧。他的《抛绣球》诗"歌舞送飞球,金觥碧玉筹。管弦桃李月,帘幕凤凰楼。一笑千场醉,浮生任白头",道出了南唐文人纵情声伎、及时行乐的人生。韩熙载在府中蓄养伎乐,广招宾客,每日宴饮歌舞,直至家财耗尽。《十国春秋》记载:"性忽细谨,老而益甚。蓄妓四十辈,纵其出入,与客杂居,帷薄不修,物议哄然。"⑨名相孙晟"以家妓甚众,每食不设食机,令众妓各执一食器,周侍于其侧,谓之'肉台盘',其自养称惬也如是"⑩。刘承勋"家畜妓乐,迨百数人,每置一妓,费数百缗,而珠金服

---

① 郑文宝:《江南余载》,王云五主编:《钓矶立谈及其他二种》,商务印书馆 1936 年版,第 2 页。
② 吴任臣:《十国春秋》卷十八《后主昭惠国后周氏传》,中华书局 1983 年版,第 264 页。
③ 吴任臣:《十国春秋》卷十八《后主昭惠国后周氏传》,中华书局 1983 年版,第 264 页。
④ 王溥撰:《唐会要》卷三四《论乐·杂录》,中华书局 1960 年版,第 628 页。
⑤ 欧阳修、宋祁撰:《新唐书》卷七十八《河间元王孝恭》,中华书局 1975 年版,第 3524 页。
⑥ 孟启撰,董希平、程艳梅、王思静评注:《本事诗》,中华书局 2014 年版,第 20 页。
⑦ 张兴武:《乱世江南莩雅音——南唐妓乐与南唐词》,《西北师大学报(社会科学版)》,2001 年第 1 期,第 88 页。
⑧ 董诰等:《全唐文》卷 887,中华书局 1983 年影印本,第 9273 页。
⑨ 吴任臣:《十国春秋》卷二十八《韩熙载传》,中华书局 1983 年,第 399 页。
⑩ 薛居正等撰:《旧五代史》卷一三一《后周·列传十一》,中华书局 1976 年版,第 1733 页。

饰,亦各称此"①。《南唐近事》记载:"严续相公歌姬,唐镐给事通犀带,皆一代之尤物也。唐有慕姬之色,严有欲带之心,因雨夜相第有呼卢之会,唐适预焉。严命出妓解带较胜于一掷,举座屏气观其得失。六骰数巡,唐彩大胜。唐乃酹酒命美人歌一曲以别相君。宴罢,拉而偕去,相君怅然遣之。"②

由此可见,南唐伎乐文化在经过杨吴政权的衰落后重新焕发了生机,恢复了唐以来的歌舞升平局面。南唐伎乐文化的发展,为南唐诗词的发展提供了重要创作环境。

三、南唐伎乐与南唐诗词

正是因为南唐伎乐文化的发达,宫廷到士大夫的蓄伎之风盛行,南唐伎乐文化与诗词创作形成了相互促进的局面。伎乐宴饮成为南唐社会生活的重要内容。韩熙载"后房蓄声妓,皆天下妙绝。弹丝吹竹、清歌艳舞之观,所以娱侑宾客者,皆曲臻其极。是以一时豪杰,如萧俨、江文蔚、常梦锡、冯延巳、冯延鲁、徐铉、徐锴、潘佑、舒雅、张洎之徒,举集其门"③,形成了士大夫之间的伎乐宴饮酬唱之风。徐铉与京城名伎越宾诗酒唱酬,南唐翰林学士钟谟的诗歌《代京妓越宾答徐铉》写道:"一幅轻绡寄海滨,越姑长感昔时恩。欲知别后情多少,点点凭君看泪痕。"为了宴会的需要,文人们纷纷赋诗填词,供乐伎演唱,从而促进了南唐诗词的繁荣。

伎乐宴饮成为南唐词表现的重要场景。李煜无疑是最热衷于歌伎宴饮的诗人之一。他前期的诗词基本上都离不开宫廷歌伎宴饮。李煜的《浣溪沙》对当时的宫廷伎乐宴饮生活进行了浓艳的描绘:"红日已高三丈透,金炉次第添香兽,红锦地衣随步皱。佳人舞点金钗溜,酒恶时拈花蕊嗅,别殿遥闻箫鼓奏。"这首词写出了当时通宵达旦的歌舞,奢丽浮华的器具,放浪不拘的宫廷生活。"落花狼藉酒阑珊,笙歌醉梦间。佩声悄,晚妆残,凭谁整翠鬟"(《阮郎归》)写出了当时

---

① 马令撰:《南唐书》卷二十二《归明传上第十八》,中华书局1985年版,第146页。
② 郑文宝:《南唐近事》,王云五主编:《钓矶立谈及其他二种》,商务印书馆1936年版,第3页。
③ 史虚白:《钓矶立谈》,王云五主编:《钓矶立谈及其他二种》,商务印书馆1936年版,第27页。

伎乐宴饮的艳丽景象。"晚妆初了明肌雪,春殿嫔娥鱼贯列。笙箫吹断水云间,重按霓裳歌遍彻。临春谁更飘香屑?醉拍栏干情味切。归时休放烛光红,待踏马蹄清夜月"(《玉楼春》)写出了宫廷中春夜宴乐的盛大场面和奢华。"笙歌未散尊前在,池面冰初解。烛明香暗画楼深,满鬓清霜残雪思难任"(《虞美人》)回忆了当时宫廷之中笙歌宴饮、歌舞不休的欢乐生活。

可以说,南唐诗词是在伎乐文化氛围的唱和之中产生的。"伎乐在满足声色娱乐需求的同时,歌舞侑觞,也为君臣文人的创作注入了灵感和激情,客观上提供了词作产生的生活基础与情感源泉,成为词体繁荣的内在因素。"①中主李璟第二子李弘茂,"骑射击刺皆精习,久领兵职,然不喜戎事,每与宾客朝士燕游,惟以赋诗为乐"②。吴任臣《十国春秋》卷三十二记载:"王感化,建州人。善讴歌,声韵悠扬,清振林木。初隶光山乐籍,后入金陵,系乐部为'歌板色'。保大中绝有宠。元宗暑月曲宴相臣严续等于北苑,有老牛息大树之阴,命乐工咏之,感化遂进曰'困卧斜阳噍枯草,近来问喘更无人'。续等有惭色。元宗尝作《浣溪沙》二阕,手书赐感化,'菡萏香销翠叶残'与'手卷珠帘上玉钩'是也。后主即位,感化以词札上,后主感动,优赏之。"③《诗话类编》也记载了这个故事:"李嗣主宴苑中有白野鹊飞集,李主令感化赋诗,应声曰'碧山深洞恣游遨,天与芦花作羽毛。要识此来栖宿处,上林琼树一枝高'。李主大悦,手写《浣溪沙》赐之。"④李煜《子夜歌》"何妨频笑粲,禁苑春归晚。同醉与闲评,诗随羯鼓成"中"诗随羯鼓成"也写出了当时以歌舞助兴、赋诗填词的场景。

南唐君主醉心伎乐宴饮,自然是上行下效。冯延巳也有大量诗词写到歌伎宴饮生活的奢靡享乐。"双玉斗,百琼壶,佳人欢饮笑喧呼。麒麟欲画时难偶,鸥鹭何猜兴不孤。歌婉转,醉模糊,高烧银烛卧流苏"(《金错刀》),写出了冯延巳放任旷荡的宴乐生活。"花满名园酒满觞。

---

① 张丽:《江南文化与南唐词》,中国文史出版社 2015 年版,第 102 页。
② 陆游撰:《南唐书》卷十六《后妃诸王第十三》,中华书局 1985 年版,第 375 页。
③ 吴任臣:《十国春秋》卷三十二《王感化传》,中华书局 1983 年版,第 461 页。
④ 詹幼馨:《南唐二主词研究》,武汉出版社 1992 年版,第 2 页。

且开笑口对秋芳。秋千风暖莺钗斗,绮陌春深翠袖香。莫惜黄金贵,日日须教贳酒尝"(《莫思归》),写出了一群贵族春日奢华无度的宴乐游玩的场面。"年少王孙有俊才,登高欢醉夜忘回。歌阑赏尽珊瑚树,情厚重斟琥珀杯。但愿千千岁,金菊年年秋解开"(《抛球乐》),同样是写王孙少年的冶游忘归的奢靡。陈世修在《阳春集》序中说:"公以金陵盛时,内外无事,朋僚亲旧,或当燕集,多运藻思,为乐府新词,俾歌者倚丝竹而歌之,所以娱宾而遣兴也。日月寖久,录而成编。观其思深辞丽,均律调新,真清奇飘逸之才也。"[①]可以说,"娱宾而遣兴"是冯延巳诗词创作的重要动机。

士大夫们的上行下效,以歌舞相伴,不仅创作了大量的诗词,而且还出现了大量的变调和创调。张兴武曾对这一现象进行了细致研究。就今传 200 余首南唐词来看,采用词调共 50 余种,而句式、叶音、押韵等与晚唐及西蜀词相同或基本相同者仅为 17 种。同调曲词中辞式与前代不同者有 11 种。如李煜的《浪淘沙·往事只堪哀》《虞美人·春花秋月》《临江仙·樱桃落尽春归去》,冯延巳的《南乡子·细雨湿流光》《醉花间·独立阶前》《春光好·雾浓浓》《抛球乐》等。南唐新创的曲调有李煜的《念家山破》、昭惠周后的《邀醉舞破》和《恨来迟破》。二主及冯词中既不见《教坊记》,也未见于晚唐及西蜀词的新创词调共 13 种:《一斛珠》《蝶恋花》《捣练子令》《阮郎归》《谢新恩》《归自谣》《芳草渡》《鹤冲天》《醉桃园》《点绛唇》《莫思归》《金错刀》《寿山曲》。《乌夜啼》《长相思》《破阵子》《鹊踏枝》《长命女》《贺圣朝》等 6 种,调名虽见《教坊记》,然唐人及《花间集》中均无同调词,这些或属于南唐作家由乐以定辞的新探索[②]。这些变调、创调的出现,无疑是为应和当时的歌伎宴饮而创作的。

与前后的唐宋时期市井歌伎流行所不同,南唐歌伎文化主要流行于宫廷和士大夫之间。宫廷教坊歌伎、宫中才女与士大夫家伎,他们共同构成了南唐诗词创作的主要环境。这也使得南唐诗词创作多了一些

[①] 陈世修:《阳春集序》,黄畲:《阳春集校注》,天津古籍出版社 1993 年版,第 3 页。
[②] 张兴武:《乱世江南著雅音——南唐妓乐与南唐词》,《西北师大学报(社会科学版)》,2001 年第 1 期,第 90 页。

文人气。正如张兴武所论:"乐舞环境和歌妓身份的变化,势必会影响到士大夫倚曲填词的艺术涵养和人格品位;宾僚宴集,家妓佐欢,词涉淫靡,总非所宜。是故,同是'依曲拍为句',作于秦楼楚馆者不避倡风,制于家宴曲会者则渐趋雅致。"①

---

① 张兴武:《乱世江南著雅音——南唐妓乐与南唐词》,《西北师大学报(社会科学版)》,2001年第1期,第89页。

第五章　南唐诗词的文化传承与影响

南唐诗词是唐诗宋词的过渡地带。南唐诗词继承了唐代诗词的重要风格,也开启了宋代诗词的发展格局。贺中复认为:"五代诗歌演至南唐开国,始由前期的承唐转为后期的启宋。"①随着南唐的灭亡,一批南唐入宋的文人,占据着北宋初年文坛的重要位置,引领着北宋诗词的发展方向。南唐的诗词风格也影响了北宋诗词,使得北宋诗词有着江南文化的特质,形成了独有的南方气质。南唐时期李煜、冯延巳、徐铉等人的诗词,对北宋诗词产生了极为重要的影响,甚至成为北宋文人争相摹写的对象。词的雅化进程也从南唐开始,最终在宋代得以完成,成就了宋词的文学顶峰地位。

第一节　南唐诗对宋初诗的启迪

南唐诗歌创作介于唐和宋之间,具有承上启下的作用。晚唐时期的白体诗、贾体诗、温李诗等流派在南唐时期盛行。南唐是五代十国时期"风雅道丧"的文化沙漠的一片绿洲。南唐诗人不仅是延续了晚唐诗风,而且经过自身的探索与思考,形成了具有南唐特色的诗歌风格。总体来说,南唐诗风呈现出清丽而又浅俗、平易而不艳丽的特征。随着南唐政权的覆灭,一批南唐文人入宋,成为北宋初期文坛的重要人物,引

---

① 贺中复:《论五代十国的宗白诗风》,《中国社会科学》,1996年第5期,第147页。

领着北宋诗歌的发展。随着南唐文人入宋,经南唐熏染过的晚唐诗风被带到了北宋,奠定了北宋初期诗歌创作的整体风貌。这批南唐文人中较为著名的有徐铉、郑文宝、张洎、汤悦、舒雅、潘慎修、陈彭年等。他们在北宋初年的文坛具有重要的号召力,同时也入仕北宋,具有一定的政治话语权。徐铉、张洎、张泌等还参加了国史修订、大型类书编纂等重要工作,在北宋具有较高的文化地位。因此,南唐诗歌对宋初诗坛的影响更趋深入。

一、白体诗的流行

白居易的诗歌在南唐产生了较大的影响。南唐诗人较多地吸收了白居易诗歌的浅易通俗的创作风格。因此,南唐诗人的诗歌都较为通俗平易。《四库全书总目》云,徐铉的诗歌"流易有余,而深警不足"①。南唐冯延巳亦曾评曰:"凡人为文皆事奇语,不尔则不足观。惟徐公率意而成,自造精极。诗冶衍遒丽,具元和风律,而无澳涩纤阿之习。"②韩熙载"擢知制诰,书命典雅,有元和之风"③,其诗《感怀诗二章》有句云:"仆本江北人,今作江南客。再去江北游,举目无相识。金风吹我寒,秋月为谁白。不如归去来,江南有人忆。"李昉的诗也很通俗,吴处厚在《青箱杂记》记载:"昉诗务浅切,效白乐天体。"④

南唐诗人入宋以后,白体诗在北宋流行开来。李昉、徐铉等成为主盟宋初诗坛的文人,"他们不仅是北宋王朝振兴文化的骨干力量,而且也是把元白、皮陆的唱和诗风带到宋初的始作俑者"⑤。"白体"概念的提出源于杨亿。杨亿的《武夷新集》中有一首题做《读史学白体》的七绝:"易牙昔日曾蒸子,翁叔当年亦杀儿。史笔是非空自许,世情真伪复谁知。"不过,杨亿这首诗题中的"白体",并不是指成为宋初诗坛风行的诗体的"白体",而是指仿白居易咏史诗的体例。欧阳修则从诗论角度进一步强化了"白体"的概念。欧阳修《六一诗话》记载:"仁宗朝,有数

---

① 永瑢等撰:《四库全书总目》卷一五二,中华书局1965年版,第1305页。
② 王士祯:《五代诗话》卷三,郑方坤删补,李珍华点校,书目文献出版社1989年版,第159页。
③ 吴任臣:《十国春秋》卷二十八《韩熙载传》,中华书局1983年版,第398页。
④ 吴处厚:《青箱杂记》卷一,中华书局1985年版,第3页。
⑤ 陈植锷:《试论王禹偁与宋初诗风》,《中国社会科学》,1982年第2期,第138页。

达官以诗知名,常慕'白乐天体',故其语多行于容易。"①司马光在《温公续诗话》中称魏野"其诗效白乐天体"②。这说明,"白乐天体"之称,在宋代仁宗朝就已流行。

方回在《桐江续集》卷三十二《送罗寿可诗序》中认为,白体诗人有"李文正、徐常侍昆仲、王元之、王汉谋"诸人,即李昉、徐锴、徐铉、王禹偁、王奇等。这也是后世沿用较多的说法。李昉第一个将白体诗风引入宋代诗坛。徐锴早卒,对宋诗的影响不明显。徐铉是宋初诗坛影响最大的南唐入宋诗人。三奇曾以《秋兴》(一题《旅中有感》)诗见赏于宋真宗,不过后世存诗较少,难以窥其风貌。王禹偁是其中成就最高的一位,属于白体新一代诗人。王禹偁对白体诗的接受和创新较为全面。王禹偁幼时便习白居易诗,其《不见阳城驿》诗序称"予为儿童时,览元白集,见唱和《阳城驿》诗"(《小畜集》卷三)。不过,王禹偁对白居易诗歌的学习较为全面。一方面,王禹偁继承了白居易诗歌的"歌诗合为事而作"的创作理念,为诗歌注入了现实的时代精神。如他的"况是无功头已白,此身长恐负明时"(《又和曾秘丞见赠》),就表现出诗人对功业无成的感慨。《送董谏议之任湘潭》云:"依依行色满帆樯,又借仁风惠远方。暂去长沙非贾谊,犹虚计相待张苍。槛前波浪潇湘阔,雨后汀洲橘柚香。翰苑放臣知最幸,愿听民讼继甘棠。"这首诗表现了作者积极用世的政治抱负。《和杨遂贺雨》云:"可堪今夏旱,如燎复如焚。厥田本涂泥,坐见生埃氛。稚老无所诉,嗷嗷望穹旻。食禄忧人忧,夙夜眉不伸。"这首诗表现了作者对百姓遭遇旱灾后的疾苦的现实关怀。另一方面,王禹偁在学习白居易诗歌的过程中实现了艺术的突破。清人贺裳在《载酒园诗话》中评价王禹偁:"虽学乐天,然得其清,不堕其俗。"③王禹偁在《桂阳罗君(处约)游太湖、洞庭诗序》中提出了诗歌创作的追求:"山川之气,气形而不自名,故文藻之士作焉,为歌诗,为赋颂

---

① 欧阳修:《六一诗话》,何文焕辑:《历代诗话》,中华书局1981年版,第264页。
② 司马光:《温公续诗话》,何文焕辑:《历代诗话》,中华书局1981年版,第276页。
③ 郭绍虞编:《清诗话续编》,上海古籍出版社1983年版,第402页。

为序引，必丽其词句，清其格态，幽其旨趣，所以状山川之梗概也。"①王禹偁对白居易现实精神的继承和发扬，对宋代的欧阳修、苏舜钦等产生了重要的影响，成为北宋诗文革新的先声。清人吴之振《宋诗钞》曾言："元之独开有宋风气，于是欧阳文忠得以承流接响。"②欧阳修曾在诗歌《书王元之画像侧》中评曰："想公风采常如在，顾我文章不足论。"苏轼在《王元之画像赞并序》中对王禹偁的文章道德如此称赞："故翰林王公元之，以雄文直道，独立当世，足以追配此六君子者。方是时，朝廷清明，无大奸慝，然公犹不容于中，耿然如秋霜夏日，不可狎玩，至于三黜而死。"③

方回所列的李昉、徐铉、王禹偁、王汉谋等诗人的白体风格鲜明，是白体诗人的代表。除此之外，还有一些宋初诗人虽然并不一定归入白体诗人，但是他们的诗歌创作却也体现出白体风格，如朝官诗人晁迥、李至、李建中、田锡、张咏、薛居正、陈从易、程师孟等；"西昆体"诗人杨亿、丁谓、舒雅、李宗谔、李维、张秉等早年也都学过白体。④ 因此，严格来说，白体诗人并不是一个较为稳定的诗人群体组织，而是后世论者为较好地概括宋初诗人群体而将一些风格相近的诗人称之为"白体诗人"。白体在宋初更多的是一种流行的诗风，这一诗风在宋初具有普遍性。白体诗人是一种群体较为分散的组合，具有较大的随意性，通常指向的是诗歌风格较为平易浅俗的诗人。《蔡宽夫诗话》所言"国初沿袭五代之余，士大夫皆宗白乐天诗"⑤，明胡应麟《诗薮》内编卷三也认为"宋初诸子多祖乐天"⑥。

白体诗在宋初占据着主导地位。宋太宗不仅提倡，而且亲自参与白体诗的创作，到真宗朝时白体诗的地位上升至顶峰，到仁宗朝时开始消退，不过仍然占据重要地位，欧阳修在《六一诗话》中说："仁宗朝，有

---

① 王禹偁：《桂阳罗君(处约)游太湖、洞庭诗序》，曾枣庄，刘琳：《全宋文》第八册卷一五四，上海辞书出版社 2016 年版，第 30 页。
② 吴之振、吕留良、吴自牧选：《宋诗钞》第一册，中华书局 1986 年版，第 13 页。
③ 苏轼著，孔凡礼点校：《苏轼文集》第二册第二十一卷，中华书局 1986 年版，第 603 页。
④ 张海鸥：《宋初诗坛"白体"辨》，《中山大学学报(社会科学版)》，2000 年第 6 期，第 16 页。
⑤ 郭绍虞：《宋诗话辑佚》，中华书局 1980 年版，第 398 页。
⑥ 胡应麟：《诗薮》内编卷三，上海古籍出版社 1979 年版，第 56 页。

数达官,以诗知名。常慕'白乐天体'。"①到淳化年间,南唐诗人虽依然有一定影响,但毕竟已至暮年。有宋一代自己培养的第一批士人逐渐登上政治舞台,在王禹偁、晁迥等人的诗作中,都显示出对南唐诗风的偏离及学白居易航向的改变②。然而,经过宋初白体诗的熏陶和对宋初诗人的普遍性影响,不可否认的是,白体诗歌成为北宋诗歌浓厚的底色。

二、唱和之风的盛行

宋初白体诗歌流行的一个重要原因是唱和之风的盛行,唱和之风的兴盛又进一步促使白体诗的流行。唱和之风在中唐时期便已流行。白居易与元稹之间的诗歌唱和频繁,正所谓"君写我诗盈寺壁,我题君句满屏风"(白居易《答微之》)。白居易和元稹的唱和之诗有近千首。晚唐时期,皮日休与陆龟蒙的唱和也颇盛,后二人将互相酬唱之作编为《松陵唱和集》。五代十国时期,由于战争频仍,社会动荡不安,朝代更迭迅速,各君主偏安一隅以安身,文人们的政治抱负和国家理想消沉,内心更多为焦虑不安。因此,诗歌酬唱成为文人们进行社会交往、保持内心安宁、躲避世事纷扰、放任自我的一种重要形式,进一步推动了酬唱之风的发展。到五代后期,南唐诗人的唱和之风更为兴盛。南唐唱和之风的兴盛,主要原因是,南唐在当时相对处于比较富庶的江南,社会相对稳定,君主的喜好和对文学的重视。南唐时期,上至君臣,下至普通文人,相互间的酬唱赠答,成为社会主导的文学风气。当时,南唐二主每作诗都要群臣和答,宴会则即席分题,次韵较胜③。元白以前唱和诗大都和意不和韵,元白唱和诗,始开次韵之风,其次韵之作达一千多首,占元白唱和诗作的一半。郭若虚《图画见闻志》曾记载:"李中主保大五年,元日大雪,命太弟已下登楼展宴,咸命赋诗……夜艾方散,侍臣皆有兴咏。"④邓王二十弟从益牧宣城时,"后主率近臣饯'绮霞

---

① 欧阳修:《六一诗话》,何文焕辑:《历代诗话》,中华书局1981年版,第264页。
② 张立荣:《北宋前期七言律诗研究》,中国社会科学出版社2014年版,第34—35页。
③ 李艳婷:《略论南唐唱和与宋初诗风》,《许昌学院学报》,2007年第3期,第64页。
④ 郭若虚:《图画见闻志》卷六,人民美术出版社1963年版,第153页。

阁',自为诗序以送之,其略云,秋山滴翠,暮壑澄空。爰公此行,畅乎遐览。其诗有咫尺烟江几多地,不须怀抱重凄凄之句。君臣赓赋,可为盛事。"①徐铉的唱和诗作更是壮观,其《骑省集》三十卷,前二十卷是南唐时期的作品,后十卷系其归宋后所作,他诗学白居易,唱和酬答之作占四分之三。就现存文献来看是南唐诗人中最多的②。

宋初政权建立后,文化政策相对宽松,对文人学士都较为优待。南唐入宋的文人,成为宋初文坛的主将,他们自然将南唐的唱和之风带入了宋初,白体诗的流行便是源于此。同时,宋太宗博学能文,理政之余游艺翰墨,吟诗作对。于是,上行下效,流风所至,唱和之风得以畅行。

南唐入宋诗人中起到重要作用的是徐铉。作为五代十国时期少有的博学之士,徐铉成为宋初文坛当仁不让的盟主,"后进晚生,莫不宗尚"③。王士禛评其"诗文都雅,有唐代承平之风"④,由此带动了宋初唱和之风大盛。宋代初年唱和诗风的盛行主要在太宗朝。有研究者认为,太宗朝唱和之风渐兴的原因有:其一,太祖朝"杯酒释兵权"后,提倡朝官无所事事、悠游度日的生活态度;其二,太宗本人雅好文艺;其三,南唐君臣唱和诗风的影响。南唐归宋,已到太祖朝晚期,它对宋初诗风的影响很快就在徐铉等一批南唐文臣入宋后显示出来⑤。

王禹偁的《谪居感事》曾有歌咏:"分题宣险韵,翻势得仙棋。竞举窥天管,争燃煮豆萁。恨无才应副,空有表虔祈。睿眷偏称赏,天颜极抚绥。中官赐文字,院吏捧巾綦。"这些诗句就反映了宋初唱和之风盛行的兴盛情况。宋初的唱和之风也产生了一批唱和诗集,如宋太宗与群臣唱和的《君臣赓载集》、徐铉和李昉的《翰林唱和集》、苏易简等人的《禁林宴会集》、王禹偁等人的《商于唱和集》、宋白等人的《广平公唱和集》、李昉和李至的《二李唱和集》等。这些唱和诗集中较具代表性的是《二李唱和集》。该诗集收录了李昉和李至于太宗端拱元年(988年)

---

① 马令撰:《南唐书》卷七《宗室传第二·邓王》,中华书局1985年版,第51—52页。
② 李艳婷:《略论南唐唱和与宋初诗风》,《许昌学院学报》,2007年第3期,第64页。
③ 史虚白《钓矶立谈》曾云:"(徐铉)弟兄皆力学,以儒术名一时。是以后进晚生,莫不宗尚。"王云五主编:《钓矶立谈及其他二种》,商务印书馆1936年版,第17页。
④ 王士禛:《带经堂诗话》卷九,人民文学出版社1963年版,第202页。
⑤ 张立荣:《北宋前期七言律诗研究》,中国社会科学出版社2014年版,第28页。

至太宗淳化四年(993年)期间唱和的诗歌123首。太宗淳化年间,唱和之风已达极致。《二李唱和集》《禁林宴会集》《商于唱和集》等唱和诗集都编写于淳化年间。李昉也在诗歌《依韵奉和见贻之什且以答来章而歌盛美也》中云"万事不关思想内,一心长在咏歌中"。李昉的另一首诗题"修竹百竿,才欣种植,佳篇五首,旋辱咏歌,若无还答之言,是阙唱酬之礼,恭依来韵,以导鄙怀,调下才卑,岂逃嗤诮"中言及"若无还答之言,是阙唱酬之礼",可见唱和应答成为一种交往的礼节。宋初唱和诗以七律为主的酬唱之风,在北宋馆阁唱和中,几乎已成定式,并直接影响到其后不久《西昆酬唱集》的出现①。

三、清丽诗风的继承

南唐诗人继承了白居易平易浅近的诗风,但是,又有所创新,着力追求文思之清与文辞之丽,从而形成了南唐诗歌的"清丽诗风"。正如有研究者所论,南唐诗人整体上追求平淡自然,表现出一种闲适淡泊的情感。这种平淡自然诗风是指诗人为表达闲适或怅然的心情所塑造的静谧与淡雅的意境,抒发一种幽深而宁静的情怀;即使表现忧愁,也是淡淡的忧、淡淡的愁。南唐诗人的这种平淡、娴雅诗风直接影响着北宋初的诗坛。徐铉由南唐入宋,成为宋初诗坛的盟主,直接把白居易的恬淡风格带到了北宋②。正如马令《南唐书》所谓"文物有元和之风"③,徐铉正是这种诗风的代表作家。徐铉对宋初诗歌创作的影响很大。他的诗歌极力追求清丽。徐铉也在自己的诗歌里表达了这种诗歌主张和当时清丽诗风的流行:"京华才子多文会,众许清词每擅场""高情丽句谁偏重,圣代词臣李谪仙"(《奉和武功学士舍人纪赠文懿太师净公》)。

宋初诗坛对南唐诗歌的认同,也主要表现在对"清丽诗风"的接受。有研究者认为,如果从更大的范围来看,不仅是宋初诗坛,基本上有宋一代对于南唐诗人的认识,主要都集中于"清丽诗风"这一主要特点④。

---

① 张立荣:《北宋前期七言律诗研究》,中国社会科学出版社2014年版,第34页。
② 钟祥:《南唐诗对宋初诗坛的影响》,《名作欣赏》,2009年第11期,第12页。
③ 马令撰:《南唐书》卷十三《儒者传上第八》,中华书局1985年版,第89页。
④ 郭倩:《论南唐诗风在宋初诗坛的存续》,《齐齐哈尔大学学报》(哲学社会科学版),2013年第1期,第67—68页。

宋代诗论名著《苕溪渔隐丛话》引《隐居诗话》赞赏,徐铉的《喜李少保卜邻诗》中的"井泉分地脉,砧杵共秋声"一句"尤闲远也"①。欧阳修《六一诗话》评论道:"惟郑工部文宝一联最为警绝,云'水暖凫鹭行哺子,溪深桃李卧开花'。人谓不减王维、杜甫也。"②蔡启的《蔡宽夫诗话》对郑文宝的《柳枝词》也大为赞赏。郑文宝的《柳枝词》云:"亭亭画舸系春潭,直到行人酒半酣。不管烟波与风雨,载将离恨过江南。"《蔡宽夫诗话》称赞此诗"须在王摩诘伯仲之间,刘禹锡、杜牧之不足多也"③。由此可见宋代诗人对类似诗风的喜爱④。《二李唱和集》中的诗歌也大多继承了白居易的风格,"章法上继承白居易七律的通脱流便、散化铺排手法,语言则在白体浅切上又加以晚唐体的整丽,与徐铉一样,显示出宋初七律白体与晚唐诗风(主要是南唐)的合流"⑤。

郑谷的诗不仅在唐末五代备受推崇,在宋初也很受重视。郑谷的名篇《鹧鸪》云:

> 暖戏烟芜锦翼齐,品流应得近山鸡。
> 雨昏青草湖边过,花落黄陵庙里啼。
> 游子乍闻征袖湿,佳人才唱翠眉低。
> 相呼相应湘江阔,苦竹丛深春日西。

因这首诗,郑谷被人称为"郑鹧鸪"。许浑在读到这首诗时,写下了诗歌《听歌鹧鸪歌》评曰:"南国多情多艳词,鹧鸪清怨绕梁飞。"郑谷的诗歌多写景咏物之作,表现士大夫的闲情逸致,风格清新通俗。宋人祖无择《都官郑谷墓志铭》云:"士大夫家暨委巷间教儿童,咸以公诗与《六甲》相先后。盖取诸辞意清婉明白、不俚不野故然。"⑥这正是北宋初年诗坛所普遍认同的诗风。因此,杨徽之在主编《文苑英华》的诗歌部分时,收入了郑谷的诗歌147首,占全部诗作的40%,而选李白的诗仅占

---

① 胡仔纂,廖德明校点:《苕溪渔隐丛话》前集,人民文学出版社1981年版,第212页。
② 欧阳修:《六一诗话》,何文焕辑:《历代诗话》,中华书局1981年版,第270页。
③ 郭绍虞:《宋诗话辑佚》,中华书局1980年版,第402页。
④ 郭倩:《论南唐诗风在宋初诗坛的存续》,《齐齐哈尔大学学报(哲学社会科学版)》,2013年第1期,第68页。
⑤ 张立荣:《论宋初白体七律诗风的演变》,《文史哲》,2015年第6期,第132页。
⑥ 郑谷著,赵昌平等笺注:《郑谷诗集笺注》,上海古籍出版社1991年版,第479页。

其所存作的 22%,杜甫诗占 14%,从中我们可以看出宋初诗坛的普遍审美趣味①。

受南唐清丽诗风的影响,宋初诗歌表现出一股闲适的情调。晏殊"每咏富贵,不言金玉锦绣,而唯说其气象,若'楼台侧畔杨花过,帘幕之间燕子飞','梨花院落溶溶月,杨柳池塘淡淡风'之类是也。"②这种平淡自然的意象中表现出诗人的闲雅气度,这正是南唐诗歌的"闲情"对宋代文学的影响③。李昉的"惊露秋声云外远,翘沙晴影月中孤"(《仙客》),"疏帘摇曳日辉辉,直阁深严半掩扉。一院有花春昼永,八方无事诏书稀。树头百啭莺莺语,梁上新来燕燕飞。岂合此身居此地,妨贤尸禄自知非"(《禁林春直》)等,不论从选择的意象、塑造的意境,还是表达的闲适情绪来看,与南唐诗人的清丽之作都有异曲同工之妙。即便是继承白居易讽喻特色为主的王禹偁,也有一些清丽之作。最为典型的是他被贬商州时的名作《村行》。

> 马穿山径菊初黄,信马悠悠野兴长。
> 万壑有声含晚籁,数峰无语立斜阳。
> 棠梨叶落胭脂色,荞麦花开白雪香。
> 何事吟余忽惆怅,村桥原树似吾乡。

诗人被贬异乡,然而字里行间却看不到诗人的幽愤、失落,而是"信马悠悠野兴长",一路上沉浸于路边的秋声美景。诗歌中近处初开的黄色菊花、胭脂色的棠梨落叶、雪白飘香的荞麦花和远处静默的山峰、夕阳的余晖等,构成了一幅秋声晚归图,呈现清丽风格,怎么也无法让人想到这是诗人被贬途中所作。

四、苦吟诗风的发展

宋初诗歌主要以清丽平易为主要风格,以唱和之风为主要创作形

---

① 郭倩:《论南唐诗风在宋初诗坛的存续》,《齐齐哈尔大学学报》(哲学社会科学版),2013 年第 1 期,第 68 页。
② 吴处厚撰,李裕民点校:《青箱杂记》卷五,中华书局 1985 年版,第 46—47 页。
③ 曾艳红:《论南唐诗歌中的"闲情"及其意义》,《辽宁师范大学学报(社会科学版)》,2008 年第 5 期,第 96 页。

式。但是，不可忽视的是，宋初也受南唐苦吟诗人的影响，形成了一批苦吟诗人。南唐诗人中有相当一批仿效晚唐体的苦吟诗人，他们效仿贾岛的"吟安一个字，捻断数茎须"（卢延让《苦吟》）的咏诗之风。南唐诗人对诗句、辞藻的工整与雕饰的追求，形成了与"白体诗"完全不同的发展方向。宋人俞文豹评曰："近世诗人好为晚唐体，不知唐祚至此，气脉浸微。士生斯时，无他事业，精神伎俩，悉见于诗。局促于一题，拘孪于律切，风容色泽，轻浅纤微，无复浑涵气象，求如中叶之全盛，李、杜、元、白之瑰奇，长章大篇之雄伟，或歌或行之豪放，则无此力量矣。故体成而唐祚亦尽，盖文章之正气竭矣。"①司空图在《与李生论诗书》也评曰："贾阆仙诚有警句，视其全篇，意思殊馁，大抵附于蹇涩，方可致才，亦为体之不备也。"②其中说出了晚唐体诗歌的总体特征、生成背景和不足之处。不过，南唐也多有习晚唐体的诗人，贾岛便深受南唐苦吟诗人的崇拜和效仿。南唐苦吟诗人也多有佳句，如"鹧鸪啼竹树，杜若媚汀洲"（李中《江南春》）、"小舟闻笛夜，微雨养花天"（郑文宝《送曹纬秀才》）、"莲中花更好，云里月常新"（齐镐诗句）、"泉美茶香异，堂深磬韵迟"（李中《寄庐山白大师》）、"露团沙鹤起，人卧钓船流"（任涛诗句）、"风便磬声远，日斜楼影长"（潘天锡《游古观》）等。不过，这些诗句过于追求工整、新奇，而失却了灵动和深意。长于苦吟的南唐诗人较为著名者有陈贶、孙晟、刘洞、江为、陈甫等。南唐诗人的苦吟诗风，将晚唐体诗歌的苦吟习气发挥到了极致，也直接影响到了宋初的诗坛。宋初诗坛的苦吟诗人也遵循着晚唐诗体的创作风格，承袭南唐苦吟诗风，产生了潘阆、林逋、魏野、寇准与"九僧"等著名诗人。他们都可以称之为南唐苦吟诗风的继承者。

方回在《桐江续集》卷三十二的《送罗寿可诗序》中说："诗学晚唐不自'四灵'始，宋划五代旧习，诗有白体、昆体、晚唐体。白体如李文正、徐常侍昆仲、王元之、王汉谋。昆体则有杨、刘《西昆集》传世，二宋、张乖崖、钱僖公、丁崖州皆是。晚唐体则九僧最逼真，寇莱公、鲁三交、林和靖、魏仲先父子、潘逍遥、赵清献之徒，凡数十家。"方回认为，学晚唐

---

① 俞文豹：《吹剑录》，吴文治编：《宋诗话全编》第9册，江苏古籍出版社1998年版，第8831页。
② 司空图：《二十四诗品》，浙江古籍出版社2018年版，第124页。

体最为逼真的是"九僧"。"九僧"即宋代初期诗僧希昼、保暹、文兆、行肇、简长、惟凤、宇昭、怀古、惠崇等九人的并称。当时"西昆体"盛行,九僧不满西昆体浮华艳丽的诗风,而是推崇唐代的贾岛、姚合一派,追求清苦、幽僻的格调,他们互相唱和,遂成一派。欧阳修《六一诗话》云:

> 国朝浮图,以诗名于世者九人,故时有集号《九僧诗》,今不复传矣。余少时,闻人多称之。其一曰惠崇,余八人者,忘其名字也。余亦略记其诗,有云:"马放降来地,雕盘战后云。"又云:"春生桂岭外,人在海门西。"其佳句多类此。其集已亡,今人多不知有所谓九僧者矣。是可叹也!当时有进士许洞者,善为词章,俊逸之士也。因会诸诗僧分题,出一纸,约曰:"不得犯此一字。"其字乃山、水、风、云、竹、石、花、草、雪、霜、星、月、禽、鸟之类,于是诸僧皆阁笔。①

从中可见"九僧"对晚唐体诗歌的继承。方回评曰:"于僧诗类选五首,每首必有一联佳。不特希昼,九僧皆然。"②又许印芳评"其诗专工写景,又专工磨炼中四句,于起结不大留意"③。这些评价都指出了九僧诗歌注重炼字,擅长写景,多有佳句。《宋诗纪事》卷九十一引张景评曰:"上人(简长)之诗,始发于寂寞,渐进于冲和,尽出于清奇,卒归于雅静。"④这可以用来概括九僧这个诗人群共同的创作特色。

相较于九僧,林逋、魏野、寇准等诗人虽然也效仿晚唐诗人的苦吟,但是在诗歌风格的拓展方面则更胜一筹,有力地避开了苦吟诗的狭窄气象。林逋的诗风格清淡,意趣高远。与林逋并称的是晚唐体苦吟诗人魏野。《宋史·隐逸传》记载:"野为诗精苦,有唐人风格,多警策句,所有《草堂集》十卷,大中祥符初契丹使至,尝言本国得其上帙,愿求全部,诏与之。"⑤这可以看出魏野的诗歌已经远播异域,具有较大影响。《四库全书总目》卷一五二云:"野在宋初,其诗尚仍五代旧格,未能

---

① 欧阳修:《六一诗话》,何文焕辑:《历代诗话》,中华书局1981年版,第279页。
② 方回:《瀛奎律髓汇评》,上海古籍出版社2020年版,第1829页。
③ 方回:《瀛奎律髓汇评》,上海古籍出版社2020年版,第1830页。
④ 厉鹗:《宋诗纪事》,上海古籍出版社1983年版,第2165页。
⑤ 脱脱等撰:《宋史》卷四五七《魏野传》,中华书局1985年版,第13430页。

及林逋之超诣,而胸次不俗,故究无龌龊凡鄙之气。"①寇准是宋初"晚唐体"诗人的盟主,也是这一诗人群体中唯一的达官,与魏野、林逋及"九僧"等都是诗友。《四库全书总目》卷一五二评曰:"准以风节著于时,其诗乃含思凄婉,绰有晚唐之致。然骨韵特高,终非凡艳所可比。"②宋僧文莹《湘山野录》卷上评寇准曰:"然富贵之时,所作诗皆凄楚愁怨。"③

第二节　南唐词对宋词南方化的形塑

词起源于"燕乐"和"敦煌曲子词"。"燕乐"是原产于西域的"胡乐"(尤其是龟兹乐)传入中土后与汉族以清商乐为主的音乐融合产生的一种音乐形式。宋郭茂倩《乐府诗集·近代曲辞》说它"始于武德、贞观,盛于开元、天宝,其著录者十四调二百二十二曲"④。唐人崔令钦的《教坊记》所载教坊曲则有324种,大都也是流行于开元、天宝年间的。这些燕乐曲调有舞曲,也有歌曲,歌曲的歌词就是词的雏形,当时叫作"曲子词"。近代在敦煌发现的钞本曲子词,王重民等人搜求流散于国内外的珍贵文献,编成《敦煌曲子词集》。章培恒、骆玉明先生主编的《中国文学史》指出:"敦煌曲子词的发现,不仅说明了因乐写词的燕乐歌辞乃是词这一文学体裁的源头,而且保存了词的初始形态与内容特征。"⑤由此可见,唐朝时,词这种文学形式在民间已经很流行。晚唐至五代,词在艺术形式和思想内容两个方面都取得了长足的发展。同时,也是在晚唐五代时期,出现了以词创作为职业,并且奠定了词的独立文体地位,形成词的第一次发展高峰⑥。宋初年间,随着文人的发展,南唐词对宋代词风产生了重要的影响,甚至规范了宋代词的发展方向。

---

① 永瑢等撰:《四库全书总目》卷一五二,中华书局1965年版,第1309页。
② 永瑢等撰:《四库全书总目》卷一五二,中华书局1965年版,第1306页。
③ 文莹:《湘山野录》卷上,文莹撰,黄益元校点:《湘山野录　续录　玉壶清话》,上海古籍出版社2012年版,第12页。
④ 郭茂倩编撰:《乐府诗集》卷七十九《近代曲辞》,上海古籍出版社2016年,第946页。
⑤ 章培恒、骆玉明主编:《中国文学史》中卷,复旦大学出版社2004年版,第268页。
⑥ 张兵:《词的基本特性》,《复旦学报(社会科学版)》,2007年第1期,第92页。

一、词的"南方"特色

唐末、五代时期的文学最为活跃的地区以西蜀和江南为代表。不过,西蜀词和南唐词有着不同的特点。南唐词因为地处江南,并深受吴越文化、六朝文化等江南文化的影响,形成了典型的江南文化风格,并进一步丰富了江南文化的内涵。这在前面章节中已经进行了具体分析。虽然南唐词也受到西蜀花间词的影响,但是随着政治、经济、文化重心的南移,南唐词逐渐取代了花间词,而在五代十国时期占据着主导地位。南唐词也代表着五代十国时期文学的高峰。有研究者认为,"五代词人普遍善于描写女性、爱情、花卉、芳草;语言清丽,笔法细腻,将早期词的多样化风格收拢为单一的婉变近情;在气氛的营造上主要以阴柔取代了阳刚。显然,在审美取向上,五代词已经舍弃了北人'重''拙''大'的习惯,而趋近于南人取细、取柔的心理"①。

因此,唐宋词在整体上表现出"南方文学"的特色。有研究者统计,北宋前三朝 62 年间的词坛上,北方词人仅仅有 3 位,作品存有 8 首;南方词人 10 位,存作品 33 首。这说明即使在词的沉寂时期,南方词人依然是词坛上的主力。翻检张璋、黄畬编的《全唐五代词》,唐朝南、北方词人(姓名、地籍可考者)与词作数量相近,正如清人谢元淮在《填词浅说》中所云:"词始放唐,原无所谓南北。"但是到了五代时候情形就发生了变化,北方政权仅存词 30 首,远远不及西蜀和南唐。所以,在宋朝统一前,词的发展基础就存在着地域上的不平衡;北宋歌词之盛也以南方词人的表现为主体,至南宋,除了李清照、辛弃疾外都是南方词人的天下②。不过,辛弃疾出生于山东济南,其时北方就已沦陷于金人之手。辛弃疾 23 岁便仕宦南宋,后到江西、湖北、湖南等地任职,并不是严格意义上的北方人;李清照少年时代随父亲居住于汴京(今河南开封),中年时流寓南方。

宋词受五代时期花间词、南唐词的影响,因此在语言、意象和题材

---

① 杨金梅:《论词在宋代的地域性接受》,《中国矿业大学学报(社会科学版)》,2004 年第 1 期,第 101 页。
② 廖泓泉:《北宋前期词研究》,华东师范大学博士论文,2003 年,第 27 页。

等方面都表现出南方文学的特色。宋初词继承了花间词的"艳科"传统,是"朱门富豪享乐生活的佐料,是酒筵歌席供佳人歌唱"①。晚唐五代时期的《花间集》共收录500首词,其中有411首以女性为描写对象。冯延巳的《阳春集》存词110余首,抒情主人公为女性者即有100首。李璟存词4首,均为描写女性。李煜存词34首,一半描写女性。从其类型和内容来看,晚唐五代词表现出浓烈的以女性为中心的艳情化特点,《花间集》更是确立了"词为艳科"的传统。晚唐五代词主要是艳情、歌伎、闺情、别意等题材②。北宋前期的词也与此大体相同。在北宋前期词中,歌伎词、艳情词和闺情词依然是词人们写作的重心。有研究者对北宋前期50余位词人的作品进行统计后发现,歌伎词和艳情词分别约为117首和48首,两者共计是165首;闺情词约为165首,别情词是78首③。这就难怪后人在评论北宋前期词人时认为,晏殊、欧阳修等继承花间诸人:"风流华美,浑然天成,如美人临妆,却扇一顾,花间诸人是也。晏元献、欧阳永叔诸人继之。"④周济在《宋四家词选·目录叙论》中称"晏氏父子,仍步温、韦"⑤,陈廷焯《词坛丛话》认为,欧阳修词"未尽脱五代风气"⑥。不过,宋代词人在创作中也注重创新,"把相似、相近的命意甚至前人的词汇、意象纳入新的框架——重新安排情与景的组合模式,这种结构模式的改变必然会引起抒情方式的变化,从而把传统题材、平庸语辞以新鲜的面目出现"⑦。同时,宋代词人以"二晏一欧"及柳永为代表,他们的词还呈现出一个特点,即在词风上避艳俗而趋文雅,这与南唐词的雅化一脉相承。可以说,正是南唐词的"士大夫化",开启了宋词的雅化进程。

---

① 方智范、邓乔彬、高建中、周圣伟:《中国词学批评史》,中国社会科学出版社1994年版,第21页。
② 廖泓泉:《论北宋前期词对传统题材的翻新》,《内蒙古大学学报(人文社会科学版)》,2006年第4期,第102页。
③ 廖泓泉:《论北宋前期词对传统题材的翻新》,《内蒙古大学学报(人文社会科学版)》,2006年第4期,第102页。
④ 郭麐:《灵芬馆词话》卷一,唐圭璋编:《词话丛编》第二册,中华书局1986年版,第1503页。
⑤ 晏殊、晏几道:《晏殊词集 晏几道词集》,上海古籍出版社2016年版,第81页。
⑥ 邱少华:《欧阳修词新释辑评》,中国书店2003年版,第265页。
⑦ 廖泓泉:《北宋前期词研究》,华东师范大学博士论文,2003年,第84页。

二、宋词的婉约之风

宋词受到南唐词的影响,历来词家多有论证。刘熙载《词概》认为,"秦少游词得花间、尊前遗韵,却能自出清新"①;蔡桢《柯亭词论》评曰:"少游词,虽间有《花间》遗韵,其小令深婉处,实出自六一,仍是《阳春》一脉。慢词清新淡雅,风骨高骞,更非《花间》所能范围矣。"②据此,秦观的词虽然受到"花间词"的影响,但是不像"花间"那样俗艳,而是风格清新,也更加突出内心的感受。冯延巳的词对宋代词坛也产生了重要影响,陈廷焯《白雨斋词话》就认为"晏欧词,雅近正中"③。

宋代一些词人也曾自叙其对南唐词的学习。晏几道对南唐词的学习,在其《小山词序》中就有记载:"叔原往者浮沉酒中,病世之歌词,不足以析酲解愠,试续南部诸贤绪余,作五、七字语,期以自娱,不独叙其所怀,兼写一时杯酒间闻见,所同游者意中事。"④这里的"南部诸贤",指的正是南唐君臣。晏几道和其父晏殊都以词名世,词风多袭南唐,因此,毛晋评述曰"晏氏父子俱足追配李氏父子"⑤。毛晋将晏几道、晏殊与南唐二主相提并论,足见其文学成就之高,也表明晏几道、晏殊词与二主词的风格相似。

与其他词学家所秉持的宋词受到西蜀、花间和南唐词的影响所不同,龙榆生甚至认为北宋词仅受南唐词的影响。他在《两宋词风转变论》中论述道:

> 西蜀、南唐,为五代歌词繁殖之地。变胡夷里巷之曲而为士大夫之词,其风大扇于温庭筠。而韦庄、冯延巳继成两大系,分据吴、蜀词坛。于是小令尊一前,玉箫低唱,佳人绣幌,丽锦频抽,娱宾遣兴之资,盖莫不以此相竞矣。蜀地僻处边陲,五代干戈之际,恒与

---

① 刘熙载:《词概》,唐圭璋编:《词话丛编》第四册,中华书局1986年版,第3691页。
② 孙克强编著:《唐宋人词话》(增订本),南开大学出版社2012年版,第427页。
③ 陈廷焯,杜维沫点校:《白雨斋词话》卷一,人民文学出版社1959年版,第10页。
④ 晏几道撰,李明娜注:《小山词校笺注》,文津出版社1981年版,第183页。
⑤ 毛晋辑:《宋六十名家词》,上海古籍出版社1989年版,第105页。

外人间隔。观赵崇祚所辑《花间集》，作者十之七八为蜀人，或流寓蜀中，则知西蜀词坛固自别为风气，而与其他各地，殊鲜流通。谓北宋初期作家，多受《花间》影响者，是犹未考当时情势，以作者皆工小词而漫为之说也。从词学上之系统言之，则北宋初期作家，实承南唐之遗绪……以"乐府新词""娱宾遣兴"，此种风气，实开北宋初期作家之先河。且如欧阳修、晏殊、晏几道皆籍江西，江西故南唐属地，二主一冯，流风遗韵，必有存者。①

词的南方化和"词为艳科"的确立，实际上为词的婉约风格奠定了重要的基础。因此，在北宋以来，婉约词风仍然占据主流，只是在创作手法方面实现了一些新的突破，而婉约之风正是南方文学的重要特点。欧阳修的《醉蓬莱》云：

> 见羞容敛翠，嫩脸匀红，素腰袅娜。红药阑边，恼不教伊过。半掩娇羞，语声低颤，问道有人知么。强整罗裙，偷回波眼，伴行伴坐。
>
> 更问假如，事还成后，乱了云鬟，被娘猜破。我且归家，你而今休呵。更为娘行，有些针线，诮未曾收啰。却待更阑，庭花影下，重来则个。

这首词写的是女子的幽会，与李煜的《菩萨蛮·花明月暗笼轻雾》有着相似之处：

> 花明月暗笼轻雾，今朝好向郎边去。刬袜步香阶，手提金缕鞋。
>
> 画堂南畔见，一向偎人颤。奴为出来难，教君恣意怜。

不过，欧阳修的《醉蓬莱》有了形象、细节、语言、动作、心理等叙写，体现出了长调的优势。

欧阳修的《诉衷情·眉意》云：

> 清晨帘幕卷轻霜。呵手试梅妆。都缘自有离恨，故画作远

---

① 龙榆生：《龙榆生词学论文集》，上海古籍出版社1997年版，第233—234页。

山长。

　　思往事,惜流芳。易成伤。拟歌先敛,欲笑还颦,最断人肠。

这首欧词当属于温庭筠"弄妆梳洗迟"一式,但景物、意象简单,语言清爽,已非花间面目,而是摆脱了用浓艳的语汇描摹女性衣饰、容貌和肌肤。这与前期词人多从南唐词中汲取营养不无关系[1]。刘攽《中山诗话》曾评曰:"晏元献尤喜江南冯延巳歌词,其所自作,亦不减延巳。"[2]清人冯煦在《宋六十一家词选例言》中也指出:

　　宋初大臣之为词者,寇莱公、晏元献、宋景文、范蜀公与欧阳文忠并有声艺林。然数公或一时兴到之作,未为专诣;独文忠与元献,学之既至,为之亦勤,然双鹄于交衢,驭二龙于天路。且文忠家庐陵,而元献家临川:词家遂有西江一派。其词与元献同出南唐,而深致则过之。宋至文忠,文始复古,天下翕然师尊之,风尚为之一变。即以词言,亦疏隽开子瞻,深婉开少游。[3]

由于受南唐词的影响,宋词的整体风格是趋向婉约的。有研究者对宋词进行研究后发现,宋词中婉约风格的作品占了绝对的比例[4]。即便被称为"豪放派"的宋代词人苏轼、辛弃疾等,也曾创作过大量婉约风格的作品:苏轼的"敛尽春山羞不语。人前深意难轻诉"(《蝶恋花·记得画屏初会遇》)、"红杏飘香,柳含烟翠拖轻缕"(《点绛唇·红杏飘香》)、"凤楼何处。芳草迷归路"(《点绛唇·红杏飘香》)、"绿槐高柳咽新蝉,薰风初入弦。碧纱窗下水沉烟,棋声惊昼眠"(《阮郎归·绿槐高柳咽新蝉》)、"花褪残红青杏小。燕子飞时,绿水人家绕"(《蝶恋花·花褪残红青杏小》)等;辛弃疾的"众里寻他千百度。蓦然回首,那人却在,灯火阑珊处"(《青玉案·元夕》)、"明月别枝惊鹊,清风半夜鸣蝉"(《西江月·夜行黄沙道中》)、"惜春长怕花开早,何况落红无数"(《摸鱼儿·

---

[1] 廖泓泉:《论北宋前期词对传统题材的翻新》,《内蒙古大学学报(人文社会科学版)》,2006年第4期,第104页。
[2] 刘攽:《中山诗话》,何文焕辑:《历代诗话》,中华书局2004年版,第284页。
[3] 冯煦:《蒿庵论词》,唐圭璋编:《词话丛编》第四册,中华书局1986年版,第3585页。
[4] 杨金梅:《论词在宋代的地域性接受》,《中国矿业大学学报(社会科学版)》,2004年第1期,第101页。

更能消几番风雨》)、"休去倚危栏,斜阳正在,烟柳断肠处"(《摸鱼儿·更能消几番风雨》)、"若教眼底无离恨,不信人间有白头"(《鹧鸪天·晚日寒鸦一片愁》)、"城中桃李愁风雨,春在溪头荠菜花"(《鹧鸪天·陌上柔桑破嫩芽》)、"浮天水送无穷树,带雨云埋一半山"(《鹧鸪天·送人》)、"梦回人远许多愁,只在梨花风雨处"(《玉楼春·风前欲劝春光住》)等。

三、北宋词风的士大夫化

雅化是词由五代到宋演进过程中呈现出的总体趋势。词的雅化,具体表现即是词摒弃雕饰质实、穷形尽相的描写,转而追求契合文人士大夫情趣的淡雅表达①。南唐在词的雅化方面起到了重要的作用。词从温庭筠到李璟,已逐渐开始走向雅致。王国维评曰:"温飞卿之词,句秀也;韦端己之词,骨秀也;李重光之词,神秀也。"②王国维的论述表明,温庭筠和韦庄虽都为花间词人,但二人的词风却并不一致。温庭筠的词,还停留于语言的秀美艳丽,而韦庄的词则深入到了"骨骼",突破了语言的雕琢。李煜的词则对词的意义开掘方面进行了较大的提升,完成了语言到意义的转变。王国维的这一论述,实际上也揭示了词的雅化过程。词的雅化演变,冯延巳和李煜是两位重要的人物。冯延巳的词突破"花间"的绮丽俗艳,追求内心的深层感受,赋予词作独特的审美追求。李煜亡国前后写下了大量故国情思的忧思之作,一洗词的艳丽,真正开启了词的"士大夫"化的进程。这就是王国维所说的"词至李后主而眼界始大,感慨遂深,遂变伶工之词而为士大夫之词"③。

"眼界始大"是南唐词发展过程中对宋词产生的重要影响。南唐词不再局限于宫廷、楼阁、闺阁,而是极目远眺,格局更大,意境更为广阔。李煜、冯延巳等的词都具这种风格。王国维评曰:"词至李后主而眼界

---

① 陈未鹏、吴聘奇:《论地域文化与词学流派的演进——以南唐词风与晏欧词派为例》,《厦门广播电视大学学报》,2015年第1期,第47页。
② 王国维:《人间词话》,唐圭璋编:《词话丛编》第五册,中华书局1986年版,第4242页。
③ 王国维:《人间词话》,唐圭璋编:《词话丛编》第五册,中华书局1986年版,第4242页。

始大","张皋文谓飞卿之词'深美闳约',余谓此四字唯冯正中足以当之","温、韦之精艳,所以不如正中者,意境有深浅也"①。晏几道、晏殊、欧阳修等,都继承了南唐的宽阔"眼界"。陈廷焯评曰:"温、韦创古者也。晏、欧继温、韦之后,面目未改,神理全非,异乎温、韦者也。"②晏殊善诗词,尤工小令,他的词题材比较狭窄,对南唐词因袭成分较大,承袭南唐风格,追宗"西昆体",以情致胜。晏殊对时间消逝、人生如梦的感叹较为深刻,如"无可奈何花落去,似曾相识燕归来"(《浣溪沙》),"春花秋草,只是催人老"(《清平乐》)等。晏殊的"昨夜西风凋碧树,独上高楼,望尽天涯路"(《蝶恋花·槛菊愁烟兰泣露》)句,意境高远,情感深邃;欧阳修的"人生自是有情痴,此恨不关风与月""直须看尽洛城花,始共春风容易别"(《玉楼春·尊前拟把归期说》)等句,王国维评曰"于豪放之中有沉着之致,所以尤高"③。晏几道的《小山词》,南宋藏书家陈振孙评曰:"其(叔原)词在诸名胜中,独可追逼花间,高处或过之。"④这些词句都表明其已不再是"花间"风格,而是有了对人生更为深层的思考。

"感慨遂深"是南唐词的重要特点,也是词的雅化进程中的重要突破。"感慨遂深"也就是词被赋予了更丰富的思想内涵与更深挚的情感寄托。李清照《词论》云:"五代干戈,四海瓜分豆剖,斯文道熄。独江南李氏君臣尚文雅,故有'小楼吹彻玉笙寒''吹皱一池春水'之词。语虽甚奇,所谓'亡国之音哀以思'者也。"⑤冯延巳的《鹊踏枝》诸首,也跳出了闺怨思妇的范围,表现出"寄托"之情。南唐后主和冯延巳等词人的词风,都影响到了宋初词人。夏敬观《评小山词跋尾》亦称:"晏氏父子,嗣响南唐二主,才力相敌,盖不特词胜,犹有过人之情。"⑥陈廷焯《白雨斋词话》评曰:"李后主、晏叔原皆非词中正声,而其词则无人不爱,以其

---

① 王国维:《人间词话》,唐圭璋编:《词话丛编》第五册,中华书局1986年版,第4242、4241、4276页。
② 陈廷焯,杜维沫校点:《白雨斋词话》卷八,人民文学出版社1959年版,第208页。
③ 王国维:《人间词话》,唐圭璋编:《词话丛编》第五册,中华书局1986年版,第4245页。
④ 陈振孙:《直斋书录解题》卷二十一《小山集》,上海古籍出版社1987年版,第618页。
⑤ 李清照著,黄墨谷辑校:《重辑李清照集》,中华书局2009年版,第53页。
⑥ 转引自王运熙、顾易生:《中国文学批评通史》(宋金元卷),上海古籍出版社1996年版,第535页。

情胜也。情不深而为词,虽雅不韵,何足感人?"①这种"情",主要是指超越了男女情事的范畴,而有了人生命运的深意,表现出诗人的寄托兴怀。如以下两首词,皆题为《喜迁莺》:

喜迁莺
和　凝

晓月坠,宿云披,银烛锦屏帷。建章钟动玉绳低,宫漏出花迟。

春态浅,来双燕,红日渐长一线。严妆欲罢啭黄鹂,飞上万年枝。

喜迁莺
李　煜

晓月坠,宿云微,无语枕频欹。梦回芳草思依依,天远雁声稀。

啼莺散,余花乱,寂寞画堂深院。片红休扫尽从伊,留待舞人归。

这两首词都是以"晓月""宿云"起笔,前一首为"曲子相公"和凝之作,勾勒出宫廷的宴饮欢乐,后一首词为南唐后主李煜之作,抒发了词人的失落感怀。俞陛云认为这首词"殆亦失国后所作","春晚花飞,宫人零落,芳讯则但祈入梦,落红则留待归人,皆极写无聊之思"②。

宋初的词则更接近于南唐词。这从王禹偁和林逋的词作中也能窥见一斑。王禹偁和林逋主要从事诗文创作,其作品更多受到"白体诗风"的影响,对北宋诗文的革新起到了重要作用。不过,二人的词作却都表现出了南唐词的风格。如以下两首《点绛唇》:

点绛唇
王禹偁

雨恨云愁,江南依旧称佳丽。水村渔市,一缕孤烟细。

天际征鸿,遥认行如缀,平生事。此时凝睇。谁会凭阑意。

---

① 陈廷焯,杜维沫校点:《白雨斋词话》卷七,人民文学出版社1959年版,第196页。
② 俞陛云:《唐五代两宋词选释》,上海古籍出版社1985年版,第131页。

点绛唇

林　逋

金谷年年,乱生春色谁为主。余花落处。满地和烟雨。

又是离歌,一阕长亭暮。王孙去。萋萋无数。南北东西路。

这两首词的兴寄之情与南唐词类似的。王禹偁的《点绛唇(雨恨云愁)》蕴含着诗人对"平生事"的远大抱负,下阕将"平生事"化为"天际征鸿"的"凝睇",尽显含蓄深沉,一改北宋初年词坛上流行的"秉笔多艳冶"的风气。林逋的《点绛唇·金谷年年》以无尽之景渲染无尽之忧愁。结尾处"王孙去"数句,正如李煜《清平乐》词所说:"离恨恰如春草,更行更远还生。"林逋将"离恨春草"的意象换成了"南北东西路",以无尽的漫漫长路替代了绵延不绝的春草,二者传递的都是无限的愁意,只是李煜的"离恨春草"的意象更为精妙。

总之,词体进入晚唐五代以后,经文士的改造与加工而渐趋成熟;又经"花间鼻祖"温庭筠的创造和南唐词人冯延巳、李煜的强化,进一步确立了以小令为主的文本体式、以柔情为主的题材取向和以柔软婉丽为美的审美规范。晏殊、欧阳修的词作,主要继承的就是五代这种词风,但他们在继承中又有革新求变的一面。晏殊词写男女恋情,已过滤了五代"花间"词所包含的轻佻艳冶的杂质,而显得纯净雅致。欧阳修在词的创新方面,一是沿着李煜词所开辟的方向,进一步用词抒发自我的人生感受,扩大了词的抒情功能;二是改变了词的审美趣味,朝着通俗化的方向开拓,而与柳永词相互呼应[①]。

第三节　冯延巳词开北宋晏欧一派

冯延巳是五代十国时期著名的南唐词人。词论家认为他的词"领袖于南唐","为五代之冠"[②]。其存词之多,在唐五代词人中,无人可与

[①] 袁行霈主编,莫砺锋、黄天骥卷主编:《中国文学史(第三卷)》,高等教育出版社2014年版,第29页。
[②] 陈廷焯:《云韶集》卷一,孙克强、杨传庆点校整理:《〈云韶集〉辑评(之一)》,《中国韵文学刊》2010年第3期,第49页。

之比肩。冯延巳的词虽然沿袭"花间"词风,在题材上虽多写闺阁情事,然而却能因循出新,语言清新婉转,取象开阔深远,意境丰富,情感真切饱满,对北宋词人影响甚巨。《宋词通论》将欧阳修、晏殊、晏几道和张先并称为宋词"四大开祖"①。冯延巳的词影响着晏殊、晏几道、欧阳修、张先、范仲淹等宋代重要词人。这一点在历代词论家中均有论述。刘攽《中山诗话》云:"晏元献尤喜江南冯延巳歌词。其所自作,亦不减延巳。"②龙榆生亦云:"延巳词洞开宋初欧、晏诸家风气,清深婉丽,时有感怆凄郁之音。小令发展至此,已渐登峰造极矣。"③冯煦《唐五代词选·叙》云:"吾家正中翁,鼓吹南唐,上翼二主,下启欧、晏,实正变之枢贯,短长之流别。"④陈秋帆《阳春集笺序》云:"推本言之,当时(五代)词人,求其风格高轶,含蓄蕴藉,堂庑特大,为宋人楷模者,应推延巳。北宋诸贤,得其一端,足以名世。"⑤由此可以看出,冯延巳的词对宋代词人的重要影响。

一、沉郁之风

冯延巳的词最能代表其特色的是《鹊踏枝》14首。《鹊踏枝》别名《蝶恋花》,原为唐教坊曲,调名取义梁简文帝萧纲《东飞伯劳歌》中的"翻阶蛱蝶恋花情"一句。这14首词也是影响宋初词人最大的词作。晏殊和欧阳修的词中就有多首《蝶恋花》。如晏殊的《蝶恋花·六曲阑干偎碧树》《蝶恋花·槛菊愁烟兰泣露》《蝶恋花·南雁依稀回侧阵》《蝶恋花·一霎秋风惊画扇》《蝶恋花·帘幕风轻双语燕》等十余首,欧阳修有《蝶恋花·面旋落花风荡漾》《蝶恋花·帘幕东风寒料峭》《蝶恋花·独倚危楼风细细》《蝶恋花·画阁归来春又晚》等20余首。可以看出《鹊踏枝》这一词在晏殊、欧阳修词创作中的影响。

更为有趣的是,冯延巳、晏殊、欧阳修有许多词在他们的词集中是互见的。据唐圭璋先生的《宋词互见考》,冯延巳与欧阳修词互见的

---

① 薛砺若:《宋词通论》,上海书店出版社2022年版,第74页。
② 刘攽:《中山诗话》,见何文焕:《历代诗话》,中华书局1982年版,第283页。
③ 龙榆生:《近三百年名家词选》,上海古籍出版社2017年版,第61页。
④ 冯煦:《唐五代词选序》,成肇麟编:《唐五代词选》,商务印书馆1929年版,第1页。
⑤ 温庭筠等撰,曾昭岷校订:《温韦冯词新校》,上海古籍出版社1988年版,第407页。

有《鹊踏枝·谁道闲情抛掷久》《鹊踏枝·几日行云何处去》《鹊踏枝·庭院深深深几许》《鹊踏枝·六曲阑干偎碧树》《归自谣·何处笛》《归自谣·寒水碧》《归自谣·春艳艳》《芳草渡·梧桐落》,《更漏子·风带寒》,《醉桃源·南园春半踏青时》《醉桃源·角声吹断陇梅枝》《清平乐·雨晴烟晚》《应天长·石城山下桃花绽》等。欧阳修与冯延巳互见的有《玉楼春·雪云乍变春云簇》。晏殊与欧阳修互见的有《渔家傲·幽鹭慢来窥品格》《渔家傲·楚国细腰元自瘦》《蝶恋花·南雁依稀回侧阵》《玉楼春·珠帘半下香销印》《玉楼春·池塘水绿春微暖》《玉楼春·红条约束琼肌稳》《玉楼春·春葱指甲轻拢捻》《玉楼春·燕鸿过后春归去》。冯延巳与李煜、欧阳修、晏殊互见的有《阮郎归·东风吹水日衔山》。欧阳修与晏殊、秦观互见的有《蝶恋花·梨叶初红蝉韵歇》《渔家傲·粉蕊丹青描不得》《浣溪沙·青杏园林煮酒香》。欧阳修与晏殊互见的有《清商怨·关河愁思望处满》等。唐圭璋先生的《宋词互见考》对这些互见的词的归属问题颇有研究[①]。这些互见词作中影响最大、争论最多的是《鹊踏枝·谁道闲情抛掷久》：

> 谁道闲情抛掷久？每到春来，惆怅还依旧。日日花前常病酒，不辞镜里朱颜瘦。
>
> 河畔青芜堤上柳，为问新愁，何事年年有？独立小桥风满袖，平林新月人归后。

这首词或名《蝶恋花》,同时收入于冯延巳和欧阳修的词集之中。这首词究竟属于冯延巳还是欧阳修,学术界历来存在争议。有学者从作家风格意境判断,以为冯词偏刚,欧词偏柔,而此词风格柔婉,应为欧阳修所作较为合理。唐圭璋《宋词互见考》则考证两家词集完成时间,以及后世序跋所言,推论其作者应为冯延巳。且不论这首词是冯延巳还是欧阳修,这一现象也侧面表明冯延巳和欧阳修二人词作的共同之处,显示二人近似的词风。

冯延巳的词由"花间"之味,辗转于男女情事,却意境朦胧婉转,诗意也突破情爱束缚,更增人世无常的感伤和叩问。历代词评家每评《鹊

---

① 唐圭璋：《词学论丛》,上海古籍出版社1986年版,第338—407页。

踏枝》这十四首小词,看法都很相近。清代词评家冯煦评曰:"翁俯仰身世,所怀万端,缪悠其辞,若显若晦,揆之六义,比兴为多……其旨隐,其词微,类劳人思妇、羁臣屏子,郁伊怆怳之所为。"①王鹏运评曰:"冯正中《鹊踏枝》十四阕,郁伊惝怳,义兼比兴。"②张尔田评曰:"冯正中身仕偏朝,知时不可为,所谓蝶恋花诸阕,幽咽惝怳,如醉如迷。此皆贤人君子不得志发愤之所为作也。"③这些评价中,都共同道出了冯延巳词的"沉郁""郁结"之感。以冯延巳的《鹊踏枝》为例,该词云:

梅落繁枝千万片,犹自多情,学雪随风转。昨夜笙歌容易散,酒醒添得愁无限。

楼上春寒山四面,过尽征鸿,暮景烟深浅。一晌凭栏人不见,鲛绡掩泪思量遍。

这是一首惜春怀人的词。叶嘉莹先生评论其道,"写出了所有有情之生命面临无常之际的缱绻哀伤,这正是人世千古共同的悲哀"④,从而表现了冯延巳词作意韵深远的特点。

前文所述的《鹊踏枝·谁道闲情抛掷久》正是一首表达孤寂惆怅的言情词。陈廷焯《白雨斋词话》说这首词"可谓沉著痛快之极,然却是从沉郁顿挫来,浅人何足知之"⑤。这便是冯延巳词作的重要特点。冯延巳历经南唐盛衰,对时世生活有着敏锐的观察和感受,同时又因为自身所处的位置而不便或不能随意表达,因此,他总是将这些观察和感受注入词中,赋予意象,引而不发,含蓄深沉,让人感觉其伤感莫名,愁绪无端。

晏殊的词便吸收了冯延巳词意蕴深远的特质。如他的《鹊踏枝》:

槛菊愁烟兰泣露。罗幕轻寒,燕子双飞去。明月不谙离恨苦。斜光到晓穿朱户。

昨夜西风凋碧树。独上高楼,望尽天涯路。欲寄彩笺兼尺素。

---

① 冯延巳:《阳春集》,上海古籍出版社1988年版,第2—3页。
② 王鹏运:《半塘定稿·鹜翁集》,见《半塘定稿》,京华印书馆1948年版,第18页。
③ 张尔田:《曼陀罗寱词·序》,见《疆村遗书沧海遗音集》第8册,1932年刻本,第1页。
④ 叶嘉莹:《叶嘉莹说词》,上海古籍出版社1999年版,第44页。
⑤ 陈廷焯,杜维沫校点:《白雨斋词话》卷六,人民文学出版社1959年版,第174页。

山长水阔知何处。

这是一首伤离怀远之作,刘学锴认为,它不仅与同类词一样"具有情致深婉的共同点,而且具有一般婉约词少见的境界寥廓高远的特色"①。尤其是"昨夜西风凋碧树,独上高楼,望尽天涯路",成为千古佳句。不过,从词作来看,这一句恰恰印证了其"寥廓高远"的意境这一特征。碧树因一夜西风而尽凋,足见西风之劲厉肃杀;②"独上高楼"则表现出主人公空虚惆怅的孤独;"望尽天涯路"和"山长水阔知何处"尽显寂寥和苍茫。

再如晏殊的《浣溪沙》:

>一向年光有限身,等闲离别易销魂,酒筵歌席莫辞频。
>满目山河空念远,落花风雨更伤春,不如怜取眼前人。

这首词悲年光之有限,感世事之无常。"满目山河空念远,落花风雨更伤春"有着"独上高楼,望尽天涯路"的开阔意象和惆怅。这两句气象宏阔,意境莽苍,以健笔写闲情,兼有刚柔之美。全词虽然抒发了人生易逝、生命短暂的感慨,但是又超越了"空悲"的无奈,而提出"不如怜取眼前人",提出要立足现实,把握眼前,从而使这首词表现出旷达、爽朗的胸襟与识度。

欧阳修也深受冯延巳的影响。欧阳修有一首词名《浣溪沙》:

>堤上游人逐画船,拍堤春水四垂天,绿杨楼外出秋千。
>白发戴花君莫笑,六幺催拍盏频传,人生何处似樽前。

"绿杨楼外出秋千"中的"出"字,在当时被人们广为称道。不过,王国维在《人间词话》中认为这句词来自冯延巳的《上行杯》:"欧九《浣溪沙》词'绿杨楼外出秋千'。晁补之谓,只一'出'字,便后人所不能道。余谓此本于上正中《上行杯》词'柳外秋千出画墙',但欧语尤工耳。"③冯延巳的《上行杯》云:

---

① 上海辞书出版社文学鉴赏辞典编纂中心编:《历代绝妙好词》,上海辞书出版社2017年版,第111页。
② 刘健萍:《晏殊〈蝶恋花槛菊愁烟兰泣露〉导读》,《文学教育(上)》,2008年第5期,第77页。
③ 王国维:《人间词话》,唐圭璋编:《词话丛编》第五册,中华书局1986年版,第4243—4244页。

落梅着雨消残粉，云重烟轻寒食近。罗幕遮香，柳外秋千出画墙。

　　春山颠倒钗横凤，飞絮入帘春睡重。梦里佳期，只许庭花与月知。

　　王国维所说的欧阳修的"出"正来自冯词中的"罗幕遮香，柳外秋千出画墙"。冯延巳的这句词，从词意来看，是说罗帐里睡着一位美人，柳树婆娑，柳下的秋千，荡出了画墙，透出一种香艳之气。而欧阳修的"绿杨楼外出秋千"，并没有直接写到秋千里的少女，而是写绿杨、小楼，让人通过"出画墙"的秋千引发联想，意蕴含蓄、让人无限遐想。因此，欧阳修所用的"出"，则要更胜冯延巳一筹。

　　当然，冯延巳对宋代词人的影响不限于影响了晏殊和欧阳修，还影响了范仲淹、张先、辛弃疾等词人。范仲淹有首词名为《剔银灯·与欧阳公席上分题》。"剔银灯"是个少见的词牌名，它来自冯延巳《应天长》词中的"挑银灯，扃珠户，绣被微寒值秋雨"。宋人龚仲希《中吴纪闻》卷五云："范文正与欧阳文忠席上分题作《剔银灯》，皆寓劝世之意。"①欧阳修此调之词已佚，仅存范词。张先在其《天仙子》里有词句"水调数声持酒听，午醉醒来愁未醒"。这句与冯延巳《抛球乐·逐胜归来雨未晴》中的"水调声长醉里听"极为相似。不过，冯延巳的"水调声长醉里听"让人更加感到意蕴悠长。辛弃疾《摸鱼儿》上阕云："更能消，几番风雨，匆匆春又归去。惜春长怕花开早，何况落红无数。春且住。见说道、天涯芳草无归路。怨春不语。算只有殷勤，画檐蛛网，尽日惹飞絮。"这首词来自冯延巳的《鹊踏枝》"谁道闲情抛掷久？每到春来，惆怅还依旧"。近人梁启超云："稼轩《摸鱼儿》起处，从此脱胎。文前有文，如黄河伏流，莫穷其源。"②

二、宋代词风：上承二主，下启晏欧

　　冯延巳对北宋词风的开创性贡献，就是影响到了北宋词人的词作

---

① 龚仲希：《中吴纪闻》卷五，张宗橚编，杨宝霖补正：《词林记事　词林记事补正合编》上，上海古籍出版社1998年版，第179页。
② 张璋选编，黄畬笺注：《历代词萃》，河南人民出版社1983年版，第58页。

风格,主要表现在题材和表现手法方面。总体来说,就是将"花间"以享乐意识为主的"艳词",变为充满生命意识的人生感慨——闲情,并以忧生和忧世的忧患意识,为"小词"充注了"大"义。因此,宋初的词作较少有描写女性闺怨、歌女舞姬的妖娆艳丽之词,而多为故乡思情、报国立志。冯煦说冯延巳的词是"上翼二主,下启晏欧",三人词风有相近似的地方,如前所述三人词也多有互见。当然,以上互见的词作也有另见于其他词集者,有的经后人考证已有明确的作者归属,但是却从另一个角度说明三人词风相近。冯延巳对晏殊和欧阳修的小令词创作影响尤为深刻。冯词所传达的"感情之意境",使人因之能引发一种丰美的感发和联想,影响了晏、欧诸人,从而使令词的发展进入了一个意蕴深美、感发幽微的境界①。

五代十国以来,"花间"词的影响深远,题材内容都为闺阁庭院、伤春悲秋,词风透出娇媚艳丽,充满脂粉之气。冯延巳的词虽然"不失五代之风格",没有完全摆脱花间词的窠臼,显现出艳冶的一面,但是,与花间词不同的是,冯延巳的词意象更为丰富,境界更为广阔,词风更为雅洁,着重表达内心的情感世界,呈现出淡雅含蓄的文人风格,从内容题材到形式风格都开始朝向士大夫化转型。如冯延巳的《谒金门·风乍起》:

> 风乍起,吹皱一池春水。闲引鸳鸯芳径里,手挼红杏蕊。
> 斗鸭阑干独倚,碧玉搔头斜坠。终日望君君不至,举头闻鹊喜。

这首词写思妇苦闷的心情,"风乍起,吹皱一池春水"情景交融,以景描摹思妇内心的波澜,语义双关,成为千古名句。

又如冯延巳的《谒金门·杨柳陌》:

> 杨柳陌,宝马嘶空无迹。新着荷衣人未识,年年江海客。
> 梦觉巫山春色,醉眼花飞狼藉。起舞不辞无气力,爱君吹玉笛。

---

① 木斋:《论正中体——兼论〈阳春集〉之真伪》,《天中学刊》,2006年第1期,第59—65页;陈未鹏、吴聘奇:《论地域文化与词学流派的演进——以南唐词风与晏欧词派为例》,《厦门广播电视大学学报》,2015年第1期,第46页。

从这首词中,我们可以清楚地感受到一个渴望向爱人传递感情的女子的深情和无助,这种竭力挣扎而又无可奈何的绝望感,透过文字的描述,被诗人清楚地传递了出来。冯延巳的这些词,虽然仍未能摆脱男女情事、闺怨思妇的题材,但是却又并非仅仅描写情事,而是从中生发出对人生的感怀,语言和意象更为雅致。

冯延巳的这种词风,直接影响了晏殊、欧阳修等北宋词人。晏殊的《蝶恋花》云:

槛菊愁烟兰泣露。罗幕轻寒,燕子双飞去。明月不谙离恨苦。斜光到晓穿朱户。

昨夜西风凋碧树。独上高楼,望尽天涯路。欲寄彩笺兼尺素。山长水阔知何处。

这首词与冯延巳的《南乡子》有着相似的主题。冯延巳的《南乡子》云:

细雨泣秋风,金凤花残满地红。闲魇黛眉慵不语,情绪,寂寞相思知几许。

玉枕拥孤衾,挹恨还同岁月深。帘卷曲房谁共醉,憔悴,惆怅秦楼弹粉泪。

从晏殊和冯延巳二人词中可以看出,晏殊的"槛菊愁烟兰泣露"与冯延巳的"细雨泣秋风,金凤花残满地红"的表现手法相似。

欧阳修的《玉楼春》云:

别后不知君远近,触目凄凉多少闷。渐行渐远渐无书,水阔鱼沉何处问。

夜深风竹敲秋韵,万叶千声皆是恨。故欹单枕梦中寻,梦又不成灯又烬。

冯延巳的《归国遥》云:

何处笛?深夜梦回情脉脉,竹风檐雨寒窗隔。
离人几岁无消息,今头白,不眠特地重相忆。

从欧阳修和冯延巳二人词中可见,二者都表达了内心的凄苦,都是通过深秋的肃杀夜景来衬托。冯延巳感叹自己的身世和对国家的担忧,晏殊和欧阳修则继承了冯延巳的含蓄表达方法。

词在冯延巳这里开始有了士大夫高雅的情趣和文雅的风范。在词中大量抒写士大夫的真切生命体验与人生感受,是冯延巳的词呈现自我抒情化的一个重要的表现。《柳塘词话》卷四引陈世修云:"冯正中乐府思深语丽,韵逸调新,有杂入《六一集》中者。余谓其多至百首。黄山谷、陈后山虽以庸滥目之,然诸家骈金俪玉,而阳春词特为言情之作。"①陈世修说冯延巳词"思深词丽",王国维赞誉冯词"深美宏约",指向的都是冯词的"深",这种"深"正是"感慨遂深"——思想意蕴更加深刻。如其《鹊踏枝》词云:

几日行云何处去?忘却归来,不道春将暮。百草千花寒食路,香车系在谁家树?

泪眼倚楼频独语。双燕飞来,陌上相逢否?撩乱春愁如柳絮。悠悠梦里无寻处。

这首词连用三个问句:"几日行云何处去?""香车系在谁家树?""双燕飞来,陌上相逢否?"步步追问,不断加深,突出主人公内心的迫切愿望和悲观的心理。"撩乱春愁如柳絮,悠悠梦里无寻处"更是写出了人生失落的常态。叶嘉莹认为:"南唐词特别富于一种感动兴发的意味。它由自己本身的感情本质的感发的生命,引起读者的感情、品格、心灵、情操的一种联想。"②冯延巳的词正是对人生有了更大的省悟。这对后来宋初的词人也有很大的影响。

三、晏同叔得其俊,欧阳永叔得其深

冯延巳生活的南唐,由弱小变得强盛,又由强盛逐渐走向衰败,甚至向后周称臣,割地求和,失去国土。这给冯延巳产生了强烈的冲击。内心忧患之情油然而生。因此,人生的忧思与生命的感叹是冯延巳词

---

① 王兆鹏:《唐宋词汇评》(唐五代卷),浙江教育出版社 2004 年版,第 426 页。
② 叶嘉莹:《唐宋词十七讲》,岳麓书社 1989 年版,第 128 页。

的主要感情基调,也是冯延巳词对花间词的重要突破。冯延巳《菩萨蛮》云:

  娇鬟堆枕钗横凤,溶溶春水杨花梦。红烛泪阑干,翠屏烟浪寒。
  锦壶催画箭,玉佩天涯远。和泪试严妆,落梅飞晓霜。

  这首词抒发思妇怀人的情感,"和泪试严妆"一语描写思妇晨起梳妆时的哀伤情态。尽管思妇的内心极为悲痛,"红烛泪阑干""玉佩天涯远",但还是盛妆以待,或许是用盛妆以留着自己易逝的青春,或者是盛妆来等待心中的归人。然而她的精心装扮无人欣赏,只有梅花飞舞,晓霜渐寒,进一步加深了思妇内心的悲凉之感。王国维在评述冯延巳词作总体风格时,就是以这首词中的"和泪试严妆"评之:"正中词品,若欲于其词句中求之,则'和泪试严妆',殆近之欤?"①王国维用"和泪试严妆"来评述,确实是独具慧眼,准确地概括了冯延巳词在严丽的语言内部所包裹着的忧患悲苦的感情。杨海明也指出,"冯词的突出成就,就在于他写出了封建时代文人所共同怀有的对于'人生无常'和'世事难料'的悲哀。这种悲哀,虽然在前代诗文中早就有过不少的表现,而在词中,却还是第一次(至少就它表现的深刻性和优美性而言),因此,冯词就以之而能在词史上独占一席重要的位置"②。因此,我们可以看出冯延巳的词既有"旧恨",也多"新愁"。前者如"昨夜笙歌容易散""历历前欢无处说""可惜旧欢携手地,思量一夕成憔悴""夜夜梦魂休谩语,已知前事无寻处""旧欢前事杳难追""昔年无限伤心事""谁道闲情抛掷久,每到春来,惆怅还依旧"等;后者如"河畔青芜堤上柳,为问新愁,何事年年有""开眼新愁无问处"等③。刘扬忠的《唐宋词流派史》指出冯词的个人抒情风格为:"以忧患感伤为主调,以哀为美。"④

  晏殊、欧阳修等宋代词人也基本上延续了冯延巳的这一词风。不

---

① 王国维:《人间词话》,唐圭璋编:《词话丛编》第五册,中华书局1986年版,第4241—4242页。
② 杨海明:《唐宋词史》,天津古籍出版社1998年版,第144—145页。
③ 万燚、欧阳俊杰:《从忧患意识到哲理意蕴——论冯延巳词抒情的哲理化倾向》,《中华文化论坛》,2009年第3期,第67—68页。
④ 刘扬忠:《唐宋词流派史》,福建人民出版社1999年版,第117页。

过,晏殊、欧阳修对冯延巳词学习的侧重点不同,也形成了各自不同的风格。用叶嘉莹的话概括就是"执着的深情"(冯延巳)、"旷达的怀抱"(晏殊)、"豪宕的逸兴"(欧阳修)。清代文学家刘熙载也在作品《艺概》中盛赞:"冯延巳词,晏同叔得其俊,欧阳永叔得其深。"①

"晏同叔得其俊","俊"即俊朗疏淡、语言华丽、有士大夫气。冯延巳的词面对人生的痛苦和烦恼,不会沉溺其中,而是表现出一种超脱的态度,在语意上则表现出一种意境空阔高远。晏殊正是继承了冯延巳的这个艺术特点。冯延巳的《抛球乐》云:

> 坐对高楼千万山,雁飞秋色满阑干。
> 烧残红烛暮云合,飘尽碧梧金井寒。
> 咫尺人千里,犹忆笙歌昨夜欢。

这首词中"坐对高楼千万山"的超然旷远,正显示了冯延巳词的"俊"。晏殊的"春风不负东君信,偏拆群芳,燕子双双。依旧衔泥入杏梁"(《采桑子》),"阳和二月芳菲遍,暖景溶溶,戏蝶游蜂,深入千花粉艳中"(《采桑子》)等,都有着冯延巳词的"俊"。晏殊的词能从平常之物中悟出生命之忧思,并与情爱之思相结合,往往做到"情中有思"。这点是对于冯延巳通过艳情来表现愁苦,其中所流露出来的人生无常的生命短暂意识的延续。晏殊自幼聪慧,十四岁以神童入试,赐同进士出身,历任知制诰、翰林学士,后官至宰相,仕途非常顺利,因此,他对郁郁不得志的苦闷、人生的不幸和生活的窘迫,难以引发切身之感。正是这样,晏殊虽然继承了冯延巳词中的忧患风格,但对忧患的理解自然没有冯延巳深刻,更多表现的是从自然景物中引发对"人生短暂"的感慨。如他的名作《浣溪沙·一曲新词酒一杯》:

> 一曲新词酒一杯,去年天气旧亭台。夕阳西下几时回?
> 无可奈何花落去,似曾相识燕归来。小园香径独徘徊。

这是晏殊较具代表性的从景物出发感慨人生的典型模式。正是这样,晏殊的词承冯词之清俊而自辟其超旷,表现出一种超脱和洒脱,以

---

① 刘熙载:《艺概》,中华书局1978年版,第107页。

及对当下的珍惜之情。

又如晏殊的《破阵子》：

> 湖上西风斜日，荷花落尽红英。金菊满丛珠颗细，海燕辞巢翅羽轻。
>
> 年年岁岁情。美酒一杯新熟，高歌数阕堪听。不向尊前同一醉，可奈光阴似水声。迢迢去未停。

这首词写时光易逝、人生无常，然又通过"美酒一杯新熟，高歌数阕堪听"表现出对当下生活的热爱和自足。这就与冯延巳词中蕴含的哀愁和感伤所不同。虽也有着难以排遣的忧愁和人生的感叹，但是，与《浣溪沙·一曲新词酒一杯》一样，晏殊的词作抒发出更为热烈的珍惜热爱之情。

再如晏殊的《浣溪沙·一向年光有限身》，也表现出强烈的珍惜和憧憬。

> 一向年光有限身。等闲离别易销魂。酒筵歌席莫辞频。
>
> 满目山河空念远。落花风雨更伤春。不如怜取眼前人。

这首词抒发了作者的离愁别绪和人生短暂的愁思，以致"酒筵歌席莫辞频"的对酒当歌来排解。这首词表现了晏殊既有对时光有限和世事无常的感慨，又试图对这种悲剧意识作一种超越，提出"不如怜取眼前人"的排遣方法，陈永正认为这首词"取景甚大，笔力极重，格调遒上。抒写伤春念远的情怀，深刻沉着，高健明快，而又能保持一种温婉的气象，使词意不显得凄厉哀伤"①。

"欧阳永叔得其深"，"深"指的是冯延巳词不只是写景，而是体现出对人生的深刻思考，充满了忧患意识，形成了"沉郁顿挫"的词风。欧阳修一生曾三遭贬谪，他所作的词有一部分与传统的相思离愁不同，所抒发的只是纯粹的自我心理体验和对待生活的态度。这可以说是一种新的创作方向，既不是花间词中的离愁别恨，也不同于晏殊和冯延巳那般

---

① 夏承焘、唐圭璋、缪钺、叶嘉莹等：《宋词鉴赏辞典》，上海辞书出版社2017年版，第128页。

将愁绪寓于艳情和闲情之中①。欧阳修的词与冯延巳的词有较多相似之处。《人间词话》评曰:"冯正中《玉楼春》词'芳菲次第长相续,自是情多无处足。尊前百计得春归,莫为伤春眉黛促'。永叔一生似专学此种。"②冯延巳的词在缠绵哀怨中已经有了别样的情致,读者能够感受到一种达观和洒脱,欧阳修的词风格正与此相近。不过,欧阳修的词更进一步。如欧阳修的《玉楼春》:

尊前拟把归期说,未语春容先惨咽。人生自是有情痴,此恨不关风与月。

离歌且莫翻新阕,一曲能教肠寸结。直须看尽洛城花,始共春风容易别。

这首词借男女离愁抒写人生忧患。作者既写出了离愁的痛苦,也用"人生自是有情痴,此恨不关风与月""直须看尽洛城花,始共春风容易别"传递出人生别离的不可避免和珍惜转瞬即逝的欢乐。王国维在《人间词话》中评价此词说:"于豪放之中,有沉著之致,所以尤高。"③相比冯延巳"谁道闲情抛掷久""一晌凭栏人不见,鲛绡掩泪思量遍"的真挚,欧阳修在词中对人生愁苦的豪迈式抒写,是对冯延巳词的进一步深化。这是所谓的欧阳修得其"深"。

同时,欧阳修的婉曲悠深的写作手法也是继承了冯延巳。如欧阳修的《蝶恋花》:

庭院深深深几许,杨柳堆烟,帘幕无重数。玉勒雕鞍游冶处,楼高不见章台路。

雨横风狂三月暮,门掩黄昏,无计留春住。泪眼问花花不语,乱红飞过秋千去。

此词写闺怨。词风深稳妙雅,也即含蓄蕴藉,婉曲幽深,耐人寻味。这首词的景写得深,情写得深,意境也写得深。尤其是结句,更臻于妙

---

① 周玉:《论冯延巳词的特点及影响》,《西昌学院学报(社会科学版)》,2012年第2期,第35页。
② 王国维:《人间词话》,唐圭璋编:《词话丛编》第五册,中华书局1983年版,第4244页。
③ 王国维:《人间词话》,唐圭璋编:《词话丛编》第五册,中华书局1983年版,第4245页。

境,明人沈际飞《草堂诗余正集》评曰:"末句参之点点飞红两句,一若关情,一若不关情,而情思俱举,荡漾无边。"①王国维认为"泪眼问花花不语,乱红飞过秋千去"是一种"有我之境",即"以我观物,故物皆著我之色彩"②。

四、冯延巳与江西词派的形成

龙榆生在《唐宋名家词选》中指出:"延巳在五代为一大作家,与温、韦分鼎三足,影响北宋诸家者尤巨。南唐歌词种子,向江西发展,辙迹可寻,冯氏实其中心人物,治词史者所不容忽也。"③龙榆生的论述指出了南唐词向江西地区发展的现象,而起到核心作用的是冯延巳。确实,随着南唐国力逐步衰退,南唐的中心向江西转移,一批南唐文人迁入江西,并且在江西成立了各类唱和组织。宋代的许多词人都来自江西,或者与江西有关。北宋中前期的词坛更是被晏殊、欧阳修等江西词人所主宰。虽然宋代词人并非都来自江西,但是与江西有关的词人则是宋词的主力,也是宋词中影响最大的一支力量。清人冯煦在《宋六十家词选例言》中论及欧阳修词时说:"宋初大臣之为词者,寇莱公、晏元献、宋景文、范蜀公,与欧阳文忠并有声艺林,然数公或一时兴到之作,未为专诣。独文忠与元献,学之既至,为之亦勤。翔双鹄于交衢,驭二龙于天路。且文忠公家庐陵,而元献家临川,词家遂有西江一派。其词与元献同出南唐,而深致则过之。"④冯煦的这段话论及北宋初年士大夫词人的关键人物,论述了词人的籍贯,提出了"西江派"的概念,认为这些词人能"专诣",即形成自我风格,其代表是晏殊和欧阳修。近代学人刘毓盘亦言:"晏家临川,欧家庐陵,王安石、黄庭坚,皆其乡曲小生,接足而起,词家之西江派,尤早于诗家。惟二氏诵法南唐,仅工小令。"⑤

冯延巳对江西词派的形成产生了重要影响。冯延巳在保大六年至保大九年间(948—951年)在抚州担任节度使。冯延巳的词自然在江

---

① 杨万里:《草堂诗余》,崇文书局2017年版,第76页。
② 王国维:《人间词话》,唐圭璋编:《词话丛编》第五册,中华书局1986年版,第4239页。
③ 龙榆生编选:《唐宋名家词选》,中华书局2018年版,第58页。
④ 晏殊,晏几道:《晏殊词集 晏几道词集》,上海古籍出版社2016年版,第82页。
⑤ 刘毓盘:《词史》,上海书店1985年版,第68页。

西广为传播。宋代罗愿的《新安志》卷十《记闻》载:"冯相国乐府号《阳春录》者,冯氏子孙泗州推官璪,尝以示晏元献公,公以为真赏。"①叶嘉莹对冯延巳在江西词派的发展给予了高度评价:"罢相当年向抚州,仕途得失底须忧。若从词史论勋业,功在江西一派流。"②

冯延巳在江西的影响,客观上促进了江西一地以词为代表的文化发展。据唐圭璋《两宋词人占籍考》,两宋词人中,浙江省216人,江西省158人,福建省111人,江苏省82人,安徽省46人,湖南省17人③。可以看出,江西籍词人在两宋词人中占据着重要的比例,形成了一支重要的力量。况周颐在《历代词人考略》中评曰:"《阳春》一集,为临川、珠玉所宗,愈瑰丽,愈醇朴。南渡名家,沾丐膏馥,辄臻上乘。冯词如古蕃锦,如周、秦宝鼎彝,琳琅满目,美不胜收。"④"临川"指王安石,周颐认为王安石的词是以冯延巳的《阳春集》为学习对象。这种学习还包括王安石向晏殊、欧阳修等人词风的学习。王安石的《伤春怨·雨打江南树》中的"把酒祝东风,且莫恁,忽忽去"句也与欧阳修《浪淘沙·把酒祝东风》中的"把酒祝东风。且共从容"句暗合。

冯延巳、晏殊、晏几道、欧阳修的词,对宋词日后的繁荣昌盛起到开先河的作用,从而形成了词坛上承前启后的重要流派——江西词派。在承接南唐传统以衍成北宋江西词派的道路上,晏、欧二人确是并驾齐驱、各擅胜场。他们自身所创造和遗留下来的词学传统,影响着后代江西词的发展进程⑤。

第四节　李煜词开北宋词新境

晚唐五代时期,以温庭筠、韦庄等为代表的花间词人,喜用华丽辞藻粉饰女性容貌服饰,描写男女情事,风格艳丽媚俗,被称为艳词。"词

---

① 转引自唐红卫、李光翠、阳海燕:《二晏年谱长编》,南开大学出版社2016年版,第168页。
② 叶嘉莹:《唐宋词名家论稿》,河北教育出版社1997年版,第35页。
③ 唐圭璋:《词话论丛》,上海古籍出版社1986年版,第576页。
④ 王兆鹏:《唐宋词汇评》(唐五代卷),浙江教育出版社2004年版,第428页。
⑤ 黄健保:《论江西词派》,《上饶师专学报》,2000年第2期,第29—34页。

为艳科"已成为当时的一种风尚。南唐时期,词风虽有所变化,但依然充斥着大量缠绵绮靡、温软香艳的作品。李煜是南唐对后世影响较为深远的词人,也是一个前后词风截然不同的词人。早期的他醉心宫廷生活,喜好酬唱之风,大多纵情声色。随着南唐的灭亡,李煜被俘北上,囚禁于汴京,从此开启了李煜词作的深刻转型。王国维在《人间词话》里说:"词至李后主而眼界始大,感慨遂深,遂变伶工之词而为士大夫之词。"① 王国维指出李煜词风的三重变化:一是眼界的进一步拓展,意境更为深远;二是作品真情流露,思想深刻,即所谓感慨遂深;三是在前两者转变的基础上,李煜的词不再是为宴饮歌乐所作的"伶工之词",而是不断走向雅化和思想深度的"士大夫之词"。李煜的词风也深深影响了北宋一代词人的创作,推动了北宋词风的"士大夫化"转型。正如胡应麟所云:"(后主)乐府为宋人一代开山。"②

一、"亡国之音"的批评

李煜词在宋初首先是作为一种"亡国之音"而被文人学士所批评。宋人叶梦得《石林燕语》卷四记载:

> 江南李煜既降,太祖尝因曲燕问:"闻卿在国中好作诗",因使举其得意者一联。煜沉吟久之,诵其咏扇云:"揖让月在手,动摇风满怀。"上曰:"满怀之风,却有多少?"他日复燕煜,顾近臣曰:"好一个翰林学士。"③

李煜"写诗亡国"的另一事也屡被提及。宋人胡仔《苕溪渔隐词话》引蔡绦所作《西清诗话》记载:

> 南唐后主围城中作长短句,未就而城破:"樱桃落尽春归去,蝶翻金粉双飞。子规啼月小楼西。曲栏金箔,惆怅卷金泥。门巷寂寥人去后,望残烟草低迷。"余尝见残稿,点染晦昧。心方危窘,不

---

① 王国维:《人间词话》,唐圭璋编:《词话丛编》第五册,中华书局1986年版,第4242页。
② 胡应麟:《诗薮》,上海古籍出版社1979年版,第291页。
③ 叶梦得撰,侯忠义点校:《石林燕语》,中华书局1984年版,第60页。

在书耳。艺祖云:"李煜若以作诗工夫治国事,岂为吾虏也。"①

宋太祖、宋太宗对李煜的词既表现出欣赏之情,也更多对其"亡国之音"的批评,所以宋太祖感慨"李煜若以作诗工夫治国事,岂为吾虏也"。苏辙后来也对李煜"樱桃落尽春归去"这首词评曰:"凄凉怨慕,真亡国之音也。"②这正是宋代君臣和文人对李煜词的批评所在。然而,正是这种浓烈的"亡国"气息,才使得李煜后期的词"眼界始大,感慨遂深"。

宋代初期,政治、经济、文化都进入了一个相对稳定发展的时期。无论是君臣,还是士大夫,对李煜的"亡国之音"自然是无法接受。苏轼也在《书李主词》中对李煜"因词误国"进行了批评:"后主既为樊若水所卖,举国与人,故当恸哭于九庙之外,谢其民而后行。顾乃挥泪宫娥、听教坊离曲?"③《隐居通议》卷十一评曰:"汉高帝《大风》之歌曰'大风起兮云飞扬。威加海内兮归故乡。安得猛士兮守四方'。……南唐李后主之词曰'樱桃落尽春归去,蝶翻轻粉双飞'。又曰'门巷寂寥人去后,望残烟草凄迷'。合四君所作而论之,则开基英雄之主与亡国衰弱之君,气象不同,居然可见。"④宋人黄昇《花庵词选》卷一题注评《乌夜啼·无言独上西楼》云:"此词最凄惋,所谓亡国之音哀以思。"⑤甚至北宋后期的李清照也在《词论》中评曰:"五代干戈,四海瓜分豆剖,斯文道熄。独江南李氏,君臣尚文雅,故有'小楼吹彻玉笙寒''吹皱一池春水'之词。语虽甚奇,所谓亡国之音哀以思也。"⑥从这些评述中可见,北宋文人对李煜词作的批评都集中于"亡国之音"。

不过,李煜的"亡国之音"正是南唐词走向深入的重要表现,其指向的是李煜词作流露出的"凄婉"特质,而这在内在地影响到了宋代词的创作。有研究者认为,"李煜入宋后的词作,洗尽宫体和倡风,以词抒写

---

① 胡仔纂:《苕溪渔隐词话》卷一,唐圭璋编:《词话丛编》第一册,中华书局1986年版,第161页。
② 陈鹄:《耆旧续闻》,唐圭璋编:《词话丛编》第二册,中华书局1986年版,第1816页。
③ 苏轼著,孔凡礼点校:《苏轼文集》,中华书局1986年版,第2151—2152页。
④ 刘埙:《隐居通议》,商务印书馆1937年版,第119页。
⑤ 黄昇:《花庵词选》卷一,上海世纪出版集团2007年版,第23页。
⑥ 李清照著,黄墨谷辑校:《重辑李清照集》,中华书局2009年版,第53页。

自身经历和生活实感,多家国之慨,发哀婉之音,遂把词引入了歌咏人生的正常途径,这恰好开启了宋词抒情言志的先河,指明了唐宋词发展的方向,因而其凄婉的亡国之音遂成为宋人品评的热点,也成为他们接受李后主词的一个契机"①。

二、李煜词作的流行

李煜的词虽然不断受到有宋一代的批评,然而,这种批评主要是对李煜治国理政的批评,李煜在诗词方面所具的才情,则是宋代文人无法回避的事实。因此,宋代对李煜词"亡国之音"的批评,并没有影响到宋代词人对李煜词的欣赏。北宋词人甚至将李煜词作为写作的范本。胡仔《苕溪渔隐丛话》引《雪浪斋日记》记载,王安石与黄庭坚曾有一段作小词的对话:

> 荆公问山谷云:"作小词曾看李后主词否?"云:"曾看。"荆公云:"何处最好?"山谷以"一江春水向东流"为对。荆公云:"未若'细雨梦回鸡塞远,小楼吹彻玉笙寒',又'细雨湿流光'最好"。②

这里王安石虽然将中主李璟的"细雨梦回鸡塞远,小楼吹彻玉笙寒"和冯延巳的"细雨湿流光"误作李煜的词而倍加赞赏,但是从这段对话中可以看出,当时词人作小词,是要学习李煜的词的,说明李煜词作对宋代词人的垂范作用。《苕溪渔隐词话》引《复斋漫录》云:"《颜氏家训》云'别易会难,古今所重。江南饯送,下泣言离。北间风俗,不屑此事,歧路言离,欢笑分首'。李后主盖用此语耳。故长短句云'别时容易见时难'。"③宋人对李煜词"别时容易见时难"句用典的溯源和阐释,足见宋代文人对李煜词的学习之深。清人毛先舒的《南唐拾遗记》载:"词女紫竹爱缀词。一日,手李后主集。其父问曰'后主词中何处最佳'?答曰'问君能有几多愁?恰似一江春水向东流。'"④紫竹为北宋大观年

---

① 王秀林、刘尊明:《"亡国之音"穿越历史时空:李煜词的接受史探赜》,《江海学刊》,2004年第4期,第171页。
② 胡仔撰:《苕溪渔隐词话》卷一,唐圭璋编:《词话丛编》第一册,中华书局1986年版,第162—163页。
③ 胡仔撰:《苕溪渔隐词话》卷一,唐圭璋编:《词话丛编》第一册,中华书局1986年版,第170页。
④ 李璟、李煜著,詹安泰校注:《李璟李煜词》,人民文学出版社1958年版,第78—79页。

间的词人,她手书李煜词以学习,可看出她对李煜词的喜爱。这些都说明北宋词人对李煜词作的喜爱和研习。

宋代文人对李煜的词表现出极大的热情,苏轼、王安石、黄庭坚、秦观、贺铸、李清照等北宋主要名家都曾大力效法李煜。清代词评家冯煦曾评述:

> 词至南唐,二主作于上,正中和于下,诣微造极,得未曾有。宋初诸家,靡不祖述二主,宪章正中;譬之欧、虞、褚、薛之书,皆出逸少。晏同叔去五代未远,馨烈所扇,得之最先,故左宫右征,和婉而明丽,为北宋倚声家初祖。①

冯煦的评述,一方面认为宋代文人的词作受到南唐二主李璟和李煜的影响,另一方面认为晏殊、欧阳修等人的词作受到冯延巳的影响。不过,晏殊、欧阳修开北宋词坛风气之先,也是深受李煜的影响。

欧阳修在《新五代史·南唐世家》中对李煜的生平、喜好、词作风格等都给予了高度关注,其对李煜的学习可见一斑。陈廷焯的《云韶集》卷一云:"后主词,凄艳出飞卿之右,晏欧之祖也。"②陈廷焯认为李煜的词比温庭筠的词更为凄艳,也一语道出晏殊、欧阳修的词与李煜词的关系。如欧阳修的《踏莎行》:

> 候馆梅残,溪桥柳细。草薰风暖摇征辔。离愁渐远渐无穷,迢迢不断如春水。
>
> 寸寸柔肠,盈盈粉泪。楼高莫近危栏倚。平芜尽处是春山,行人更在春山外。

以"春水"喻愁,暗承李煜"问君能有几多愁?恰似一江春水向东流"之意,并与"溪桥"一语相应。"平芜尽处是春山,行人更在春山外"与李煜的"离恨恰如春草,更行更远还生"有着相通之处。不过,欧阳修则有所超越。与李煜的愁情汹涌不同,这里所表现的主要是一种不断加深又持续相生的离愁的形成过程。两个"渐"字和"迢迢不断"就鲜明

---

① 冯煦:《蒿庵论词》,唐圭璋编:《词话丛编》第四册,中华书局2005年版,第3585页。
② 陈廷焯:《云韶集》卷一,孙克强、杨传庆点校整理:《〈云韶集〉辑评(之一)》,《中国韵文学刊》2010年第3期,第47页。

地体现了这一特色①。罗大经《鹤林玉露》曾引时人杨东山对欧阳修的评论说:"文章各有体。欧阳公所以为一代文章冠冕者,固以其温纯雅正,蔼然为仁人之言,粹然为治世之音,然亦以其事事合体故也。如作诗,便几及李杜。作碑铭记序,便不减韩退之。……虽游戏作小词,亦无愧唐人《花间集》。"②正如杨氏所论,欧阳修的这首《踏莎行》确实合乎《花间》词体,有着"花间词"的艳丽风格。但是,欧阳修《踏莎行》的艳丽却并非"花间词"的绮艳,而是有着李煜词的"凄艳"之情。

清代谭献指出欧阳修《蝶恋花》中的"泪眼问花花不语,乱红飞过秋千去",与李煜的《清平乐》"别来春半"同妙。试比较:

蝶恋花③
欧阳修

庭院深深深几许,杨柳堆烟,帘幕无重数。玉勒雕鞍游冶处,楼高不见章台路。

雨横风狂三月暮,门掩黄昏,无计留春住。泪眼问花花不语,乱红飞过秋千去。

清平乐
李 煜

别来春半,触目愁肠断。砌下落梅如雪乱,拂了一身还满。

雁来音信无凭,路遥归梦难成。离恨恰如春草,更行更远还生。

这两首词都采用了层层递进的写法。俞平伯评欧阳修《蝶恋花》曰:"'三月暮'点季节,'风雨'点气候,'黄昏'点时刻,三层渲染,才逼出'无计'句来。"④李煜的《清平乐》也是层层推进:"雁来音讯无凭"是从眼前意象来写;"路遥归梦难成"则从对方难成归梦说起,极写离人道途之远,是深一层的写法。既然"雁来无信""路遥梦远",那么自然就逼出了

---

① 王永红:《浅谈古代诗文中的水意象》,《文学教育(下)》,2014年第8期,第23页。
② 罗大经撰,刘友智校注:《鹤林玉露》,齐鲁书社2017年版,第458页。
③ 该词作者有争议。一说冯延巳。
④ 俞平伯:《唐宋词选释》,人民文学出版社2005年版,第78页。

结尾二句:"离恨恰如春草,更行更远还生。""更行""更远""还生"则在一句之中使用了复迭和层递等修辞手法。

秦观词的风格也深受李煜的影响。如秦观的《千秋岁·水边沙外》:

> 水边沙外,城郭春寒退。花影乱,莺声碎。飘零疏酒盏,离别宽衣带。人不见,碧云暮合空相对。
>
> 忆昔西池会,鹓鹭同飞盖。携手处,今谁在?日边清梦断,镜里朱颜改。春去也,飞红万点愁如海。

从秦观的这首词,可以看出李煜词对其非常明显的影响。"镜里朱颜改"化用的是李煜的《虞美人》中"雕栏玉砌应犹在,只是朱颜改";"飞红万点愁如海"则化用了《浪淘沙》的"流水落花春去也,天上人间"和《虞美人》的"问君能有几多愁,恰似一江春水向东流"。陈师道《后山诗话》载:"王雱,平甫之子,尝云,今语例袭陈言,但能转移耳。世称秦词'愁如海'为新奇,不知李后主已云'问君能有几多愁,恰似一江春水向东流',但以'江'为'海'尔。"①陈郁的《藏一话腴》也对此作评曰:"太白云'请君试问东流水,别意与之谁短长'?江南李后主曰'问君还有几多愁?恰似一江春水向东流'。略加融点,已觉精彩。至冠莱公则谓'愁情不断如春水'。少游云'落红万点愁如海'。青出于蓝而胜于蓝矣。"②

又如秦观的《江城子·西城杨柳弄春柔》:

> 西城杨柳弄春柔,动离忧,泪难收。犹记多情、曾为系归舟。碧野朱桥当日事,人不见,水空流。
>
> 韶华不为少年留,恨悠悠,几时休?飞絮落花时候、一登楼。便作春江都是泪,流不尽,许多愁。

这首《江城子》是秦观贬黜时离京之前重游西城金明池、琼林苑等地有感而发,也是秦观词前后时期的分水岭,与李煜词前后时期相似。因此,这首词不同于秦观前期的"艳科",也不同于其后期的凄厉

---

① 陈师道:《后山诗话》,何文焕辑:《历代诗话》,中华书局 2004 年版,第 315 页。
② 陈郁:《藏一话腴》,王大鹏、张宝坤等:《中国历代诗话选 2》,岳麓书社 1985 年版,第 918 页。

绝望,而是突出表现其对故国的无限情思。词的最后一句与李煜的"问君能有几多愁,恰似一江春水向东流"有异曲同工之妙,都写尽了愁的极致。

再如秦观的《八六子·倚危亭》:

倚危亭。恨如芳草,萋萋刬尽还生。念柳外青骢别后,水边红袂分时,怆然暗惊。

无端天与娉婷。夜月一帘幽梦,春风十里柔情。怎奈向、欢娱渐随流水,素弦声断,翠绡香减,那堪片片飞花弄晚,蒙蒙残雨笼晴。正销凝。黄鹂又啼数声。

李煜有首词"别来春半,触目柔肠断。砌下落梅如雪乱,拂了一身还满。雁来音信无凭,路遥归梦难成。离恨恰如春草,更行更远还生"(《清平乐·别来春半》)。唐圭璋认为其:"'倚危亭'句,周止庵谓为'神来之笔',实亦从李后主之'离恨恰如春草,更行更远还生'来。"①

贺铸甚至还将李煜词作中一些优美的句子直接用到了自己的词作中。如《蝶恋花》:

几许伤春春复暮。杨柳清阴,偏碍游丝度。天际小山桃叶步。白头花满湔裙处。

竟日微吟长短句。帘影灯昏,心寄胡琴语。数点雨声风约住。朦胧淡月云来去。

这首词的"数点雨声风约住。朦胧淡月云来去",来自于李煜的《蝶恋花·遥夜亭皋闲信步》②。李煜的《蝶恋花·遥夜亭皋闲信步》云:

遥夜亭皋闲信步。乍过清明,早觉伤春暮。数点雨声风约住。朦胧淡月云来去。

---

① 唐圭璋:《唐宋词简释》,上海古籍出版社1981年版,第101—102页。
② 关于此词作者,向有不同说法。宋杨绘《时贤本事曲子集》以为是李冠作,《唐宋诸贤绝妙词选》《类编草堂诗余》《词的》《古今词统》《后山诗话》《词品》《渚山堂词话》等均是此说,王仲闻《南唐二主词校订》也倾向于是李冠作。而《欧阳文忠公近代乐府》中载为欧阳修作。以为此词是李煜作的有《尊前集》《花草粹编》《全唐诗》《历代诗余》《南唐二主词》等。

> 桃李依稀香暗渡。谁在秋千,笑里低低语。一片芳心千万绪。人间没个安排处。

值得一提的是,李煜的《蝶恋花·遥夜亭皋闲信步》中的"朦胧淡月云来去",准确地描绘出云与月的流动变化,堪称写景的绝唱。这一句与北宋张先的名句"云破月来花弄影","神理上似与后主此句有渊源关系"①。

与李煜、秦观一样,贺铸也善于写"愁"。如贺铸的《青玉案》:

> 凌波不过横塘路,但目送、芳尘去。锦瑟年华谁与度?月桥花院,琐窗朱户,只有春知处。
>
> 飞云冉冉蘅皋暮,彩笔新题断肠句。试问闲情都几许?一川烟草,满城飞絮,梅子黄时雨!

而李煜的《虞美人》也写愁:

> 春花秋月何时了,往事知多少。小楼昨夜又东风,故国不堪回首月明中。
>
> 雕栏玉砌应犹在,只是朱颜改。问君能有几多愁?恰似一江春水向东流。

贺铸的这首词堪称写"愁"的经典,尤其是下阕的渲染,有人评价说贺铸词中的"愁"要比李煜《虞美人·春花秋月何时了》中的"愁"渲染得更充分。贺铸的愁是具体的,他把愁化为了"一川烟草,满城风絮,梅子黄时雨"。草、风、雨,这些都是具体可见的。黄庭坚对贺铸词中"愁"的书写给予高度评价:"少游醉卧古藤下,谁与愁眉唱一杯。解作江南断肠句,只今唯有贺方回。"(《寄贺方回》)

李清照更是深受李煜的影响。处于宋晚期的李清照与南唐后主李煜境遇相似。宋室南渡后,偏安一隅,苟延残喘。家国之悲一时成为文坛的主流,以李清照为代表的词人们沿袭李煜词的抒情传统,抒写时代变迁带来的巨大不幸以及个人深沉的感受②。李清照与李后主并称为

---

① 王兆鹏:《南唐二主 冯延巳词选》,上海古籍出版社,2002年版,第35页。
② 沈思华:《李煜词在宋元明清的接受》,《湖北第二师范学院学报》,2015年第11期,第22页。

婉约派代表人物,如清代学者沈谦在《填词杂说》中评述道:"男中李后主,女中李易安,极是当行本色。"①王士禛《倚声集序》也指出:"诗余者,古诗之苗裔也。语其正则南唐二主为祖,至漱玉、淮海而极盛。"②李清照也在《金石录后序》中说:"南唐写本书数簏,偶病中把玩,搬在卧内者,岿然独存。"③可见李清照对南唐文学的喜好。有研究者对李煜与李清照词作的继承进行了详细的论述,指出二李词在抒写真感情、高度艺术概括性、抒情手法等方面具有十分相似的审美特征④。其中,最为明显的是李清照的《浪淘沙》:

帘外五更风,吹梦无踪。画楼重上与谁同?记得玉钗斜拨火,宝篆成空。

回首紫金峰,雨润烟浓。一江春浪醉醒中。留得罗襟前日泪,弹与征鸿。

这首词檃栝李煜的《浪淘沙·帘外雨潺潺》《子夜歌·人生愁恨何能免》《虞美人·春花秋月何时了》而成⑤。"帘外五更风,吹梦无踪"化用李煜《浪淘沙》的"帘外雨潺潺,春意阑珊。罗衾不耐五更寒。梦里不知身是客,一晌贪欢"。"画楼重上与谁同?记得玉钗斜拨火,宝篆成空"化用李煜《子夜歌》的"故国梦重归,觉来双泪垂。高楼谁与上?长记秋晴望,往事已成空,还如一梦中"。"一江春浪醉醒中"则化用李煜《虞美人》的"一江春水向东流"⑥。

北宋南渡后,家国的变故引发了文人的悲痛忧愤。宋代词风的豪放之气也经由苏轼的发展到辛弃疾时发扬光大。李煜词所开创的抒情言志、"亡国之音",逐渐从"烟雨迷离"的婉约转向"铁马兵戈"的豪放,于豪放中又多了对家国人生的感慨。因此,无论是前期的苏轼,还是后

---

① 沈谦:《填词杂说》,张璋等编:《历代词话》,大象出版社2002年版,第808页。
② 王士禛:《渔洋文集》,《王士禛全集》,齐鲁书社2007年版,第1564页。
③ 李清照著,徐培均笺注:《李清照集笺注》,中华书局2018年版,第337页。
④ 吴帆:《论李清照词及〈词论〉对李煜创作的继承与借鉴》,《社会科学战线》,2000年第2期,第273页。
⑤ 李定广:《从点化唐诗看李煜词对于北宋词的范本意义》,《学术界》,2010年第1期,第153页。
⑥ 吴帆:《论李清照词及〈词论〉对李煜创作的继承与借鉴》,《社会科学战线》,2000年第2期,第275页。

期的辛弃疾,我们都能在他们的词中发现李煜词的痕迹。清代谭献在《谭评词辨》中评李煜《浪淘沙令》词曰:"雄奇幽怨,乃兼二难。后起稼轩,稍伦父矣。"①唐圭璋《唐宋词简释》也指出:"所以'独自莫凭阑'者,盖因凭阑见无限江山,又引起无限伤心也。此与'心事莫将和泪说,凤笙休向泪时吹',同为悲愤已极之语。辛稼轩之'休去倚危阑,斜阳正在烟柳断肠处',亦袭此意。"②

三、"士大夫之词"的转变

入宋后,李煜的词风发生了质的变化,出现了与此前截然不同的风格,"变伶工之词而为士大夫之词",这为宋词的发展指明了一个新的方向。晏殊和欧阳修的词作题材虽无大的突破,但他们富贵闲雅、雍容大方、温纯雅正的风格,也已体现出由"伶工之词"转化为"士大夫之词"的最初轨迹③。随着宋词的进一步发展,宋词也逐渐摆脱"词为艳科"的藩篱,也逐步走向了"士大夫之词"。

范仲淹率先开启了"士大夫之词"的转变。范仲淹存世的词作有五首,其中有两首风格不同于"艳词"。其一为《渔家傲·秋思》:

> 塞下秋来风景异,衡阳雁去无留意。四面边声连角起,千嶂里,长烟落日孤城闭。
>
> 浊酒一杯家万里,燕然未勒归无计。羌管悠悠霜满地,人不寐,将军白发征夫泪。

这首词是范仲淹在镇守西北、北宋与西夏战争对峙时所作。这首词意境开阔苍凉,形象生动,将将士们英勇杀敌的英雄气概和艰苦生活写得感人肺腑。从词史上说,这首词沉雄开阔的意境和苍凉悲壮的气概对苏轼、辛弃疾等也有影响④。

其二为《剔银灯·与欧阳公席上分题》:

---

① 王兆鹏:《唐宋词汇评》(唐五代卷),浙江教育出版社 2004 年版,第 562 页。
② 唐圭璋:《唐宋词简释》,上海古籍出版社 1981 年版,第 44 页。
③ 周健自:《从"伶工之词"到"士大夫之词"——简论李煜与唐宋词发展轨迹之关系》,《黔南民族师专学报》,1997 年第 2 期,第 40 页。
④ 郭新榜:《把酒临风岳阳楼》,《文史杂志》,2018 年第 1 期,第 71 页。

昨夜因看蜀志,笑曹操孙权刘备。用尽机关,徒劳心力,只得三分天地。屈指细寻思,争如共、刘伶一醉?

人世都无百岁。少痴呆、老成尪悴。只有中间,些子少年,忍把浮名牵系?一品与千金,问白发、如何回避?

范仲淹于仁宗庆历三年(1043年)任参知政事,主持"庆历新政",后受旧派反对而失败。范仲淹也因此被贬。这首词就是范仲淹被贬前与欧阳修在席上分题而作。这首词反映了范仲淹新政失败后的失落。当然,这首词只可作为范仲淹新政失败后的一时牢骚。范仲淹被贬邓州后,意志并未消沉,仍然体恤爱民、勤于政事,备受邓州人民喜爱。也正是在这一时期,范仲淹写下了"先天下之忧而忧,后天下之乐而乐"的远大抱负。

王安石也写出了兴亡之感的词作,即《桂枝香·金陵怀古》:

登临送目,正故国晚秋,天气初肃。千里澄江似练,翠峰如簇。归帆去棹残阳里,背西风,酒旗斜矗。彩舟云淡,星河鹭起,画图难足。

念往昔,繁华竞逐,叹门外楼头,悲恨相续。千古凭高对此,谩嗟荣辱。六朝旧事随流水,但寒烟衰草凝绿。至今商女,时时犹唱,后庭遗曲。

这首词通过对历史兴亡的感喟,寄托了作者对国家政治的关切。这首词意象浑厚,境界开阔。北宋词坛的晏殊、柳永的词对其词影响甚远,却未脱"词为艳科"的藩篱。魏泰《东轩笔录》引,王安石读晏殊词后感叹:"宰相为此,可乎?"①赵令畤《侯鲭录》卷七说:"荆公云,古之歌者皆先为词,后有声,故曰'诗言志,歌永言,声依永,律和声'。如今先撰腔子后填词,却是'永依声'也。"②从中可以看出,王安石对"词为倚声"表现不满。刘熙载认为王安石的词"一洗五代旧习"③。王安石的这首《桂枝香·金陵怀古》正是"一洗五代旧习"之作,为苏轼等人的士大

---

① 魏泰撰,李裕民点校:《东轩笔录》卷之五,中华书局1983年版,第52页。
② 赵令畤等撰:《侯鲭录 墨客挥犀 续墨客挥犀》,中华书局2002年版,第184页。
③ 刘熙载:《艺概》,上海古籍出版社1978年版,第107页。

夫之词奠定了重要的基础。

即便以俗词著称的柳永,也曾写下了"悲秋"之作《八声甘州》:

> 对潇潇暮雨洒江天,一番洗清秋。渐霜风凄紧,关河冷落,残照当楼。是处红衰翠减,苒苒物华休。惟有长江水,无语东流。
>
> 不忍登高临远,望故乡渺邈,归思难收。叹年来踪迹,何事苦淹留?想佳人、妆楼颙望,误几回、天际识归舟。争知我,倚栏杆处,正恁凝愁!

"渐霜风凄紧,关河冷落,残照当楼"等句,将秋的凄凉写得入木三分、境界全出。"苒苒物华休""无语东流"等句,表达出诗人无限的人生感慨和复杂的心情。赵令畤《侯鲭录》卷七引苏东坡赞语:"东坡云,世言柳耆卿曲俗,非也。如《八声甘州》云'霜风凄紧,关河冷落,残照当楼'。此语于诗句,不减唐人高处。"[1]

真正将北宋词风推向"士大夫词"的是苏轼。虽然苏轼批评李煜的词为"亡国之音",但是苏轼的词继承了李煜的"士大夫词"的风格。苏轼的词作不再是"小词""余技",而是壮怀激烈、富有远大抱负。由此,宋词到苏轼时突破了"词为艳科"的藩篱,呈现出阔大的境界。胡寅《酒边词序》评曰:"及眉山苏氏,一洗绮罗香泽之态,摆脱绸缪宛转之度,使之登高望远,举首高歌,而逸怀浩气,超然乎尘垢之外,于是《花间》为皂隶,而柳氏为舆台矣。"[2]

> 花褪残红青杏小。燕子飞时,绿水人家绕。枝上柳绵吹又少,天涯何处无芳草!
>
> 墙里秋千墙外道。墙外行人,墙里佳人笑。笑渐不闻声渐悄,多情却被无情恼。

这首词与李煜的《蝶恋花·遥夜亭皋闲信步》有着某种相似性,尤其是对李煜词中"桃李依依春暗度,谁在秋千,笑里轻轻语"一句的摹写。总体来说,苏轼的这首词写暮春之景,运用了花、燕、杏、柳等多个

---

[1] 赵令畤等撰:《侯鲭录 墨客挥犀 续墨客挥犀》,中华书局2002年版,第183页。
[2] 胡寅:《酒边词序》,金启华等编:《唐宋词集序跋汇编》,江苏教育出版社1990年版,第117页。

意象,比李煜词意象更为丰富,但显然没有李煜词"数点雨声风约住,朦胧淡月云来去"的凄美。李煜词中"谁在秋千,笑里轻轻语",苏轼则化用为"墙里秋千墙外道。墙外行人,墙里佳人笑",场景更为丰富,不过意境反不如李煜词句。虽然苏轼的这首词在写景抒情方面,远不及李煜,然而,苏轼在情感的把握上则更胜一筹,于是有了"天涯何处无芳草""多情却被无情恼"等动人心魄的名句。

由于南唐的衰亡和自身的遭遇,李煜词的创作"变伶工之词而为士大夫之词",为宋词的"士大夫化"提供了重要的精神资源和创作范例。晏欧的雅正词风、范仲淹的边关感慨、王安石的兴亡之感、柳永的宋玉之悲、苏轼的逸怀浩气等,都继承了李煜词的"眼界始大,感慨遂深"的风格。由此,宋词逐渐摆脱了"词为艳科"的绮靡浮艳风格和伶工传唱的花间小曲地位,饱含有个人情怀和家国感慨。正如刘辰翁《辛稼轩词序》说:"词至东坡,倾荡磊落,如诗如文,如天地奇观。"①

---

① 邓广铭:《稼轩词编年笺注》,上海古籍出版社 2018 年版,第 873 页。

结　语

　　南唐是五代十国时期重要的南方政权,也是中国文化发展过程中承唐启宋的重要历史时期。邹劲风认为,"南唐文化体现了唐宋之际中国社会发生重大转型时期的文化特色,反映了当时的文化发展趋势,在教育、文学、绘画等多种文化领域内继承了唐代之成就,开宋代之风气"①。南唐诗词是南唐文化的集中表现。以徐铉、徐锴、李建勋、沈彬、陈陶、李中、潘佑为代表的南唐诗人,以李璟、李煜、冯延巳"二主一冯"为代表的南唐词人,在诗词创作与发展过程中,开拓了诗词创新的新空间,留下了数不清的名篇佳句。南唐诗词成为五代十国时期文学的高峰,即便在三千年中国文学史上也散发出不可磨灭的闪耀光芒。

　　南唐政权建立于江南杨吴政权的基础之上,延续着江南文化脉络,为南唐诗词的生成奠定了重要的文化基础。江南曾建立有吴越、孙吴、六朝、杨吴等政权,并在魏晋南北朝和隋唐时迎来了江南文化大发展的时期,不仅形成了地理意义上的江南,也塑造了文化江南的独特风格,从而使得诗歌创作成为江南文化的重要标志。这为南唐诗词的发展提供了重要的文化地理空间。由于唐代的藩镇混战,"自唐末以来,所在学校废绝"②,南唐遵照唐代体制,重建教育体系,兴建学校,重视延揽和培养人才。南唐注重收集和整理文献图书,并设立书院,为收集唐末战乱以来大量遗失的图书文献起到了重要作用。唐朝灭亡后,五代各朝的科举也名存实亡。南唐则在保大十年(952年)二月,开始了科举考

---

① 邹劲风:《南唐历史与文化》,四川大学出版社2000年版,第120页。
② 司马光撰:《资治通鉴》卷二百九十一,古籍出版社1956年版,第9495页。

试。直到南唐灭亡,未曾中断。南唐三主对文化的重视和建设,使得南唐文化在五代十国时期达到鼎盛。

南唐诗词也在南唐政治变化和文化发展的过程中形成了自身的情感基调。南唐诗歌的情感基调与文人仕途、政治环境密切相关。南唐政权党争愈演愈烈,稍有名望的文人都牵涉其中。马令《南唐书》卷二十云:"南唐之士,亦各有党,智者观之,君子小人见矣。或曰,宋齐邱、陈觉、李徵古、冯延巳、延鲁、魏岑、查文徽,为一党;孙晟、常梦锡、萧俨、韩熙载、江文蔚、钟谟、李德明,为一党。"①一批文人学士空怀报国之志,以满腔热情积极投身政治,却往往得不到重用,甚至动辄遭贬。怀古忧思成为南唐诗歌鲜明的特色,而隐逸遁世成为南唐诗人普遍的情感指向。南唐国力的衰亡则为南唐诗词情感基调的形成产生重要影响。南唐词始于"花间词"。然而,一方面,南唐地理位置不像巴蜀自拥天险,而是备受后周和北宋的威胁,时刻处于惶惶不可终日的境地;另一方面,南唐词人多为南迁文人,出身并非"唐代名家望族",更具忧患意识。因此,南唐词形成了一股衰亡时代的感伤气质。冯延巳的"满眼新愁无问处"和李璟的"惆怅落花风不定"的情感基调,都突出表现出南唐词的无奈和哀愁。李煜则在亡国前后一洗词的艳丽之风,将南唐词的"哀愁"推向了"故国不堪回首月明中"的"悲凉"。

南唐诗词着眼于江南风物,在诗词中以大量意象描绘了江南物象,进一步丰富和提升了江南文化的审美品质,构成了较为完整的江南风物意象群。这些意象在文人笔下产生了一大批绝妙精巧、意蕴深刻的词句,如"庭院深深深几许,杨柳堆烟,帘幕无重数""青鸟不传云外信,丁香空结雨中愁""数点雨声风约住,朦胧淡月云来去""过尽征鸿,暮景烟深浅""风乍起,吹皱一池春水""细雨湿流光,芳草年年与恨长""寂寞梧桐深院锁清秋""芦花深处泊孤舟,笛在月明楼""南去棹,北归雁,水阔天遥肠欲断""流水落花春去也,天上人间""斜月朦胧,雨过残花落地红""秋风多,雨相和,帘外芭蕉三两窠。夜长人奈何""细雨梦回鸡塞远,小楼吹彻玉笙寒"等。南唐诗词中的这些意象和词句,成为后来文

---

① 马令撰:《南唐书》卷二十《党与传上第十六》,中华书局1985年版,第131页。

人诗词创作的摹写对象。当然,由于文人们切身体会到南唐的兴衰危亡,所以,在江南风物的选择和组合上,更多的是迷离凄清之景,以此传达出内心难以排解的惆怅、哀愁和悲凉。

南唐诗词立足于江南文化,饱含着江南的文化基因。江南吴歌、宗教文化和伎乐文化,为南唐诗词的题材、内容、审美、方法、意义和传播等产生了重要影响。吴熊和认为:"词是随着隋唐燕乐的兴盛而起的一种音乐文艺,它的产生除了政治、经济等社会条件外,还需要必不可少的乐曲条件。"[1]《子夜四时歌》、清商曲辞、吴地方言、吴歌声调等,都对南唐词的发展提供了重要的民间资源。南唐秉承唐代倡佛崇道遗风,与尊儒一起,形成了儒道释共同发展的文化面貌。南唐宗教文化的全面发展,南唐君臣的崇佛重道,文人士大夫与僧侣、道士的密切私交和诗文唱和,使得包括南唐君主在内的南唐文人深受宗教文化的浸润,形成了或悲苦,或隐逸,或清远,或峭拔的诗词风格。江南伎乐文化也一直都较为发达,"家伎制度,六朝时最为盛行"[2]。南唐时仿唐制,设立教坊,君臣上下也都热衷伎乐歌舞、宴集酬唱,从而促进了南唐诗词的繁荣,扩大了南唐诗词的传播空间。

南唐文化在继承唐代文化的基础上进一步发展,进而开启了宋代的文化繁荣。南唐的文化制度和文化政策被北宋所继承和借鉴。南唐崇文抑武的政策,使得北宋非常重视文人,形成了浓郁的文化氛围。南唐的诗词书画,也给宋代带来直接的影响,形成了宋代文艺的全面发展局面,成就了宋代的艺术高峰。南唐收集、整理、保存的大量图书善本和文献,以及南唐兴学纳才的举措,为宋代文化的繁荣培养了众多人才,他们成为北宋初年的代表人物。南唐诗歌所继承和发展的"元白""贾姚"和"温李"等诗体,通过由南唐入宋的诗人带向了北宋诗坛,开启了北宋诗坛的"三体"格局。南唐词一改"花间词"的俗艳绮丽,于词中渗透着广阔的忧患意识和人生感怀,词风清丽素雅,形成了南唐词的雅化现象,并进一步推动了宋词的士大夫化进程。

---

[1] 吴熊和:《唐宋词通论》,浙江古籍出版社1985年版,第1页。
[2] 王书奴:《中国娼妓史》,生活·读书·新知三联书店1988年版,第106页。

参考文献

一、著作

吕不韦编,(汉)高诱注,(清)毕沅校,徐小蛮标点:《吕氏春秋》,上海古籍出版社2014年版。

司马迁撰:《史记》,中华书局1982年版。

袁康、吴平辑录,乐祖谋点校:《越绝书》,上海古籍出版社1985年版。

赵晔撰,周生春辑校汇考:《吴越春秋辑校汇考》,中华书局2019年版。

常璩撰,刘琳校注:《华阳国志校注》,巴蜀书社1984年版。

陈寿撰,裴松之注:《三国志》,中华书局2000年版。

萧子显撰:《南齐书》,中华书局1972年版。

沈约撰:《宋书》,中华书局1974年版。

刘昫等撰:《旧唐书》,中华书局1975年版。

魏徵等撰:《隋书》,中华书局1973年版。

房玄龄等撰:《晋书》,中华书局1974年版。

姚思廉撰:《陈书》,中华书局1973年版。

杜佑撰,王文锦等点校:《通典》,中华书局1988年版。

李延寿撰:《南史》,中华书局1975年版。

司马光撰:《资治通鉴》,古籍出版社1956年版。

欧阳修撰:《新五代史》,中华书局1974年版。

欧阳修、宋祁撰:《新唐书》,中华书局1975年版。

李焘撰:《续资治通鉴长编》,中华书局1979年版。

范晔撰:《后汉书》,中华书局1965年版。

薛居正等撰:《旧五代史》,中华书局1976年版。
王溥撰:《唐会要》,中华书局1960年版。
脱脱等撰:《宋史》,中华书局1985年版。
王夫之撰:《读通鉴论》,中华书局1998年版。
永瑢等撰:《四库全书总目》,中华书局1965年版。
范文澜:《中国通史简编》,人民出版社1965年版。
王仲荦:《隋唐五代史》,上海人民出版社2003年版。
李步嘉校释:《越绝书校释》,中华书局2013年版。
陆游撰:《南唐书》,中华书局1985年版。
马令撰:《南唐书》,中华书局1985年版。
陈彭年撰:《江南别录》,中华书局1991年版。
王云五主编:《钓矶立谈及其他二种》,商务印书馆1936年版。
郑文宝撰:《江表志 江南别录》,中华书局1991年版。
龙衮撰:《江南野史》,上海师范大学古籍整理研究所编:《全宋笔记》第一编三,大象出版社2003年版。
路振撰:《九国志》,中华书局1985年版。
吴任臣撰:《十国春秋》,中华书局1983年版。
郑学檬:《五代十国史研究》,上海人民出版社1991年版。
任爽:《南唐史》,东北师范大学出版社1995年版。
邹劲风:《南唐国史》,南京大学出版社2000年版。
邹劲风:《南唐历史与文化》,四川大学出版社2000年版。
杜文玉:《南唐史略》,陕西人民教育出版社2001年版。
许辉:《六朝文化》,江苏古籍出版社2001年版。
邹劲风:《南唐文化》,南京出版社2005年版。
陈葆真:《李后主和他的时代:南唐艺术与历史》,北京大学出版社2009年版。
萧统编,李善注:《文选》,上海古籍出版社1986年版。
徐陵编,吴兆宜注,程琰删补:《玉台新咏笺注》,吉林人民出版社1999年版。
王通撰:《中说》,上海古籍出版社1986年版。
王通撰,张沛校注:《中说校注》,中华书局2013年版。
孟启撰,董希平、程艳梅、王思静评注:《本事诗》,中华书局2014年版。

郑谷,赵昌平等笺注:《郑谷诗集笺注》,上海古籍出版社1991年版。

李颀,王锡九校注:《李颀诗歌校注》,中华书局2018年版。

李璟、李煜,詹安泰校注:《李璟李煜词》,人民文学出版社1958年版。

李煜等:《李煜词集 附李璟词集 冯延巳词集》,上海古籍出版社2016年版。

李煜撰,蒲仁、梅龙辑:《南唐二主词全集》,中国文联出版公司1997年版。

李璟、李煜撰,王仲闻校订,陈书良、刘娟笺注:《南唐二主词笺注》,中华书局2013年版。

赵崇祚编,杨景龙校注:《花间集校注》,中华书局2017年版。

温庭筠等撰,曾昭岷校订:《温韦冯词新校》,上海古籍出版社1988年版。

冯延巳撰,毂玉校点:《阳春集》,上海古籍出版社1988年版。

晏殊撰,晏几道撰:《晏殊词集 晏几道词集》,上海古籍出版社2016年版。

晏几道撰,李明娜注:《小山词校笺注》,文津出版社1981年版。

李清照,黄墨谷辑校:《重辑李清照集》,中华书局2009年版。

李清照,徐培均笺注:《李清照集笺注》,中华书局2002年版

郭茂倩编撰:《乐府诗集》,中华书局1979年版。

苏轼,孔凡礼点校:《苏轼文集》,中华书局1986年版。

欧阳修,洪本健校笺:《欧阳修诗文集校笺》,上海古籍出版社2009年版。

毛晋辑:《宋六十名家词》,上海古籍出版社1989年版。

沈德潜选,闻旭初标点:《古诗源》,中华书局2017年版。

陈衍选编,高克勤点校集评:《宋诗精华录》,上海古籍出版社2019年版。

董诰等编:《全唐文》,中华书局1983年影印本。

曹寅等编:《全唐诗》,中华书局1985年版。

李调元编,何光清点校:《全五代诗》,巴蜀书社1992年版。

吴之振、吕留良、吴自牧选:《宋诗钞》,中华书局1986年版。

张璋选编,黄畲笺注:《历代词萃》,河南人民出版社1983年版。

张璋、黄畲编:《全唐五代词》,上海古籍出版社1986年版。

诸葛计编:《南唐先主李昇年谱》,江苏古籍出版社1987年版。

陈子展撰:《楚辞直解》,复旦大学出版社1988年版。

黄畲:《阳春集校注》,天津古籍出版社1993年版。

李冰若:《花间集评注》,人民文学出版社1993年版。

傅璇琮编撰:《唐人选唐诗新编》,陕西人民教育出版社1996年版。

李修生主编:《全元文》,江苏古籍出版社1999年版。

马承五主编:《唐宋名家诗词笺评》,华中师范大学出版社2001年版。

邱少华编:《欧阳修词新释辑评》,中国书店2003年版。

杨敏如编:《南唐二主词新释辑评》,中国书店2003年版。

曾枣庄、刘琳主编:《全宋文》,上海辞书出版社、安徽教育出版社2006年版。

张玖青编:《李煜全集》,崇文书局2011年版。

刘立志编:《先秦歌谣集》,南京师范大学出版社2014年版。

龙榆生选:《近三百年名家词选》,上海古籍出版社2017年版。

邓广铭笺注:《稼轩词编年笺注》,上海古籍出版社2018年版。

龙榆生选:《唐宋名家词选》,中华书局2018年版。

刘义庆撰,钱振民点校:《世说新语》,岳麓书社2015年版。

司空图,罗仲鼎、蔡乃中注:《二十四诗品》,浙江古籍出版社2018年版。

徐坚等撰:《初学记》,中华书局1962年版。

崔令钦撰,吴企明点校:《教坊记》,中华书局2012年版。

夏婧点校:《奉天录(外三种)》,中华书局2014年版。

王仁裕等撰,丁如明辑校:《开元天宝遗事十种》,上海古籍出版社1985年版。

陈元靓撰,刘芮方、张杨溦蓁等点校:《岁时广记(外六种)》,浙江大学出版社2020年版。

王铚撰,朱杰人点校;王栐撰,诚刚点校:《默记 燕翼诒谋录》,中华书局1981年版。

吴处厚撰,李裕民点校:《青箱杂记》,中华书局1985年版。

陈师道撰,朱彧撰,李伟国点校:《后山谈丛 萍洲可谈》,中华书局2007年版。

胡仔纂集,廖德明校点:《苕溪渔隐丛话》,人民文学出版社1981年版。

胡仔撰:《苕溪渔隐词话》,唐圭璋编:《词话丛编》第一册,中华书局1986年版。

刘攽撰:《中山诗话》,何文焕辑:《历代诗话》,中华书局1981年版。

陈师道撰:《后山词话》,何文焕辑:《历代诗话》,中华书局1981年版。

文莹撰,黄益元校点:《湘山野录 续录 玉壶清话》,上海古籍出版社

2012年版。

杨万里编著:《草堂诗余》,崇文书局2017年版。

黄昇选编,杨万里点校:《花庵词选》,上海世纪出版集团2007年版。

张邦基撰:《墨庄漫录(外十种)》,上海古籍出版社1992年版。

张邦基等撰,孔凡礼点校:《墨庄漫录 过庭录 可书》,中华书局2002年版。

魏庆之撰,王仲闻点校:《诗人玉屑》,中华书局2007年版。

罗大经撰,刘友智校注:《鹤林玉露》,齐鲁书社2017年版。

陈鹄撰:《耆旧续闻》,唐圭璋编:《词话丛编》第二册,中华书局1986年版。

蔡绦:《西清诗话》,吴文治编:《宋诗话全编》第三册,江苏古籍出版社1998年版。

叶梦得撰,侯忠义点校:《石林燕语》,中华书局1984年版。

魏泰撰,李裕民点校:《东轩笔记》,中华书局1983年版。

胡寅撰:《酒边词序》,金启华等编:《唐宋词集序跋汇编》,江苏教育出版社1990年版。

吴曾撰:《能改斋漫录》,上海古籍出版社1960年版。

欧阳修撰:《六一诗话》,何文焕辑:《历代诗话》,中华书局1981年版。

司马光撰:《温公续诗话》,何文焕辑:《历代诗话》,中华书局1981年版。

江少虞撰:《宋朝事实类苑》,上海古籍出版社1981年版。

景焕撰:《野人闲话》,傅璇琮主编:《五代史书汇编》,杭州出版社2004年版。

张唐英撰:《蜀梼杌》,傅璇琮主编:《五代史书汇编》,杭州出版社2004年版。

张唐英撰,王文才、王炎校笺:《蜀梼杌校笺》,巴蜀书社1999年版。

张唐英撰:《蜀梼杌》,中华书局1985年版。

袁说友等编:《成都文类》,中华书局2011年版。

王谠撰,周勋初校证:《唐语林校证》,中华书局1997年版。

徐铉、郭彖撰:《稽神录 睽车志》,上海古籍出版社2012年版。

王灼撰:《碧鸡漫志》,上海师范大学古籍整理研究所编:《全宋笔记》第四编二,大象出版社2003年版。

方回选评,李庆甲集评校点:《瀛奎律髓汇评》,上海古籍出版社1986年版。

刘埙：《隐居通议》，商务印书馆1937年版。

辛文房撰，傅璇琮主编校笺：《唐才子传校笺》，中华书局1990年版。

王世贞撰：《艺苑卮言》，唐圭璋编：《词话丛编》第一册，中华书局1986年版。

胡应麟撰：《诗薮》，上海古籍出版社1979年版。

沈谦撰：《填词杂说》，张璋等编：《历代词话》，大象出版社2002年版。

杨慎编，刘琳、王晓波点校：《全蜀艺文志》，线装书局2003年版。

冯梦龙评纂，孙大鹏点校：《太平广记》，崇文书局2019年版。

陈廷焯撰，杜维沫校点：《白雨斋词话》，人民文学出版社1959年版。

陈廷焯编选：《词则》，上海古籍出版社1984年版。

纳兰成德撰：《渌水亭杂识》，见《清代笔记丛刊》第1册，齐鲁书社2001年版。

钱大昕撰，陈文和、孙显军校点：《十驾斋养新录》，江苏古籍出版社2000年版。

郭麟撰：《灵芬馆词话》，唐圭璋编：《词话丛编》第二册，中华书局1986年版。

王士祯：《渔洋文集》，《王士祯全集》，齐鲁书社2007年版。

何文焕辑：《历代诗话》，中华书局1981年版。

王士祯，张宗柟纂集，戴鸿森校点：《带经堂诗话》，人民文学出版社1963年版。

厉鹗辑撰：《宋诗纪事》，上海古籍出版社1983年版。

徐釚撰，唐圭璋校注：《词苑丛谈》，上海古籍出版社1981年版。

黄苏撰：《蓼园词选》，唐圭璋编：《词话丛编》第四册，中华书局1986年版。

李渔撰，杜书瀛校注：《闲情偶寄　窥词管见》，中国社会科学出版社2009年版。

黄生等撰，何庆善点校：《唐诗评三种》，黄山书社2014年版。

查继超辑：《词学全书》，书目文献出版社1986年版。

刘熙载撰：《词概》，唐圭璋编：《词话丛编》第四册，中华书局1986年版。

冯煦撰：《蒿庵论词》，唐圭璋编：《词话丛编》第四册，中华书局1986年版。

冯金伯辑：《词苑萃编》，唐圭璋编：《词话丛编》第二册，中华书局1986年版。

张宗橚编，杨宝霖补正：《词林记事　词林记事补正合编》，上海古籍出版社 1998 年版。

张思岩编《词林纪事》,成都古籍书店 1982 年版。

郭绍虞辑:《宋诗话辑佚》,中华书局 1980 年版。

傅璇琮:《唐代诗人丛考》,中华书局 1980 年版。

詹安泰:《宋词散论》,广东人民出版社 1980 年版。

唐圭璋选释:《唐宋词简释》,上海古籍出版社 1981 年版。

缪钺:《诗词散论》,上海古籍出版社 1982 年版。

郭绍虞编:《清诗话续编》,上海古籍出版社 1983 年版。

俞平伯:《读词偶得》,上海书店 1984 年版。

俞陛云撰:《唐五代两宋词选释》,上海古籍出版社 1985 年版。

王大鹏等编选:《中国历代诗话选》,岳麓书社 1985 年版。

唐圭璋:《宋词四考》,江苏古籍出版社 1985 年版。

王国维:《人间词话》,唐圭璋编:《词话丛编》第五册,中华书局 1986 年版。

叶嘉莹:《唐宋词十七讲》,岳麓书社 1989 年版。

金启华等编:《唐宋词集序跋汇编》,江苏教育出版社 1990 年版。

张惠民编:《宋代词学资料汇编》,汕头大学出版 1993 年版。

陈伯海主编:《唐诗汇评》,浙江教育出版社 1995 年版。

叶嘉莹:《唐宋词名家论稿》,河北教育出版社 1997 年版。

吴文治主编:《宋诗话全编》,江苏古籍出版社 1998 年版。

叶嘉莹:《叶嘉莹说词》,上海古籍出版社 1999 年版。

张璋等编:《历代词话续编》,大象出版社 2000 年版。

王兆鹏主编:《唐宋词汇评》(唐五代卷),浙江教育出版社 2004 年版。

俞平伯:《唐宋词选释》,人民文学出版社 2005 年版。

刘永济:《唐五代两宋词简析 微睇室说词》,中华书局 2007 年版。

周汝昌等:《唐宋词鉴赏辞典》,上海辞书出版社 2011 年版。

孙克强编著:《唐宋人词话(增订本)》,南开大学出版社 2012 年版。

夏承焘:《唐宋词欣赏》,浙江古籍出版社 2012 年版。

彭玉平:《唐宋词举要》,商务印书馆 2014 年版。

叶嘉莹:《迦陵谈词》,生活·读书·新知三联书店 2014 年版。

丁仪:《诗学渊源》卷八,张寅彭、黄刚编撰:《唐诗论评类编》,上海古籍出版社 2015 年版。

徐中玉:《谈诗论文》,广东人民出版社 2019 年版。

俞陛云：《词境浅说》，古吴轩出版社 2019 年版。
刘毓盘：《词史》，上海书店 1985 年版。
吴熊和：《唐宋词通论》，浙江古籍出版社 1985 年版。
罗宗强：《隋唐五代文学思想史》，上海古籍出版社 1986 年版。
唐圭璋：《词学论丛》，上海古籍出版社 1986 年版。
王书奴：《中国娼妓史》，上海三联书店 1988 年版。
许宗元：《中国词史》，黄山书社 1990 年版。
詹幼馨：《南唐二主词研究》，武汉出版社 1992 年版。
谢世涯：《南唐李后主词研究》，学林出版社 1994 年版。
刘尊明：《唐五代词的文化观照》，文津出版社 1994 年版。
方智范等：《中国词学批评史》，中国社会科学出版社 1994 年。
覃召文：《禅月诗魂：中国诗僧纵横谈》，生活·读书·新知三联书店 1994 年版。
王运熙、顾易生主编：《中国文学批评通史》，上海古籍出版社 1996 年版。
龙榆生：《龙榆生词学论文集》，上海古籍出版社 1997 年版。
萧涤非：《汉魏六朝乐府文学史》，人民文学出版社 1998 年版。
杨海明：《唐宋词史》，天津古籍出版社 1998 年版。
杨栋：《中国散曲学史研究》，高等教育出版社 1998 年版。
刘扬忠：《唐宋词流派史》，福建人民出版社 1999 年版。
袁行霈主编：《中国古代文学史》，高等教育出版社 1999 年版。
李剑亮：《唐宋词与唐宋歌伎制度》，杭州大学出版社 1999 年版。
张兴武：《五代作家的人格和诗格》，人民文学出版社 2000 年版。
王兆鹏：《唐宋词史论》，人民文学出版社 2000 年版。
章培恒、骆玉明主编：《中国文学史》，复旦大学出版社 2004 年版。
王钟陵：《中国中古诗歌史》，人民文学出版社 2005 年版。
景遐东：《江南文化与唐代文学研究》，人民文学出版社 2005 年版。
柳诒徵：《中国文化史》，东方出版中心 2007 年版。
陶文鹏主编：《中国文学通史》（唐代文学），江苏文艺出版社 2013 年版。
高峰：《乱世中的优雅：南唐文学研究》，人民出版社 2013 年版。
张立荣：《北宋前期七言律诗研究》，中国社会科学出版社 2014 年版。
张丽：《江南文化与南唐词》，中国文史出版社 2015 年版。
罗根泽：《中国文学批评史》，上海人民出版社 2015 年版。

唐红卫、李光翠、阳海燕:《二晏年谱长编》,南开大学出版社2016年版。
吴梅:《词学通论》,中华书局2016年版。
汤用彤:《汉魏两晋南北朝佛教史》,商务印书馆2017年版。
龙榆生:《龙榆生讲中国韵文史》,河海大学出版社2020年版。
薛砺若:《宋词通论》,上海书店出版社2022年版。
张彦远撰:《历代名画记》,浙江人民美术出版社2011年版。
郭若虚撰:《图画见闻志》,人民美术出版社1963年版。
佚名撰,俞剑华标注:《宣和画谱》,人民美术出版社2017年版
刘道醇撰,徐声校注:《圣朝名画评》,山西教育出版社2017年版。
米芾撰:《画史》,上海师范大学古籍整理研究所编:《全宋笔记》第二编四,大象出版社2003年版。
周积寅、史金城:《中国历代题画诗选注》,西泠印社出版社1985年版。
陈斌主编:《中国历代人物画谱》,三秦出版社2006年版。
潘运告编注:《中国历代画论选》,湖南美术出版社2007年版。

二、论文

陈福升:《南唐词之感伤与时代之衰亡》,《内蒙古社会科学》,2002年第1期。

陈未鹏、吴聘奇:《论地域文化与词学流派的演进——以南唐词风与晏欧词派为例》,《厦门广播电视大学学报》,2015年第1期。

陈詠红、李诗茵:《花间、南唐词叙事视角选择的差异与地域审美心理》,《广州大学学报(社会科学版)》,2012年第4期。

陈植锷:《试论王禹偁与宋初诗风》,《中国社会科学》,1982年第2期。

杜道明、张丽:《南唐词中的吴歌元素》,《中州学刊》,2012年第4期。

郭倩:《论南唐诗风在宋初诗坛的存续》,《齐齐哈尔大学学报(哲学社会科学版)》,2013年第1期。

何婵娟:《南唐文学及其文化思考》,湖南师范大学硕士论文,2004年。

何婵娟:《南唐诗歌初探》,《广西教育学院学报》,2010年第1期。

贺中复:《论五代十国的宗白诗风》,《中国社会科学》,1996年第5期。

景遐东:《江南文化传统的形成及其主要特征》,《浙江师范大学学报(社会科学版)》,2006年第4期。

景遐东:《东晋至唐朝江南文化特征新论》,《中华文化论坛》,2005年第

3 期。

廖泓泉:《北宋前期词研究》,华东师范大学博士论文,2003 年。

刘士林:《齐鲁伦理文化与江南诗性文化》,《江南大学学报(人文社会科学版)》,2009 年第 6 期。

龙榆生:《南唐二主词叙论》,《词学季刊》,1936 年第 3 卷第 2 期。

彭飞:《南唐文学研究》,山东大学硕士论文,2009 年。

乔力:《主体意识的建立:论南唐词的审美特征与范型意义》,《东岳论坛》,1995 年第 5 期。

沈思华:《李煜词在宋元明清的接受》,《湖北第二师范学院学报》,2015 年第 11 期。

孙克强:《毛先舒〈词辨坻〉汇辑》,《词学》第十七辑,华东师范大学出版社 2006 年版。

孙克强、杨传庆点校整理:《〈云韶集〉辑评(之一)》,《中国韵文学刊》2010 年第 3 期。

田晓膺:《试析唐及五代道教山水悟道诗的清虚意趣》,《中国道教》,2009 年第 2 期。

王丽梅:《南唐与前后蜀文化的比较研究》,《唐史论丛》(第九辑),三秦出版社 2007 年。

王青:《唐前历史地理与诗歌地理中的江南》,《阅江学刊》,2010 年第 3 期。

王秀林、刘尊明:《"亡国之音"穿越历史时空:李煜词的接受史探颐》,《江海学刊》,2004 年第 4 期。

吴惠娟:《试论西蜀词与南唐词风格的异同》,《上海大学学报》,1999 年第 4 期。

吴帆:《论李清照词及〈词论〉对李煜创作的继承与借鉴》,《社会科学战线》,2000 年第 2 期。

杨金梅:《论词在宋代的地域性接受》,《中国矿业大学学报(社会科学版)》,2004 年第 1 期。

余恕诚:《南唐词人的创作及其在词史演进中的地位》,《安徽师范大学学报(人文社会科学版)》,2000 年第 3 期。

张兵:《词的基本特性》,《复旦学报(社会科学版)》,2007 年第 1 期。

张海鸥:《宋初诗坛"白体"辨》,《中山大学学报(社会科学版)》,2000 年第

6期。

张兴武:《乱世江南著雅音——南唐妓乐与南唐词》,《西北师大学报(社会科学版)》,2001年第1期。

钟祥:《南唐诗人的崇道与宗贾之风》,《西南民族大学学报(人文社科版)》,2005年第4期。

周衡:《从虞世南到贺知章:论初盛唐江南文人的精神流变》,《中国韵文学刊》,2013年第2期。

周健自:《从"伶工之词"到"士大夫之词"——简论李煜与唐宋词发展轨迹之关系》,《黔南民族师专学报》,1997年第2期。

周振鹤:《释江南》,《中华文史论丛》第49辑,上海古籍出版社1992年版。

后 记

在这本小书动笔之前,我想应该是一件十分轻松的事。因为南唐诗词,可谓是家喻户晓。"青鸟不传云外信,丁香空结雨中愁。""问君能有几多愁?恰似一江春水向东流。""流水落花春去也,天上人间。""剪不断,理还乱,是离愁。别是一般滋味在心头。""离恨恰如春草,更行更远还生。"读着这些流传千古的词句,我们仿佛置身于南唐的风雨之中。更还有:散布南京各处的南唐碑刻遗存,穿越过历史的尘烟;南唐二陵的故国之风,引发出无限的感怀;南京博物院的文物陈列,展示着南唐艺术的精妙。南唐成为一幅就在身边的历史画卷,还未动笔便生出一种"烟笼细雨""雁咽莺啼"的诗情。

不过,真正动笔后才发现,这只是一个"看上去很美"的选题。虽然南唐留下了大量脍炙人口的诗词,江南旧事的风韵仍在风中飘散,但是,毕竟南唐只是一个存续了不到四十年的政权,说是刚刚建立便风雨飘摇,也是不算夸张的。在词人方面,无非"二主一冯"——李璟、李煜、冯延巳;在诗人方面,也只有刘洞、李建勋、江为、沈彬、孙鲂、江文蔚、李中、徐铉、徐锴、潘佑、陈陶等为数不多的诗人。他们流传下来的作品,与浩如烟海的唐诗宋词相比,只是九牛一毛。这些文人也在国势衰微、党争纷乱的政治环境里,表露出"年年江海客""泉石好生涯"的宦海浮沉、隐逸避世的落寞孤寂。

这就不得不让人惊叹:这样一个国祚短暂、风雨飘摇的南唐,却创造出了丝毫不逊色于唐诗宋词的文学成就。即便在五千年中华文明的历史长河中,南唐诗词也闪耀着熠熠生辉的光芒。然而,也正是因为存续时间短、作品数量少,南唐诗词也是尴尬的。一方面,提到南唐诗词如梦萦绕,说起南唐历史如数家珍,感叹后主亡国如临其境;另一方面,南唐诗词因为缺乏足够的体量和持续的"学术增长点",远不足以形成"南唐诗学""南唐词学"的蓬勃风貌。这也是本项目研究过程中所存在的困境。

南唐诗词无疑是中华优秀传统文化重要的精神标识和文化符号之一。推动中华优秀传统文化创造性转化、创新性发展,是新时代文化传承发展的根本方向。江苏文脉源远流长,通过整理与研究,不仅要揭示出江苏文化在中华文明史册上浓墨重彩的篇章,更要激活传统文化的生命力,让更多人领略到江苏文脉的绵延繁盛和绚丽风采。为此,在写作这部小书时,总体设想是不要写成一部过于死板的学术著作,而是更多一些"普及"之意。更何况,南唐诗词之所以有堪比唐诗宋词的"知名度",离不开民间的代代流传。

南唐诗词承唐诗余绪,启宋词开端,具有承上启下的文化格局。南唐诗词得益于北方南迁文人的诗情,也历经江南文化的滋润,呈现南北交融的艺术品质。南唐诗词中有"花明月暗笼轻雾""笙箫吹断水云间"的锦绣繁华,也有"风里落花谁是主,思悠悠""世事漫随流水,算来一梦浮生"的彷徨感叹,更有"雕栏玉砌应犹在,只是朱颜改""最是仓皇辞庙日,教坊犹奏别离歌"的切肤哀痛。因此,读南唐诗词,能让我们更多一些厚重底色和深刻体悟,"眼界始大,感慨遂深",从而将生命体验锤炼为诗性的品质,将审美境界提升为人生境界。

感谢"江苏文化专题"项目主编胡传胜先生的信任,不仅让我能够有幸参与这一重大文化工程,更让我能够在阅读和写作中努力锤炼和提升自己。感谢江苏省社会科学院王婷女士不厌其烦的联络和催促,让我在懈怠中终奋力疾笔。感谢三位匿名评审专家对初稿的耐心审阅,提出了非常中肯的修改意见,让我颇受启发并已认真落实。在出版过程中,这本小书改动之处零散而烦琐,有些地方修改幅度很大,感谢江苏人民出版社张凉女士、邓玉琢女士及其他编辑老师耐心细致的工作,也为增加了她们的工作量而表示歉意。感谢山东大学文学院博士生赵涵同学帮忙借阅、查找相关资料,热心联系校对,为我减少了大量琐碎的工作。感谢北京大学中文系博士生胡晨晖同学为书稿认真把关、精心校对,并提出了大量具体而微的修改建议,显示出扎实的学术功底和严谨的学术态度。当然,由于本人学识水平有限,所涉资料庞杂,书中一定还存在诸多错漏,就此求教于方家,望能不吝赐教。

周根红

2024 年 4 月 18 日